光文社文庫

長編小説

赤　道

明《あけ》野《の》照《てる》葉《は》

KOBUNSHA

赤道

解説

吉野《よしの》仁《じん》

——一九九九年　七月二十五日　バンコク　ヤワラー　チャカペット通り　ソイ2——

けたたましいサイレンの音を鳴り響かせて、中華街の細くて猥雑《わいざつ》な通りにパトカーと救急車が連なる恰好《かっこう》で進入してきた。燦々《さんさん》と陽の降り注ぐ、昨日と同じバンコクの昼下がりだった。あたりは燃え上がる太陽に焼けつくほどに熱されて、息苦しいぐらいに蒸し上がっている。車から降り立った警官と救急隊員が、通報のあったワッタナムアパート三〇五号室に小走りで向かう。

部屋に足を踏み入れてみると、血溜まりの中に男がいた。壁に背をもたせかけ、かろうじて身を起こしてはいるものの、薄く開けられた目は虚《うつ》ろで、今しも床の上にひろがった血溜まりの中に、ずるずる滑り込んでいってしまいそうに見えた。表情が、マネキンのように固まっている。男のからだからどれだけの血が流れたかは、怖いぐらいに白い色をした顔を見るまでもなかった。男はからだの下にラグのように血溜まりをひろげているだけでなく、顔も含めた全身を、鮮血で真っ赤に染めていた。ずたずたに切り裂かれたTシャツ、その下の胸や腹も切り刻まれ、部分部分、深くこじられ抉《えぐ》れている。両頬も耳から唇にかけて、刃物で深く切りつけられていた。

救急隊員が、男の手をとり、脈を確かめた。心拍はまだ絶えていない。しかし、きわめて微弱で、力なかった。その手を元に戻そうとした時、隊員がぐっと小さく咽喉《のど》を詰まらせるような声をたてた。男の左手の小指は第一関節の下あたりから切り落とされていて、切り口から初々《ういうい》しげな骨が白い頭を覗《のぞ》かせていた。

「リンチだな……」警官の口から、溜息混じりの声が漏れる。

男は、急所をはずす恰好で、鋭利な刃物で完膚《かんぷ》なきまでに痛めつけられている。状況からして、殺してしまう前にたっぷりと苦痛を味わわせることを目的としていたことが窺《うかが》われた。

息絶えかけた男を、担架《たんか》に載せて運びだす。男に手をかけた救急隊員の指と掌《てのひら》が、ぬるっとした生温《なまあたた》かい男の血で赤く染まった。

「シュウ、シュウ、死なないで！」

部屋の中にはもう一人、若い女がいた。パットム・クラパヨン、事件の通報者であり、刺された男の婚約者だという。彼女は警官の問いに対して、ひたすら首を横に振り続ける。自分が部屋にやってきた時、彼は既にあの状態だった。だから、自分は何も見ていない。何も知らない。何があったかわからない。

動顛《どうてん》しきって首を横に振るだけの彼女が、一度だけ顔を上げてまっすぐに警官の目を見た。

こんな目に遭《あ》わされる奴《やつ》はろくな人間じゃない……警官たちの間のそんな無言の空気を、肌で感じ取った時だった。

「シュウは悪い人じゃない」なかば喰ってかかるように、いきなり彼女は言った。「シュウはとってもやさしい人なんだ。だってシュウは、シュウは……」

あとは言葉にならなかった。その彼女も、彼につき添い、救急隊員とともに部屋をあとにした。

手がかりを求めて部屋を調べていた警官が、クローゼットの中にはいっていたアタッシェケースを開けた。中には、英語で記された書類のほかに、幾枚かの写真が収《おさ》められていた。警官は、しばし写真を手にして眺《なが》めた後、いくぶん大袈裟《おおげさ》に息をついて呟《つぶや》いた。「サンサーラ」

タイは、年間三百万人以上もの外国人観光客を受け入れている。首都バンコクだけでも、数ある名だたる寺院、王宮、チャオプラヤ川、トンブリの運河……名所旧跡には事欠かず、タイ料理や伝統的仮面舞踏コーン、タイシルクと、健全な観光客を楽しませるに充分な要素を持ち合わせている。だが、それが光の側面であるとすれば、裏には当然闇の側面もあった。

売春、それも児童売春。大麻、コカイン、覚醒剤をはじめとする違法ドラッグの売買……暗がりに隠れた商売は数知れず、次から次へと新種のビジネスが雑踏の日陰ではびこりだし、闇商売を手がける組織が幅をきかせていく。サンサーラも、そうしたビジネスのひとつだった。転生ビジネス、生まれ変わりビジネス。

アタッシェケースに収められていた写真は、おおむね二枚ひと組になっていた。男が女になり、不器量な女が見目麗《みめうるわ》しい女になり、年とった女が若返り、また、男女を問わず、人がまったくべつの顔になり変わっている。写真は、いわば使用前と使用後の移り変わりを示していた。人の外見を変えるばかりではない。外見に見合った新しい名前、新しい身分証明、新しいパスポートも用意する。後ろ暗い過去があるからこそ、顔を変えたい人間もいる。これまでの自分を捨て、名前を変え、違うパスポートを手に入れ、悠々大手を振って世間を歩きまわりたいと願う。サンサーラは、金によってそうした人間の望みを叶《かな》える。

額《ひたい》を寄せて写真を覗き込んでいた警官たちの間に、侮蔑《ぶべつ》混じりの吐息が自然と漏れでた。人の飽くなき欲望につけ込んで、犯罪者の後ろ暗い過去を消し、凶悪で危険きわまりない人間を世間に野放しにするような最低の組織だ。婚約者と名乗る女がいかにいい人、やさしい人と言おうとも、そんな商売に関わっていれば、身を切り刻まれるのも指を切り落とされるのも自業自得、腐った人間がたどり着くお定まりの末路といってよかった。恐らくこのリンチは、しくじりや裏切りは許されないという組織内部での見せしめのショーであると思われた。でなければ、あそこまで念入りに痛めつける必要があるまい。

アタッシェケースの中からは、男のパスポートも見つかった。パスポートを検《あらた》めた警官の下瞼《したまぶた》のあたりに、侮蔑に加え、うんざりとした空気が滲《にじ》みだした。果てに、唾棄《だき》するように彼は言った。「日本人か」

部屋の中に、犯人の遺留品と思《おぼ》しきものは見当たらなかった。床の上には、小さな蘭の花束とプラ・クルアンが落ちていた。どちらも、パットムという女が、男のために買い求めてきたものだという。今日は、男の三十九回目の誕生日に当たっていた。

反対に、部屋の中からなくなっているものがひとつだけあった。切り落とされた男の小指、それがどこを探しても見当たらない。

しかし、警官たちからは、もはや失われた小指に拘泥《こうでい》してみるだけの気持ちも失《う》せてしまっていた。小指の行方《ゆくえ》ばかりでなく、今しがた虫の息で病院に運ばれていった血まみれの日本人が生きているのか死んでいるのか、生きているとするならこの先命をつなぐことができるのかできないのか……それもまた、どうでもいいことになりつつあった。言ってみれば、どうしようもないこの世の屑《くず》同士の内輪もめだ。ろくでなしの不良外国人が、死のうが生きようが、正直なところ知ったことではなかった。

一点、疑問は残った。組織の連中は、なぜ証拠となるような写真や書類を残していったのか。

部屋は午後になってまた勢いをました太陽と人いきれで蒸していき、漂《ただよ》う血の匂いが濃くなっていた。警官は、汗と皮脂《ひし》の浮いた顔をいくぶん顰《しか》め、手にしていたパスポートを自分の胸のポケットに押し込んだ。

「日本人か」

押し込みながら、無意識のうちに、もう一度繰り返すように呟いていた。

第一章

1

——一九九八年　九月　バンコク——

大通りを大河にたとえるならば、そこの通りは大河に注ぐ細い支流のようなものだった。その狭い通りに、次から次に地から湧いてくるように、絶え間なく車がなだれ込んできて、向こう岸は目の前だというのに容易にあちら側の歩道に渡れない。ぼうっと歩道に突っ立って行《い》き交《か》う車を眺めるうち、村瀬《むらせ》修二《しゅうじ》は、次第に頭の中が白くなっていくのを覚えていた。

一分が経ち、二分が経ち……ただ立ち尽くすままに、何分もの時が流れていく。天と地から熱されて、頭や腋《わき》の下から噴き出した汗が、顔やからだをたらりたらりと、生温かい感触をもって滴《したた》り流れていくのがわかった。

頭上の太陽は見上げるには目に痛いほどにぎらぎらとして、前の通りや向こう側の建物を、ハレーションでも起こしたかと思うぐらいに隈《くま》なく白く照らしだしている。眩《まぶ》しさに、修二は思わず目を細めた。恐らく気温は、三十七、八度はあるだろう。熱気で空気自体が膨張していて鬱陶《うっとう》しい。しかも彼を取り巻く空気は単に熱いだけでなく、あまりに澱《よど》みすぎていて、息を吸うことが逆に息苦しさを覚えさせる。

修二は小さく息をつき、顔を顰めた。

空は宇宙の果てまで開かれているというのに、あたりには排気ガスが充満しきっている。細かな砂埃《すなぼこり》が空に目一杯舞い上がり、大気に溶けて粉っぽい。そんな汚れた空気に包まれて、雑多な匂いが運ばれてくる。生魚、調味油、魚醬油《ナムプラー》、大蒜《にんにく》、香菜《パクチー》、ドリアン、マンゴー、香水、生ゴミ、生活排水……人の汗の匂いや体臭も混じり合っていることだろう。容赦のない太陽にさんざん蒸し上げられた上に、雑多な匂いを抱え込みすぎて、膨張した空気は既に飽和状態、破裂ぎりぎりのところまできている感じがした。

なんて街だ……頭が勝手に呟いていた。クルンテープ・マハナコーン、天使の都。ここが？——。

修二は何だか急におかしくなって、内から滲みだす笑《え》みを半分押し殺しながら顔に浮かべた。その分笑みに捩《よじ》れが走る。膨張し、破裂しかけているのは、ふやけた修二の脳味噌とて同じことかもしれなかった。

喧《かまびす》しいクラクションと鋭いブレーキ音が耳に響いた。直後、罵声《ばせい》が飛ぶ。気がつくと、彼は今さっきまで自分が立っていたはずの歩道の上に、尻餅《しりもち》をつく恰好でひっくり返っていた。

「馬鹿！　シュウ、何やっているのよ!?」

見上げると、いくぶん真剣な色を目に宿したテイの顔があった。修二には、彼女が意図的に怒ったような顔を作っているように見えた。テイは両手で修二の片腕を掴《つか》み、無理矢理彼を立ち上がらせた。

「まったく。何年この街に住んでるのよ。ふらふらっとあんな渡り方をしたら危ないじゃないの。私が慌《あわ》てて引っ張り戻したからよかったようなものの」

そうか、俺は通りを渡ろうとしていたのか――、修二は、はじめてそのことに気がついた思いがした。

「それともシュウ、あなた、死のうとしたわけ？　だったらもっと確実な方法を選びなさいよ。こんなちゃちな通りで車に轢《ひ》かれたら……コン・マイ・ポーになるのがいいところよ。そうなったら、どこかの街角で缶カラ差しだして、人に憐《あわ》れみ乞わなきゃ生きていけなくなる」

テイは、あからさまに口にしづらいことは、すぐにタイ語に置き換えて言いたがる。コンは人、マイは英語で言えばｎｏｔ。ポーは充分、ｅｎｏｕｇｈといった意味だから、直訳するとコン・マイ・ポーは、充分でない人、足りない人。

修二は、黄色い乾いた土のついたズボンの尻を手ではたいた。あの瞬間、暑さで頭がどうにかなっていたのだと思った。いや、頭はずっと以前から、どうにかなったままのような気もした。

「コン・マイ・ポーか……」呟くように修二は言った。「俺はもともとコン・マイ・ポーだよ」

「そんなこと言っている場合かって」まだいくらか怒気を感じさせる顔をしてテイが言う。

「チョルナムが、シュウのことを探していた。それで私、シュウのところに報《しら》せにいく途中だったんだ」

「チョルナムが俺のことを？」

「うん。シュウに日本から連絡がはいったらしい」

日本と聞いただけで、ざわりと胸が波立ち、顔に藍色がかった翳《かげ》がさす。

「勘違いするな、昔の女房からじゃないぞ」

テイはすかさず彼の顔色を読んで言った。こういう時、修二はテイのことを、心底いやな女だと思う。

「日本のシュウの兄さんか姉さんからだったみたい」

胸のざわりが、ずしりという重たさにすり替わった。

が、妙だった。バンコクの居どころは、兄の和宏《かずひろ》にも、姉の昌代《まさよ》にも報せていない。にもかかわらず、彼らのどちらかがチョルナムのところに連絡をよこしたというのがわからない。

「チョルナムの話だと」少し声のトーンを落としてテイが言った。「どうやらお袋さんが、亡くなったらしい」

「お袋？　誰の？」

「馬鹿」テイの丸い顔がいきなりひしゃげた。「シュウのお袋さんに決まっているじゃない」

考えてみれば、修二の母親の嘉子《よしこ》も今年七十だ。いつそういうことになったとしても、おかしくない年齢と言えば年齢だった。だがこの度を越した熱気と騒音、それに白く眩しい光の中で聞かされると、実の母の死さえもが、どこか白々として現実味に乏しいものになってしまう。

「詳しいことはチョルナムが知ってる。今からすぐにチョルナムのところへいっておいでよ。何でもシュウの兄さんだか姉さんだかは、とにかくいっぺんシュウに日本に帰ってきてもらいたがっている様子だったらしいよ」

「――――」

「どうするの？」視線を歩道に落とし、陰鬱《いんうつ》に黙り込んだ修二の顔を覗き込むようにしてテイが言った。「一度日本に帰ってくる？」

ほかでもない、産みの母親が死んだのだ。何をおいても帰るべきだろう。わかってはいても、思わずその場に立ち竦《すく》み、進退きわまってしまうような思いが胸の中にあった。

「はっきりしないなあ、相変わらず。三日も四日も考えてる訳にはいかないよ。ぼやぼやしてたらお袋さんはお骨《こつ》になっちゃう。帰るんだったら、今晩にでも発《た》たないと意味がないんだからさ」

テイの顔を見る。いつもけらけら笑ってばかりいる彼女が、珍しく真剣な面持ちを作って彼の顔を見ていた。テイのこうした真面目な顔に接すると、修二は自分の胸の奥底で、もつれてしまった記憶の糸を、不意に強く引っ張られた思いがする。

昔、日本のどこかで、テイと会ったことがあるような気がしてならない。なのにどこでどういうふうにということが何としても思い出せず、もどかしさが募る。もうずっと以前から、俺はこの女を知っている——、それはかなり確かな感覚だった。

「なに？」自分に注がれた修二の視線を訝《いぶか》るようにテイが言う。

「既視感——」

「既視感？」

「俺、昔、テイとどこかで会ったことがないか？　日本のどこかで。前からそんな気が時々していた」

「何考えてるのかと思ったら」うんざりしたように、テイが顔を歪《ゆが》めた。「そういう寝ぼけたこと言ってないで、とにかくチョルナムのところにいっておいでって」

あえて一蹴しようとしているようなテイの表情の下に、やはり修二は見知った女の面影を見る。いったい俺は、この女といつどこでどんなふうにして関わったのか。

「悪い癖だよ。現実が鬱陶しくなると、すぐにべつの世界に逃れようとする」

「そういう訳じゃないんだが」

「たわごとはいいから、さっさといっておいでってば。十も年下の女に尻叩《たた》かせるな」

「わかった。チョルナムのところにいってくる」

心にもやついた思いは残った。それもテイが言うように、突然自分を捕まえにきた日本という現実から、意識が逃れようとしているだけなのかもしれなかった。

焼ける石の歩道の上にテイを残し、修二はひとり、大通りの方向に歩きはじめた。目の前の道は白い。けれども心は重たく曇っていた。

2

——一九九八年　九月　東京——

五年振りに隅田川《すみだがわ》を目にした時、修二はその川面《かわも》の色の美しさに、思わず心打たれた。川の両岸にひろがる東京の街のあまりに整然とした佇《たたず》まいにも、感動に近い感慨を覚えていた。何もかもが、いくぶん水色を帯びたくすんだ空気の中に溶けていてうるさくない。この街は、何と穏やかでやさしい顔をしていることかと改めて思う。

だが、姉の昌代はそんな修二の感傷を、なかば鼻でせせら笑った。隅田川の澱みも臭気も、五年前と少しも変わっていない。川に架《か》かる橋や街を縦横に走る道路には終日車やトラックが行き交って、いやというほど周囲に排気ガスを撒《ま》き散らしている。騒音も、以前に比べていっそうひどくなったといっていい。

「なのに整然としているだなんて、修ちゃん、あんた、ふだんいったいどういうところで暮らしているのよ?」

そう言った昌代の頰のあたりには、皮肉な歪みが窺えた。

昌代も、四十五か六になるはずだった。目尻の皺《しわ》が数と深さをまし、いくぶん下がり気味になった唇の両端が、確実に五年の月日が流れたことを感じさせた。腕やからだも、以前より一枚脂肪の層を厚くしている。いや、昌代がまとったのは、目に見える皺や脂肪ではなく、ふてぶてしさなのかもしれなかった。表情の端々《はしばし》に、その年代になった女の開き直りにも似た図太さが、滲みはじめている。昔から高飛車で、姉さん風を吹かせたがる人だった。見てくれも、それに見合ったものになった感じがした。

だが、修二には返す言葉がなかった。言われてみれば、昌代の言う通りだった。すべては、バンコクに比べれば、の話でしかない。

バンコクは、道路は車の洪水、街は人の洪水、日本の何倍もの混雑と渋滞が日常だ。通りを車が埋めつくしていても、脇道からまだ車が流れ込んでくるし、滞《とどこお》った車の間を、焦《じ》れたように何台ものバイクが、爆音を響かせながら縫っていく。排気ガスと粉塵、砂埃で、街路樹も建物も空も煤《すす》け、あたりは風景そのものが、黄色っぽい膜《まく》を一枚被《かぶ》っているように見える。騒音も凄《すさ》まじく、早朝にすら静けさは望めない。たとえ近代的なビルの十階、十五階に暮らしていたとしても、ひとたび窓を開ければたちまち地上の喧騒《けんそう》に巻き込まれてしまう。一本通りから路地にはいれば、石の歩道は穴ぼこだらけだし、歩道の脇には建物沿いに露店がびっしりと並び、どこもかしこもが猥雑で雑然としきっている。

バンコクは、川の色からして違う。街を縦断するチャオプラヤ川は、東北部の粘土質の土を削り、溶かし、豊かで滔々《とうとう》たる流れに巻き込みながら、タイ湾へと向かう。それゆえ水は大雨の後のように黄色く濁り、澄んだ水色を見せることがない。常に濁流。修二が住んでいるのは、川べりのヤワラーと呼ばれるチャイナタウンの片隅だ。迷路のように入り組んだ路地に人と物がひしめき合う、静寂とはおよそ縁のない区域だった。

だが修二は、たとえ東京がバンコクよりも数段大人びた暮らし心地のよい街だとしても、故郷であるこの東京に、当面自分から立ち戻ることなど、まったく考えていなかった。立ち戻るには、あまりに何者でもなさすぎた。かといって、母親が亡くなったという報せを受けながら、無視してやり過ごすことができるほど、冷血にもまたなれなかった。何もかもが、自分でもいやになるほど中途半端だった。

しかし、自分なりに重たい決心をつけて帰ってきたことに何の意味もなかったことを、修二は家に着くなり思い知らされざるを得なかった。

彼が江東区《こうとう》清澄《きよすみ》にある実家に帰り着いた時、母、嘉子の通夜、葬儀は滞りなく終わっていた。嘉子は既に祭壇の上の骨箱の中に、ちんまり納まった形で修二を迎えた。五年振りに対面したのは、白い菊の花に縁どりされた遺影の嘉子。その写真にしたところで、最近のものではない。恐らく七、八年前、まだ修二が日本にいた頃に撮った写真に違いなかった。薄い笑みを滲ませた写真の嘉子の顔を見つめているうち、腹の内から湧きだした虚脱感がじわりじわりとからだ全体にひろがって、手先足先にまで染みていくのを修二は感じた。身の隅々にまで浸潤《しんじゅん》していく虚脱感には、いくばくかの苛立《いらだ》ちが含まれてもいた。

死に目に会えなかったばかりでなく、通夜、葬儀という儀式にも間に合わなかったというのでは、今ここにこうして自分がいることに、いったいどれほどの意味があるだろう――。

べつにぐずぐずと迷っていた訳ではない。連絡を受けた日の晩には、飛行機に乗った。修二に連絡をとろうとするうちに、通夜も葬儀も終わってしまっていたのなら、電話でそう言ってくれていてもよかったのではないか。言ってくれていたら、もはやどうしようもないこと諦《あきら》めて、彼は宙ぶらりんの男のまま、おめおめ日本に戻ってくることをしなかったと思う。

「修ちゃん、ちょっとこれ、読んでみてくれない?」

昌代から渡された書類を手にした途端、ひとりでにからだが息を詰めていた。その書類は、たとえ死に目にも葬儀にも間に合わなくとも、残った肉親にとっては修二が必要だったということを、明らかに彼に告げていた。

「これ……」目を走らせながら、思わず修二は呟いていた。

「うん」昌代が軽い調子で頷《うなず》いて言う。「遺産分割の協議書。急いで拵《こしら》えてみたんだけどさ」

およそ四十坪の清澄の土地、家屋は昌代が取得。嘉子名義の銀行預金、有価証券は、一部昌代が受け継ぐものを除いては、和宏が取得。残り三百万余りの郵便貯金が、修二の取得分と記されていた。

金額に換算すれば、当然修二の取り分が一番少ない。それは、仕方のないことだった。十五年前、病に倒れた父の昌勝《まさかつ》を母と共に看病して看取ったのも昌代、以降この家で母を助け、面倒を見てきたのも昌代、修二は何もしていない。兄の和宏も同じようなもので、結婚をして家をでてからは、べつの場所に居心地のよい家庭を構えて、実家のことはほとんど昌代に任せきりできた。それだけに、和宏としても異議は唱えがたいところだろう。もともとが、和宏は三つ年上の昌代に頭が上がらない。子供の頃からそうだった。昌代は、男勝りで勝気な性分だが、一方の和宏は口数が少なくてのんびりとした性格をしている。村瀬家の実質的な長男は、ずっと以前から昌代だった。

昌代が遺産分割の話を持ちだした時も、和宏は昌代のとなりに腰をおろしていたが、いていないも同然というぐらいに存在感が稀薄だった。自分からはとりたてて口を挟むこともせず、ちびりちびりとウイスキーの水割りを、なめるようにして飲んでいた。

「同じ子供ということからすれば、修ちゃんには多少不満な面もあるかもしれない。でも、ここは納得してちょうだい」昌代が言った。「母さんが二年ぐらい前からほとんど寝たきりの状態になっていたことだって、修ちゃん、ろくに知らなかったでしょ？　何せ修ちゃんはバンコクに飛んだきり、途中から音信不通の状態だもの。社命で赴任したはずが、いつの間にやら会社も辞めてしまっているし、こちらからは連絡のとりようもない。母さんなんか、修ちゃんは家も日本も捨てたんだ、なんて、ずいぶん嘆いていたものよ。今度だってあなたを探すには、骨が折れた、骨が折れた……」

姉さん、もうわかったよ、と修二は放っておけばどれだけ自分にとって耳が痛いことを喋《しゃべ》り続けるかわからない昌代を、苦い顔と言葉で制した。

「姉さんの言う通りだよ。わかっている。好き勝手をしている俺には、口を挟むだけの資格がない。姉さんと兄さん、二人が相談して決めて、納得していることならば、俺に特別異論はないよ」

そう、よかったと、昌代は息をついた。顔にあからさまな笑みは湛《たた》えていなかったが、よかったと言った声が、満足げな笑みの色を含んでいた。

「それじゃ修ちゃん、この書類、バンコクへ持っていって領事館でサインして、証明書をもらってきてちょうだい。それでこの書類と証明書を、すぐに一緒に送り返してほしいの」

「え？　領事館の証明書？　そんなものが必要なの？」

「そうよ。あんたはこっちに住民票も印鑑証明もないでしょ？　だからどうしたって、間違いなくあんたがサインしたということを証明する、公的機関の書類が必要なのよ。サイン証明というやつね。それが印鑑証明の代わりになるの」

嘉子が亡くなってから、まだ幾日と経っていない。そのわずかの時間に、昌代は嘉子の資産を元に遺産分割の協議書を拵えたばかりか、外国で暮らしている修二本人が知らずにいる手続き上のことまで、しっかり調べ上げていた。昌代の実務的な手腕と手回しのよさには、頭が下がると言いたいところだが、正直、項垂《うなだ》れてしまいたいような心地だった。年老いた親が死ぬとはそういうことだ、世の中そういうものだとわかっていても、気持ちの疲れがからだの中に滲みだす。

「とにかく向こうへ帰ったら、今言ったことを一番にやってちょうだいね」駄目押しのように昌代が言う。「でないと土地の登記も口座の名義変更もできないから、私も和宏も、いろいろ困ったことになっちゃうのよ。もしあんたが見つからなかったら、ほんと、どうしようかと思ったわよ」

修二が葬儀に間に合うかどうかなど、二人にははなから問題ではなかったということだ。詰まるところ、相続人間で遺産分割協議が成立した旨を認める修二の署名と、署名が間違いなく彼本人の手によるものであることを証明する書類がほしかっただけのことだ。生身の修二はどうでもいい。必要とされていたのは、村瀬修二という人間の、紙の上での存在証明。

「お母さん、千葉の伯母さんから電話」

襖《ふすま》を少し開け、昌代の息子の信也《のぶや》がぬうっと顔を覗かせた。いつの間にやら信也も、高校三年生になったのだという。帰ってきて最初に姿を見た時には、どこの誰かと見紛《みまご》う思いだった。つい最近までハンドボールをやっていたという信也は、驚くぐらいに背丈が伸び、顔もずいぶん面長になり、すっかり大人びてしまっていた。肩幅も広くなって、骨格自体が五年の間に変わっていた。弟の達夫《たつお》も、はや高校生になっていて、こちらはまだいくぶん線は細いものの、背丈はやはりぐんと伸びた。加えて、いささか肥満気味の義兄の靖《やすし》——、大きな男が三人と、大柄な女が一人。もともとが狭くて物の多い清澄の家は、もはや昌代一家に占拠されたも同然で、こうして実家に帰ってきていても、修二は自分の身の置きどころを探すのに苦労する有様だった。

「……で、修二、向こうでの仕事はうまくいっているのか?」

昌代が電話をとりに席をはずすと、ようやくのように和宏が修二に言葉をかけてきた。内容をつぶさに語って聞かせられるような仕事であれば、久し振りの兄弟二人の会話も弾《はず》もうというものだった。だが、残念ながら、修二のバンコクでの仕事は、うまくいっているとかいないとか言えるような類《たぐい》のものではなかった。だから修二は小さく頷き、まずまずかな、と曖昧《あいまい》に呟いた。

「ならよかった」しかし和宏は深く追及しようとせず、ごくあっさりと受け止めた。「いずれにしても、無事過ごしていてくれて安心したよ」

「兄さんの方は？」話題を自分から兄へ転じるように修二は言った。「何も変わりはない？」

「うん。実は去年、所沢《ところざわ》に引っ越してな。今は向こうのお袋さんと一緒に暮らしている」

なるほどそういうことかと、修二は心の中で合点した。所沢は、兄嫁の美代子の里だ。確かあちらの家は、所沢の土地持ちだった。美代子は三人姉妹の一番上、いずれは里の家を継ぐ身と耳にした覚えがある。父親が亡くなって、恐らく美代子が実家に戻るかたちになったのだろう。となれば和宏は、苗字こそ村瀬と変わっていなくても、いわば入り婿のようなものだ。相手は土地持ちだけに、当然住む場所には苦労していまい。清澄の四十坪ばかりの土地家屋を昌代に譲ったところで、和宏に何ら痛痒《つうよう》はない。逆に現金を手にする方がいくらも有り難いというところか。

「バンコクか」話の接《つ》ぎ穂を探すように和宏が言った。「年中暑いんだろうな」

「うん……暑いね」

その暑さはひと通りでなく、また、ひと言で言い尽くせるものでもない。だからあちらの暑さについて語りだせば、それだけで充分会話は続いていく。だが修二は、敢《あ》えて語ることさえもが、既に億劫《おっくう》になってしまっていた。心の中に、茫漠《ぼうばく》とした白い空気がひろがっている。

「まだ当分向こうで仕事することになりそうなのか?」

「そうだね、たぶん。よくわからないけど」

「そうか」

沈黙。

会話は少しも続かないし弾まない。沈黙の間に、修二は自分のグラスにウイスキーを注《つ》ぎ足した。二人黙って、それぞれのグラスに口をつける。

「ああ、私にも一杯ちょうだい」

電話を終えて部屋に戻ってきた昌代が、自分のグラスを差しだした。修二が水割りを作ってやると、昌代はそれをひと口飲み、唇を真一文字に引き結んだ。まるで苦い薬でも飲み下したような顔だった。

「で、修ちゃん、あんた、結婚しているの?」

「え? 結婚?」

「結婚とまでいかなくても、向こうで一緒に暮らしている女の人はいるのかってこと」

「いや、まあ……ひとりだね」

「いまさら蒸し返すのも何だけどさ」

〝まあ〟という修二の返答の曖昧さには頓着せず、昌代は言葉を続けた。

「綾《あや》さんと離婚したのには驚いたわよ」

綾の名前を耳にしただけで、胸がぎくりと波立った。このぎくりを味わうたび、いい歳をしてと、自分自身が呪《のろ》わしくなる。

「仲よくバンコクに旅立っていったと思ったら、じきに綾さんが一人で日本に帰ってきて、あっという間に離婚成立。何の説明もないもんだから、こっちは何が何だかさっぱり訳がわからない。小田島《おだじま》さんからは文句をつけられるし。あれには母さんも私も往生したわよ」

「小田島って、綾の――」

「そう、お父さん。綾は精神的に少しおかしくなって帰ってきた、このことに対する責任を、いったい修二君はどう考えているのか、なんてね。そのうちあんたは会社も辞めてしまった。なのに日本に帰ってこない。あれからよ、母さんがめっきり弱ったのは。何だかんだ言ったって、母さんは修ちゃんがかわいくて仕方がなかったんだから」

嘉子の顔が脳裏に浮かび、途端にびりっと全身に、弱い電流が流れたようになった。嘉子と綾、この二人の女は修二に汗を掻《か》かせる。

「修ちゃんは子供の頃からおとなしくて真面目そうで、勉強だって兄弟の中で一番できた。だけどねえ……」

昌代はまた水割りを口にして、苦虫を嚙《か》み潰《つぶ》したようなまずそうな顔をした。その顔を、修二はいくぶん上目遣いに窺い見やる。この先何を言うつもりかと、自然と警戒する顔になっていた。

「それでいてやることが、時々本当にわからない。だから余計に父さんも母さんも悩んだ。黎明《れいめい》高校目指して勉強していた修ちゃんを、父さんも自慢に思って応援してた。あんたには、黎明にはいれる力はあったのよ。それをひとりであれこれ考えて、あんたは誰にも言わずに黙って願書を取り下げてた。あの時の父さんのがっかりした顔って言ったら……綾さんとの離婚を知った時、母さんもおんなじような顔していたわ。そういう性格は、大人になっても変わらないものなのねえ」

「まあ、いいじゃないか」珍しく和宏が、グラスを置いて口を差し挟んだ。「久し振りに会えたんだ。過去のことまで持ちだして、ああだこうだ言わなくたって」

「そうね。こうして帰ってきてくれたんだものね。それに修ちゃんも、もう子供じゃない。今は外国で、一人で立派に暮らしている身だものね」

高校受験のことなどではあるまい。本当は何が言いたいのだ——、修二は昌代の顔を黙って見た。昌代の黒い瞳が、修二を圧するような勢いを底に宿して、彼の瞳を見つめ返していた。

いいこと、あんたの過去は私が握っている。父さんも母さんも病気で死んだ。だけど修ちゃん、二人はあんたが殺したも同然なのよ。ことに父さんはね、そうでしょ？　あんた、わかっているわよね……口を開いて言った訳ではない。けれども、昌代の瞳が語っていた。「ああ、歳ね」不意に修二から視線をはずして昌代が言った。「お酒を飲むとすぐに眠たくなる。さ、私は寝るわ。修ちゃん、さっきの話だけど、本当にお願いね。とにかくバンコクに帰ったら、すぐに領事館へいって、書類を送り返してちょうだいよね」

わかったよ、と修二は言った。言いながら、これは昌代の恫喝《どうかつ》だと思っていた。修二に異議を唱えさせず、すぐに書類を送り返させるための一種の脅し。

彼は日本へ帰ってきたことを、いまさらのように激しく後悔していた。

3

翌朝、修二は早くに目が覚めた。ここが東京だということは、頭ではわかっているつもりだった。が、からだの中の何かが、それを納得していなかった。だから目覚めた途端にバネ仕掛けの人形のように跳ね起きて、チャイナタウンのいつもの喧騒や、嗅《か》ぎ慣れた臭気に近い独特の匂いを、からだが勝手に探していた。探すものが得られないことに、五官が戸惑い、慌てている。

時刻は早い。とはいえ、そのまま寝てもいられない気分になって、修二は足音を忍ばせて、二階の物干しに上がった。

初秋の朝のひんやりとした空気が、堪《たま》らなく肌に心地よかった。バンコクの朝にこの清々しさは、とうてい望むべくもない。思わず深く息を吸い込む。顔の上を、薄い笑みの膜が覆っていくのが自分でもわかる。

清澄の家の物干しからは、眼前に隅田川が望めた。手すりに腕をもたせかけ、ぼうっと隅田川を眺めやる。朝のまだ色濃くなる前の空を川面に映した隅田川は、少し霞んだような柔らかな水色をしていた。流れはおっとりとして穏やかで、ゆるい風に運ばれて、川の匂いが鼻の先に漂ってくる。水臭い、という言い方はおかしいかもしれない。けれども、彼にはそうとしか表現できない薫りだった。何もかもが、かつて彼が馴染《なじ》んだものばかりだ。少し前まで、チャイナタウンの気配がないことに戸惑っていたからだが、たちまちここの風土に浸《ひた》されて、空気に宥《なだ》められるみたいに納得していく。脳細胞も含めた細胞という細胞が、静かに記憶を喚《よ》び覚まされて活性化していくかのような、目覚めの心地よさがあった。

煙草が喫《す》いたい――。

パジャマの胸のポケットに、煙草を忍ばせてきたのは正解だった。以前もこうしてここで隅田川の流れを眺めながら、ぼんやり煙草をふかしたものだった。あの頃は、ジュースの空き缶を灰皿にしていた。

見ると物干しの隅っこに、当時とまったく同じように、コーラの缶が置かれていた。修二の頬に明らかな笑みが浮かぶ。本当に時の流れを遡《さかのぼ》り、昔に立ち返ったような思いがした。

コーラの缶を手に、修二は煙草に火をつけた。煙があたりの空気と混じり合いながら肺になだれ込み、からだの隅々にまでひろがっていく。こんなにうまい煙草を喫ったのは、何年振りのことかと思う。

ここでなら、俺も生きていけるのではないか、ふとそんな思いが、胸に萌《きざ》しかける。バンコクでの暮らしが、苛烈《かれつ》で厳しいということは決してなかった。修二は日本にいた時よりも、ずっとちゃらんぽらんに過ごしている。それでも暮らしは何とか成り立っている。実のところ修二はここ二、三年、まともに働いた記憶がまるでなかった。だが、彼は食べている。道端に寝ている訳でもなく、まがりなりにもコンクリートの建物で、雨露《あめつゆ》――、それに強烈な陽射しを凌《しの》いで命をつないでいる。今回日本に帰ってくるにしても、飛行機代に事欠くということもなかった。バンコクという暑いアジアの懐《ふところ》に抱《いだ》かれて、修二は確かに生きている。

しかし、今の修二にとって生きているということは、死ねずにいるということとほぼ同義だった。

こうして隅田川を眺めていると、頭の中で自然とチャオプラヤ川と重なってくる。地元バンコクの人間にとってチャオプラヤ川は水路だ。それ以上の意味はほとんど持っていまい。しかし修二は、ただ意味もなくチャオプラヤ川を眺めていることが多かった。景色として眺めているというのでもない。隅田川を思い浮かべつつ、また、川を流れる自分の死体を思い浮かべつつ、黄色い川を眺めている。今の自分など、死んでいるも同然だ、生きている価値もない暮らしをしている。ならばどうして生きているのか……そうした思いが、川の中に自分の死体の幻影を結ばせるのかもしれない。

あれはいったいいつの頃からだったろうか、と思う。気づいた時、既に修二は、背中に見知らぬ熱帯の死神を背負い込んでしまっていた。赤道近く、熱帯モンスーン気候の焼けつくようなバンコクの街で、脳味噌をうだらせ、たらたら汗を流しながら、背中に死神を張りつかせているというのも、至極間の抜けた図だった。ところがこの死神はしぶとくて、いったん修二に食らいついたが最後、何としても離れようとしない。だから修二はぎらぎらとした太陽の下で、心の中に闇を作り、いつも死ぬことばかりを考えている。なのに死ねないから生きている。ただそれだけのことだった。

あの年がら年じゅう真夏という気候がいけないのかもしれない、と修二は思った。街を覆い尽くす糞味噌《くそみそ》一緒くたといった匂いもいけない。底の抜けたようなタイ人気質もいけない。空気もいけない……。いずれにしても、タイで暮らすようになってから、自分の中の何かが狂った気がする。だが、こうやって日々隅田川の流れを見ていたら、内部で狂いを生じた何かも、ひょっとしたら元の位置に戻るのではあるまいか——。

そんな思いを抱きかけた時、背後で人の気配がして、修二は内側の思いから現実へと引き戻された。反射的に後ろを振り返る。義兄の靖だった。

びっくりしたのは向こうも同じだったらしい。まだ櫛《くし》も入れていないぼさぼさの髪をした靖が、階段から上半身を覗かせた状態で、あっ、と目と口を開いていた。

不意討ちを喰《くら》ったような靖の顔を見て、修二は現実にのみならず、一気に現在という時に引き戻された思いがした。時間は、決して過去へと逆行するものではない。物干しに置かれていた空き缶も、もちろん修二が暮らしていた頃そのままに、そこに置かれていた訳ではなかった。昌代に家の中で煙草を喫うことを許されずにいる靖が、一服する憩いの場所がここ。灰皿代わりに使っているのがこの空き缶。いわば修二が手にしているコーラの空き缶も、靖の所有物みたいなものだった。

「済みません」修二は慌てて煙草をねじ込んで、缶を元の場所に戻して言った。「一度目が覚めたら、何だか寝てもいられなくなってしまったもので」

「いやいや……」

鰯《いわし》を銜《くわ》えた泥棒猫と鰯の持ち主、赤の他人ならばともかくも、義理とはいえ兄弟となると、バツが悪いのはどちらも同じらしい。靖は靖で、天敵に出くわした亀のように、たちまち物干しの下に顔を引っ込めてしまった。姿が消えた後に、間延びした声だけが残る。

「どうぞ、どうぞ、ごゆっくり」

修二の顔に、苦い笑いがゆっくり滲んでいった。それは自らの愚かしさに対する冷笑だった。

昨日の晩、彼は日本に帰ってきたことを、激しく後悔したばかりだった。なのに一夜明けるとすっかりそれを忘れ果てたように、ここでなら自分も生きていけるのではないかと思った。馬鹿げたことだった。この日本のどこに、自分の居場所があるというのか。彼にはもう、実家というもの自体が存在しない。この家は、とうの昔から昌代一家のものなのだ。家の中にはもちろんのこと、家の外にも居場所はない。五年もの間、東南アジアで自堕落な暮らしをしてきた三十八にもなるたわけた中年男など、誰がまともに相手にするだろう。日本の社会も会社も、それほど甘くはないし余裕もない。

そしてまた、すべては自分の胸の内にあるといった目をした昌代が、日本での彼の居場所を剝奪《はくだつ》する。過去が彼を追いかけ、この地から追い立てを喰わせる。確かに、修二は日本にいてはいけない男だった。

修二は息をつき、物干しの階段をのろのろとした足取りでおりはじめた。いったん離れかけたかのように思われた死神が、再び肩の上にのしかかったような重たさがあった。

お前は日本にまでついてきていたのか……彼は背中の死神に向かって囁《ささや》きかけた。

思えばすっぽんのようにしつこい死神が、そうやすやすと彼から離れてしまう訳がなかった。修二は自分にとり憑《つ》いた、色が浅黒くて目玉のぎょろりとした南国の死神の顔を、一瞬垣間《かいま》見たような思いがした。

足の下で、古くなった木の階段板が、ぎしぎしと陰気な音をたてる。修二にはその音が、自分の中の軋《きし》みの音のように思えていた。

4

「おじさん、電話」

襖の向こうの声は、達夫のそれのようだった。

滞在している間、修二は家の居間兼仏間で過ごしていた。仏壇に納《おさ》められた父の位牌《いはい》、祭壇の上の白木の母の位牌とお骨、二人の御霊《みたま》に責められるように、両者に挟まれ寝起きしている。だが、一週間が経った今も、二人は修二に何も語りかけてこない。夢枕に立つこともない。言いたいことは、当然山ほどあるだろう。にもかかわらず沈黙を守り続けているというのは、彼を許したということではなく、見放したということなのかもしれないとも考える。

仏間であり、かつ一家の居間であるというのがよくなかった。何しろ狭苦しい家のこと、昌代は諦めているにしても、ひと部屋潰す居候《いそうろう》が長居をしていては、信也や達夫は内心鬱陶しくて仕方あるまい。それが彼らの表情の端々からも如実に窺われた。

二人が小さい頃は、よく遊んでやったものだった。ことに信也とはそうだった。信也が小学校低学年の頃、修二はまだこの家で暮らしていた。だから休みともなると、二人して表にでた。キャッチボールをしたり、自転車の乗り方を教えてやったり……そんな修二や信也の後を、達夫は半べそを掻きながらも、味噌っかすにされまいと、必死でついて回っていたものだ。今となっては、前世にも等しいほどに遠い過去の話だ。ことに彼らにとってはそうだろう。

「おじさん、聞こえた？　電話」

半分投げだすような口調だった。

電話――、解《げ》せない思いを抱いたまま、修二は襖を開けた。彼が日本に戻っていることは、一部の親戚を除いて、誰にも知らせていない。彼に電話をよこすべき相手など、存在しないはずだった。

「電話って、俺に？」

怪訝《けげん》そうに言う修二に向かって、達夫は無言で首を縦に振りおろした。

「誰からだろう？」

「小田島とかって言っていたけど」

「小田島――」

またしても、胸がぎくりとしていた。刹那《せつな》頬をひきつらせ、暗い面持ちをして立ち尽くした修二のことを、達夫は無表情に、しかし冷ややかな目をしてちょっと眺めていた。が、すぐに関心もなければ自分の用事も済んだというように、くるりと愛想なく背を向けた。

ぎくりとなった余韻を胸の内に残しながらも無理矢理押さえつけるようにして、修二は電話に歩み寄り、グレーの受話器に手を伸ばした。

「もしもし……」

恐らく綾は何らかのかたちで嘉子の死を知るに至ったのだろうと、内心察しをつけていた。それで悔やみの電話をよこしたところに、ちょうど修二が居合わせた。何というめぐり合わせかと、息をつくように心で思う。だが、考えてみれば、母親の死に際して息子が帰郷しているというのは、ごく当たり前のことかもしれなかった。

「ご無沙汰しています……」

受話器から流れてくる懐かしい綾の声。続けて彼女は言った。

「お義兄《にい》さんですか？　私、律《りつ》です。綾の妹の小田島律です」

綾ではなかった。そのことに、安堵と共に落胆を覚える。内で混ざり合った思いに収拾をつけられぬまま、修二は音のない吐息を唇から漏らしていた。

「驚きました。お電話差し上げたら、ちょうどお義兄さんがそちらにおいでになるというので」

「律ちゃんか。久し振り……いや、本当にご無沙汰してしまって」

いくらお義兄さんと言われても、こうして電話で話していると、どうしても綾と話しているような錯覚に囚《とら》われる。それも無理からぬことで、律は綾とまるで同じ声をしている。電話ではなく、仮に顔を合わせて話をしていても、彼は綾と話しているという錯覚に囚われたことだろう。一卵性双生児。律は顔もまったくといっていいほどに、綾と同じものを持っていた。

「お母様、お亡くなりになったそうですね。このたびは、本当にご愁傷さまでした」

「ごていねいにどうも。でも、律ちゃん、それをどこで？」

「たった今、この電話でお聞きしたばかりです。何も存じ上げませんで」

「え？　この電話で？」

「お義兄さんのご連絡先をお教えいただきたくて、たまたまお電話差し上げたら、甥御《おいご》さんかしら、『おばあちゃんが死んだので、おじさんならうちにいますけど』って、今、そうおっしゃったので」

ああ、そういうことか、と修二は合点した。しかし、ならばどうして律は彼に連絡をとろうとしたのかという新たな疑問が胸に生じる。

「お取り込み中、本当に申し訳ないのですが、実は私もお義兄さんに、ご報告申し上げたいことがありまして」

律の声は、次第に遠慮気味になり、向こう側の受話器からうしろの方へ、尻込みしていくように細くなっていった。何とはなしに、いやな予感がした。

「何だろう？」いくぶん恐れるように修二は言った。

「実は……姉のことです」言い澱むような不穏な間《ま》が一、二拍あった。不穏な間の後、意を決したように律は言った。「綾、亡くなったんです」

わが耳を疑うとはこのことだった。律の言葉は耳を通して脳までちゃんと届いている。だが、言葉を言葉通りの意味をもったものとして、頭が認識できずにいる。

「何？」修二は言った。「何だって？」

「つい先日、四十九日の法要と納骨を済ませたところです」

律は、綾が死んだと二度繰り返さず、修二に告げた。

「どうして？……」

ようやく口からでた言葉は、吐息に近いものになっていた。

「交通事故です。夜、うちの近くで車に撥《は》ねられまして。ほとんど即死でした」

綾の家は世田谷《せたがや》の、閑静なお屋敷町の中にある。車がひっきりなしに行き交って、向こう側へ渡るのが容易ではないようなバンコクの通りでも、車の流れをかいくぐるようにして無事すり抜けていた綾が、どうしてあんな静かな住宅街で、車に撥ね飛ばされたものかと思う。事実ならば、これほど皮肉なこともなかった。こんな未来が待っているなら、あのままバンコクにいればよかったのだ。それがわかっていたならば、修二も綾を日本に帰したりはしなかった。

「お報せすべきかどうか迷っているうちに時が過ぎてしまって……。今日ようやく決心をつけて、お電話差し上げてみた次第でした。そうしたらちょうどお義兄さんがいらっしゃるというので、私もびっくりしてしまって」

言葉がでなかった。綾が死んだということが、まだ信じられない。信じられない……と、意識的に頭の中で言葉を繰り返しながら、その実、彼はそれが紛れもない事実であることを認めていた。その証拠に、受話器を持つ手が、小さくわないていた。額のあたりも冷たくなっている。

「お義兄さん」受話器の向こうから、いたわるように、律が修二に囁きかける。「ごめんなさい。さぞかしびっくりなさったでしょう。やはりこんなふうに、いきなりお伝えすべきことではなかったかもしれません」

「いや、報せてもらってよかった。だけど、綾が亡くなっただなんて……律ちゃん、君もさぞショックだったろう。本当ならこちらがお悔やみを言って、いたわってやらねばならないところなのに。何だか頭が混乱してしまって、申し訳ない」

律はすぐに返事をしなかった。不意に闇に陥《おちい》ったような重く短い沈黙があった後、再び力ない声が聞こえてきた。

「私も、半分死んだみたい。当たり前の話ですけど、綾は綾だった。でも、綾は私でもあった。だから私も死んだのかしら……なんて思ったりもして。何だかこうして自分ばっかりが生きているのが不思議みたいに思える時があります。ごめんなさい。私ったら、訳のわからないことを言って」

「そんなことはない。よくわかるよ。律ちゃんは、綾のことを本当に大事に思っていた。しかも君たちは双児だ。ふつうの姉妹以上に深いつながり方をしていた」

「お義兄さん、今、どちらにお住まいなんですか？」

急に話題を切り換えるように律が言った。

「バンコク。まだバンコクにいる」

「バンコク——。そうだったんですか。あの、向こうのご住所、お教えいただいても構いませんか？　一度お手紙差し上げたいので」

「ああ」

修二は、自分のアパートのアドレスと、連絡先にしているチョルナムの家の電話番号を告げた。自分の居どころをこうもたやすく他人に対して口にしたのは、彼女がはじめてのことではなかったか。

頭の中がまとまらないまま、型通りの挨拶の言葉を口にした。律との電話を終えて受話器を戻してもまだ、それじゃ元気で……といったありきたりの言葉が、虚《むな》しく宙に浮いたまま、目の先あたりを漂っている感じがした。

しばらく電話の前に立ち尽くした後、修二は操《あやつ》り人形のようなちぐはぐな手脚の動かし方をして、ふらふらと玄関にいくと、そのまま表にでていった。足が勝手に清洲橋《きよすばし》へ向かう。

橋の上に立ち、修二は隅田川を眺めた。

穏やかな流れだった。のどかといってもいい。川を渡る風もゆるやかで、頰をかすめて前髪をかすかに揺らす程度でしかない。空と川面と空気のやさしい色合い、水臭さ……故郷の川、故郷の街の風景。

けれども修二はもうそこに、帰ってきたばかりの時に感じた切ないほどの郷愁を、見出すことはできなかった。心は灰色に固まって、心と同じ色をした目が、ただ風景を映しているにすぎない。目に映っている風景が、ひどく色褪《いろあ》せたものとなって心に焼きつけられていく。

修二はしばらくの間、腑抜《ふぬ》けたように隅田川の流れを見つめていた。それはバンコクでチャオプラヤ川を眺めている時と、そっくり同じ目であり姿だった。

彼にとっての東京は、嘉子であり、綾だった。仮に同じ東京の空の下に身を置いていたとしても、ひょっとすると綾と顔を合わせることは、生涯二度と再びなかったかもしれない。仮になくても構いはしなかった。そこに綾が存在しているというだけで、東京は彼にとって意味ある街になり得た。東京が、綾の息づかい、綾の声、綾の気配、綾の匂いを感じることができる街だったからこそ、修二は東京の街の風景、空気、匂いに心揺さぶられた。別れてもなお、綾は彼の生きる希望であり支えだったと言っていい。

修二にとっては、ふるさとそのものであった嘉子、東京という街に特別の意味を与えていた綾、二人は揃《そろ》って手の届かない遠くに去っていってしまった。嘉子が死に、綾が死んだことで、修二の中の東京も死んだのかもしれなかった。

何のために帰ってきたのだ――、自問するように修二は思った。

単に相手に会えないということと、相手が死んでしまって会えないということの境目が、これまで彼にはよくわからなかった。生きていても、二度と会えないのならば死んだも同じ、死んでいても、今は会えずにいるだけだと思えば生きているも同じ。だが、彼の柔らかな尻尾《しっぽ》をいつまでも摑んで放さずにいた二人の愛しい女たちに死なれてみて、はじめて修二は両者の違いを悟った思いがした。相手が死んでしまったということは、相手がこの世に与えていた意味まで奪っていくということだ。そしてまた、この先会えるという可能性が、完璧に閉ざされたということでもある。可能性は、それがどんなに小さく、たとえ目に見えない塵《ちり》ほどであったとしても、あるというだけで人に生きていく力を与える。その塵が、今日完全に舞い散り消失した。

頭の中で、パチンとスイッチが切れる音がして、自分の中の明かりの光度が極端に落ちたのを彼は感じた。急速に、見るものすべてが薄い翳を帯びて生気を失っていく。

子供の頃から、修二は「暗い」と言われ続けてきた。昌代などは、「修ちゃんは暗いのよ。男のくせに、何だか陰気臭いところがあるのよね」と、ことあるごとに言っていたものだ。だが、そんなものは本当の暗さではなかったということを、修二は思い知った気がした。暗いというのは、観念の上のことではない。現実に視界が暗くなるということであり、世界が明るさを失った分、自身が暗愚《あんぐ》になるということだった。

日本に、彼の居場所はない。東京も、彼にとっての意味を喪失した。帰ってきて間もない頃の朝、ここでなら自分も生きていけるのではないかと思ったこと自体が錯覚だった。彼には日本で暮らす資格もない。修二には、もう東京に留まり続ける理由がなかった。

バンコクに帰ろう……隅田川から目を離して、彼は再び橋のたもとに向かって歩きはじめた。

第二章

1

成田《なりた》発バンコク行きのTG・タイ国際航空の機内に身を置き、修二は無意味に足元のスーツケースを靴の爪先《つまさき》で小突いていた。大きなスーツケースは不要だった。機内持ち込みで充分な量の荷物だ。それはバンコクのアパートへ帰っても同じことで、彼の身のまわりにこれといったものは何もない。いってみれば蝸牛《かたつむり》のようなもので、修二は自分が背負って動けるだけの荷物しか持っていない。代わりに、死神という余計ものを背負い込んでいた。

成田からバンコクまではおよそ七時間、同じ道程、わざわざ高い金を払ってまで、日本の航空会社の飛行機に乗る気はしなかった。修二は、日本のスチュワーデスが嫌いだった。お客さま、お客さま、と目をぱっちり見開いて、腰を低くして独特のアクセントで語りかけてくるが、目が客を見下している。こんなウェイトレスみたいな仕事をしているけれど、私はあなたがたよりずっと賢くて上質な人間なのよ——、彼女らの内側の声が、耳や神経にうるさくて敵《かな》わない。

朝になってから、不意に修二は昌代にその日、日本を発つことを告げた。

「ほんとに修ちゃんのやることは、いつだって急」

困ったものだという顔をしてはいたものの、目の奥には光が宿り、声が厚みをもって弾んでいた。やれやれ、これでやっと居候がいなくなる——。

万が一、修二に居つかれでもしたらと、内心危ぶむ気持ちもあったのかもしれない。

「とにかく書類の件、頼んだわよ。何しろ向こうに帰ったら、一番にお願いね」

早々に身支度を終え、小型のスーツケースを手に足早に玄関へ向かう修二を追いかけるように、昌代は後ろからついてきて言った。そしていかにも何気なさそうに追い討ちをかける。

「結局、どうして会社を辞めたのか、どうして綾さんと離婚したのか、その説明もなしだったわね。修ちゃんは昔からそう。おとなしそうな顔をして、何を考えているやら、何をするやら、本当にわからない人」

靴を履きながら、修二はちらりと昌代を見た。また恫喝か、と思う。

わかったよ、姉さん……心の中で呟いた。俺は姉さんには逆らえない。俺はそれだけのことをしでかした人間だし、そのことで姉さんには恩義がある。それを忘れるなと言いたいのだろう。わかっている。わかっているけどもうたくさんだ。

「やだ、大変」昌代が言った。「修ちゃん、今の住所、ちゃんと教えていってよ」

修二は差しだされたメモに、黙ってバンコクのアドレスを記した。ただし、今のアドレスではない。綾と暮らしていた頃の、昔のアパートの住所だ。どうせ昌代は覚えていまい。

「電話は?」メモを見て昌代が言う。

「ない」

「ない? あんた、電話もつけてないの?」

「うん」

「もう……どういう生活しているんだか。それじゃ急いで連絡とりたい時は、この間のところに電話すればいい訳?」

「そうだね」

銀星交易《ぎんせいこうえき》バンコク支店。名前だけは立派だが、会社自体は存在しない。電話はチョルナムの自宅マンションの番号だ。

「いろいろ世話になったね」修二は言った。「義兄《にい》さんにもよろしく。――さよなら、姉さん」

飛行機の中、修二は相変わらず靴でスーツケースを小突きながら、頭の中で同じ台詞《せりふ》を繰り返していた。さよなら、姉さん――。

修二がさよならを告げてきたのは、昌代に対してばかりではなかった。嘉子と綾のいなくなった東京、日本。脳裏に、おのずと綾の顔が浮かんだ。

世田谷の大きな屋敷に育った大学教授の娘。大事にされることに慣れていて、それが当たり前だと思っている。自分はいつだって主役。そうでなくては気が済まない性分。きれいな女だった。頭もいい。ただし、高慢ちきでわがままで、恐らく同じ女の目からすれば、相当鼻持ちならないタイプの女だったことだろう。家事は人並みにこなすが、すべて自分のことを中心に据《す》えてやっていた。修二のことなど二の次、三の次。彼を夫に選んだのだって、彼が何でも綾の好きなようにやらせてくれる男であり、最も自分のいうことを聞いてくれる男だったからかもしれない。

だが、それでよかった。綾はそれが許される女だった。だから修二は彼女を愛した。綾と出逢ったのは、大学時代の終わりの頃だった。ひと目見て、彼は彼女に魅せられた。間違いなく、綾は光り輝いていた。思い通りに自分の人生を生きることが許されている人間だけが放ちうる光だと思った。そういう人間が現に存在することに、感動に等しい感慨を覚えた。彼女といれば、自分も輝くことができるような気がした。得ようとして、これまで自分がどうしても得られなかったものを、修二は綾という存在に懸《か》けた。綾とならば、きっと思い通りの人生が歩める。この世の日なたで生きていくことができる——。

綾がどうして自分の求めに応じてくれたのか、彼女との結婚が決まってもまだ信じられない気持ちでいたことも事実だった。そんな修二に、彼女はくすぐったげな笑みを浮かべて言ったことがある。

「律がね、言うの。あなたは私といると、何だか別人みたいにきらきらして、とってもいい顔してるって」

そういうことだったのかもしれない。綾は夫になる男に多くを望んではいなかった。なぜなら彼女は資産家の家庭に育ち、容姿にも恵まれ、自分の思い通りに生きてきた。ほしいものなら、既にすべて手に持っていた。新たに男から与えてもらうべきものは何もない。逆に目映《まばゆ》い光源のように、相手に光を当てているということに、彼女は新鮮な喜びを見出していたのかもしれなかった。だから彼と結婚した。

当初タイへ渡ったのは、社命によるものだった。修二が勤める大東《だいとう》商事は中堅どころの商社で、彼はそこの外食部門にいた。たとえばカナダやアラスカから直輸入した新鮮な魚介類を中心に、旨いシーフードを妥当な値段で提供する……そうした類のレストランチェーンの経営に関わる仕事をずっとしてきた。その方向性がどこでどう逆《さか》さまになったのか、ある時期から本格的な日本料理を提供するという形での、大東商事のアジアにおける和食レストラン経営がはじまった。和食という日本文化の輸出というような、大袈裟な言葉も耳にしたように記憶している。

アジア進出からおよそ三年が経過した頃だったろうか、修二は突如アジアの外食部門に転属となり、直後、いきなり赴任の命が下った。シンガポール、バンコク両店舗の経営マネジメント業務を命ず――。

青天の霹靂《へきれき》に近かった。大東商事のアジア進出は成功していなかった。バブル崩壊ですっかり元気を失った日本に比べて、のぼり調子でいきのいい東南アジアの懐をあてにしてはじまったことだったのかもしれないが、見込みは見事なまでにはずれていた。中でも修二に赴任の命の下ったシンガポール、バンコクの両店舗は赤字続きで、社内でも撤退の時期が噂《うわさ》されるようになっていた。その二店舗を任されたというのは、どう考えてもいい話ではない。そもそも彼は、東南アジアの外食ビジネスに関しては、いわば素人《しろうと》だ。素人に経営の立て直しができるはずもない。

折しも景気低迷の影響から、大東商事自体が経営不振の状態にあった。社内でもリストラの嵐とまでは言わないが、薄ら寒い隙間風《すきまかぜ》ぐらいは吹きはじめていた。二十一世紀に生き残るためには、無駄な贅肉《ぜいにく》はどんどん切り捨てる――、それが会社の新しい方針だったはずだ。このままシンガポール、バンコクの二店舗がお荷物であり続ければ、早晩切り捨てられるのは必至だし、修二もお荷物の一部として、一緒に切り捨てられることになりかねない。いや、彼は、そのための敗戦処理要員というのが正しかったろう。誰もが一番嫌がる幕引き役だ。幕引き役で済めばまだいいが、下手をしたら出店失敗、赤字経営の責任を負わされる可能性だって、まったくないとはいえない状況だった。

綾には、そうした事情は何も話していなかった。だから彼女は、赴任をいたって肯定的に捉《とら》えていた。二、三年の海外生活というものが、まだ子供がなかった綾には、人生の彩《いろど》りとして好もしいものに思われてもいたのかもしれない。楽しげな綾の顔を見ていると、本来ならば単身赴任をした方がいいような状況であるという現実を口にすることがためらわれ、口にできぬままに修二は押し流されてしまった。自分の惨《みじ》めさを綾に対して露呈する日を、一日でも一分一秒でも先延ばしにしたいという姑息《こそく》な気持ちも働いたし、いけば何とかなるのではないかという甘い気持ちも多少はあった。

綾の唯一の不満は、これから彼らが生活するのが、どうしてシンガポールではなくバンコクなのかということだった。

「なぜシンガポールじゃないの?」綾は言った。「シンガポールなら友だちもいるし、何度かいったことがあるからよく知っているわ。便利だし安全だし、きれいで暮らし心地のいい街よ。ふたつの店舗を任されるなら、住むのはバンコクじゃなくてシンガポールの方がよかったのに」

確かに両店舗を任されているのであれば、住むのはどちらでもよさそうなものだった。だが、シンガポールとバンコクでは、物価がまるで違う。会社として、かかる経費に格段の差がでる。彼の赴任地は、バンコク以外にあり得なかった。

それでも、笑顔で成田を発ち、日本をあとにした綾だった。機内でも機嫌はよかった。しかし、タイに着き、ドン・ムアン空港から車でバンコク市内のアパートへ向かううち、早くも綾の表情には、暗い翳りの色が見えはじめていた。

「プーケットにはきたことがあったのよ」綾は車窓の風景に目をやりながら、呟くように言った。「だけど、ぜんぜん違う」

　窓の外、黄色い土埃と排気ガスで、空気が汚れきっているのが目で見てわかった。高速の料金所の係員も交通整理の警官も、三十五度を超える暑さの中でのマスク姿だ。マスクなしで一日車の往来の中に立っていたら、いっぺんに鼻や咽喉をやられてしまう。

　やがて車がバンコク市内にはいった。途端に今度は想像を絶するような大渋滞がはじまった。道という道から無尽蔵に車が湧きだしてくる。どう見てもはいりこむ余地のない車と車の間に、脇道からの車が遮二無二《しゃにむに》鼻先を突っ込んできて、道路は車ですし詰め状態になっていく。車が詰まった道路の中、タクシーは少しも前に進まない。目と鼻の距離の交差点にいきつくまでに、いったいどれだけの時間が流れたことか。次第に苛立ってくるだけに、その時間は永遠のようにすら思われた。

　綾が疲れたような溜息をつき、ふいと顔を横に背《そむ》けて外の風景に目をやった。視線の先には路地があった。路地にはまるで牢屋のように、がっちり窓に鉄柵がはめ込まれた四角いコンクリートの二階建ての住宅が並んでいた。コンクリートの住宅も、百年前からそこにあるかと思うぐらいに、汚れた空気と雨風で煤けていた。でこぼこした石の舗道の上に並んだ露店、店先に並べられた雑多な品物、肩をぶつけ合うようにして行き交う人……舗道にだされたプラスティックの簡易なテーブルと椅子で、排気ガスや騒音、人の往来など意に介さず、食事をしている人間もいる。テーブルの上の食べ物など、恐らく歯にじゃりじゃりするぐらいに、粉塵をまとっていることだろう。けれども誰もが、そんなことなどものともしていない。

「何なの、この街は?……」呆《あき》れたように綾が言った。「バンコクって、ひどいところ」

確かに、秩序も統制もあったものではなかった。人も車も物も建物もごちゃ混ぜで、それぞれが好き勝手な方向を向いている。

日本の交通渋滞がいかに程度のいいものであったかをいまさらのように思い知らされた末、ようやくアパートにたどり着いた。これから彼らが暮らす新しい住まいだ。それにも綾は驚き呆れ、疲れと失望を、顔ばかりでなくからだ全体に滲ませた。

「ここ?」

海辺の温泉街の土産物屋《みやげものや》の通りを思わせるようなごたついた細い通り沿いに建つ、四角い箱のような薄汚れた建物だった。見上げれば、窓という窓には無粋《ぶすい》な鉄柵がはめ込まれている。こちらは五階建てであるという点がかろうじて違うとしても、先刻車からみたコンクリートの薄汚れた住居を、決して笑うことはできなかった。

エレベータで上に上がり、ドアの前に立つ。ドアの前にも、頑丈そうな鉄柵が檻《おり》のように身構えていた。

「何よ、これ？」疲れきった声で綾が言った。

「泥棒よけ。防犯用のグリルだよ」

「グリル？　それは焼網のことでしょう？」

「こういう鉄格子《てつごうし》のこともグリルって言うんだよ」

「グリルね」

部屋にはいると、中はまずまずの広さがあった。電気、ガス、水道といったライフラインはもちろんしっかり確保されている。とはいうものの、中は何とはなしに薄暗く、清潔感に欠けていた。打ちっぱなしの灰色っぽいコンクリートの壁、石のようなタイルを張りつけた床、白い陶器の洗面台、便器……何もかもが冷たく愛想なげで、どうしても住まいよりは監房を想わせる。綾の唇から、肺の中の空気全部を吐ききるような深い吐息が漏れた。

「ねえ、みんなこんなところで暮らしているの？」

綾のいう〝みんな〟とは、もちろんバンコクに赴任している駐在員を指している。そうだねと、修二はいくらか俯《うつむ》き加減に、陰気な声で答えた。

嘘《うそ》だった。ある程度の企業に勤める日本人駐在員ならば、たいがいスクムビット通り近辺の高級住宅地にある、もっとまともで立派なコンドミニアムに暮らしている。こんなふうに通りからいきなり建物にはいるようなアパートではなく、敷地の周囲にはフェンスが張りめぐらされ、中には緑に満ちた庭があり、プールがあり、警備の人間が始終巡回しているような、快適で安全な高級マンションだ。

がらんとした部屋の中に、綾の陰鬱な溜息が再び響いた。

想像と現実のあまりの落差に、綾のからだはいっぺんに、ひとまわり萎《しぼ》んでしまったように見えた。

それが修二と綾の、バンコクでの生活のはじまりだった。

2

バンコクとシンガポールをいったりきたりという生活がはじまった。修二はビジネスマンというよりは東南アジアのおのぼりさんに近く、地理、交通、現地や現場の状況、現地従業員の国民性、気質……そういったことを把握するだけでおおわらわだった。シンガポールは英語が通じるだけまだいい。が、タイ語となるとほとんどお手上げで、促音《そくおん》、撥音《はつおん》がいやに多い感じがするこの国の言語は、言葉というより、ピチャピチャパチパチいう音にしか耳に聞こえてこない。花文字のような奇妙な形をしたタイ文字も、何遍見たところで、まるで頭にはいってこなかった。一日街にでていると、言葉と文字と漂う匂いとに、悪酔いしそうになってくる。暑さも並大抵ではなく、ほんの何分間かで脳味噌をうだらせる。早くこの環境に馴染み、状況を摑もうと、修二も一日一日必死の思いだった。

時の経過と共に、ようやく自分を取り巻く状況が少しずつ見えてきてもいた。だが、見えてきたということは彼にとって、反対に希望の光が見えなくなるということを意味していた。バンコク、シンガポールあたりでは、早い、安い、うまいの三拍子が揃った屋台を中心とする外食文化が定着していて、懐石料理のような本格的な和食は、流れにまったく逆行するものだった。頼みの綱は現地に進出している日本企業の社用族だが、日本も景気が悪い。昔のようにいくらでも接待費を使える状況にはない。加えて彼らは、本当の日本料理の味を知っている。何も高い金を払ってまでして、味の劣る和食を食べたいとは思うまい。

成功しているのは、社用族に的を絞り、上品、高級を売りものにしながらも、店自体は小さくまとめてうまく経費を抑えている店か、さもなければ完全に現地の人間に照準を合わせて、「スシ」「カツドン」「タコヤキ」といった、本来のそれとはいささか別物と化してしまった亜流の和食を手軽に提供する店かのどちらかだった。大東のだした大型、高級などという店は、もともとからしてが読み違いもいいところで、どうにも手の打ちようがなかった。

本社の人間だって、それぐらいのことはとうにわかっているはずだ。やはり修二は敗戦処理要員だった。どうにもなりませんでしたとバンザイ、降参して、失敗を自分の責任のように報告する役割をあてがわれただけの人間だ。なのに糞暑い中、汗水垂らしてバンコクとシンガポールを往《ゆ》き来して、かけずりまわっている自分は何なのかと思う。

だんだんに、憂《う》さ晴らしに外で酒を飲むようになっていった。やめていた煙草もまた喫いはじめた。自分ばかりが優等生を演じていても、虚しくなるだけのことだ。雨が降った、道が混んでいた……毎日相手にしているのは、そんな理由にもならない理由を楯《たて》に、平気で一時間二時間遅刻してくる連中だ。おまけにタイでは〝グレン・チャイ〟、思いやりの心とかいって、そういう時には穏やかな顔をして、「そうか、そうか。だったらそんなに急いでこなくてもよかったのに」などと、鷹揚《おうよう》なところを見せるのが仁義だという。それでどうして利益の上がる商売が成り立つだろう。何もかもが、いやになるぐらいに馬鹿げていた。

その日も、酷《ひど》く暑い一日だった。汗と埃にまみれてよれよれになりながらアパートへ帰り着き、呼鈴《よびりん》を鳴らした。が、応答がなかった。もう一度鳴らしてみる。やはり今度も応答がなかった。時刻は既に夜の八時に近い。綾が一人で外にでているということは、まず考えられない時刻だった。

修二は首を捻《ひね》りながら、グリルとドアの鍵を順番にあけ、中にはいった。部屋の中はほの暗い。しかし、まったく明かりのついていない暗さとは違った。

「綾？　ただいま。綾？」

綾は、リビングの床の上にぺたりと坐り込んでいた。髪が半分濡れているようで、黒い髪がパーマの細かなうねりを見せながら、光を反射させている。着ているものから見て、風呂上がりということはなさそうだった。夕刻スコールがあったから、それで濡れたのだろうと察しがついたが、スコールがきてから一時間半は経っている。いかに暑い国とはいえ、いつまでも濡れた状態でいることが、からだにいいはずはなかった。

「どうした?」

修二の問いかけに、ほんの少しだけ頭を動かして、綾は視線を修二に向けた。綾の顔には色がなく、表情もまたなく、悄然《しょうぜん》として見えた。その顔の中にあって、瞳だけが深い黒さを湛えて底光りしていた。

「惨めだわ、私」

綾の唇からぼそりと呟きが漏れた。声は力なかったが、妙に低く響く、深い色合いを帯びていた。

バンコクにきてから、想像と現実の落差の大きさに落胆しながらも、綾はここでの生活を何とか楽しもうと彼女なりに努力していた。市内に点在する寺院を見てまわったり、オリエンタルホテルのオーサーズラウンジでアフタヌーンティーを楽しんだり、宮廷料理を食べながら伝統舞踏を見たり、チャオプラヤ川を船で遡って、かつての王都、アユタヤを訪ねたり……バンコクを訪れた観光客誰しもがやるような類のことではあったが、そんなことでも途中休みを挟みながらやっていたら、二ヵ月ぐらいはもつ。また、街は猥雑で無秩序でも、それなりの金をだして楽しみを求めようとする人間に対しては、支払った金に見合った接待、優雅さ、娯楽というものを、きっちり返して満足させるだけの態勢がここバンコクにはある。

だから金に糸目さえつけなければ、街の人々の暮らしとは別天地の、王侯貴族のような優雅で贅沢な一日を過ごすことだって可能だった。

修二は、自分のことに手一杯で、綾の面倒はほとんど見てやれなかった。その分彼女がどういう楽しみ方や金の使い方をしようが、一切口だしはしなかった。もともと綾は浪費家だし、よい妻というタイプの女でもない。彼女にとっての夫は、自分が世話を焼いてやる対象ではなく、自分を安全かつ快適な状態に保ってくれる男、下手をすれば下僕《げぼく》だ。従って、彼の服よりは自分の服の方がよほど大事だし、扱いも違う。料理も彼の嗜好《しこう》や体調などは完全無視、自分の食べたいものを作る。日本にいる時から、修二はそういう彼女に文句をつけたことはなかった。彼はべつにいい妻がほしくて綾と結婚した訳ではない。黙って好きなことをやらせてやることが、彼女に対する愛情だと考えていた。

「綾、話してごらん」修二は言った。「いったい何があったんだ?」

躓《つまず》きのはじまりは、買い物の帰りに拾ったタクシーだった。乗る時、ちゃんと料金はとり決めた。にもかかわらず、運転手は走りだしてから、何だかんだと理由をつけて、料金をつり上げにかかってきた。ふだんなら面倒臭さから、それを呑《の》んでしまう綾だった。だが、その時彼女の中で何かが切れた。

暑い。うるさい。埃っぽい。あれもこれもいい加減。何もかももううんざりだ——。

彼女は車を降りると言い放った。すると運転手はすぐには車を停《と》めず、しばらく勝手に走らせた挙げ句、こともあろうに彼女をスラム街の真ん中で放りだし、自分はさっさと走り去っていってしまった。

いきなりタクシーで乗りつけてきたいい身なりをした女のことを、スラムの住人たちがどういう思いで眺めていたか、本当のところはわからない。が、少なくとも綾は、自分に向けられた彼らの目の色に、敵意や憎悪に近い感情を見てとった。

恐怖から発した一瞬のパニック。いっぺんに頭から血の気がひき、脳味噌がくらりと裏返るような眩暈《めまい》に見舞われた。あたりの風景がフラッシュし、真っ白に見えた。自分が身を置いている世界そのものが、一気に脅威と化していた。

動顚し果てながらも心の中で自分を叱咤《しった》して、綾は中ヒールのパンプスの踵《かかと》で、ぬかるんだ地面を必死に蹴って走りだした。途中、何がしかの言葉だか罵声だかを浴びせられた気がしたが、無我夢中で、そんなことに頓着している余裕はなかった。

方向も何もわからずに、ただ闇雲《やみくも》に走る。ちゃんと車の走る大きな通りに抜けでられたのは、生き残ろうとして通りの匂いを嗅ぎつけようとする、動物の本能みたいなものだったかもしれない。

ようやく通りに至った時、綾は舗道の上に半分屈《かが》み込み、安堵と疲労の息をついた。足を止めた途端に、からだじゅうの毛穴から、待っていたかのように汗が一斉に噴き出した。あっという間もなく、汗がこめかみを伝わって、顔を滴り落ちていった。

助かった……だが、自分が身を置いているのがいったいどのあたりなのか、綾には皆目見当《かいもく》がつかなかった。

バッグからハンカチを取りだして汗を拭《ぬぐ》う。頭上の太陽は容赦なしに照りつけて、いったん噴き出しはじめてしまった汗は止まらない。いく筋もの汗が、からだのあちこちを伝わり流れていく。通りをひっきりなしにいく車の騒音、車が舞い上げる砂埃、熱風……それらがまだ完全にはパニックから脱しきれていない綾の思考の邪魔をする。凄絶《せいぜつ》な夏の中にあって、気が違っていくようだった。綾は思った。とにかく、一刻も早く家に帰りたい——。

道ゆく人に声をかけた。しかし、綾はタイ語がわからない。英語が喋れる相手でなければどうにもならなかった。

何人目かに、やっと英語の通じる相手に行き当たった。五十絡《がら》みの、そこそこいい身なりをした中級紳士という風情《ふぜい》の男だった。綾が、いつも自分が目印にしている海馬宝飾《ハイマージュエリー》ビルの名前を言うと、彼はそこまでなら歩いてでもいけると言い、通りを指さし、三つ目の角を右に曲がるようにと、嚙んで含めるように教えてくれた。

「そこから五十メートルも歩けば、海馬宝飾ビルが面している通りにでます。間違いありません。歩いて七、八分というところです」

男は穏やかな顔をして綾にそう言うと、にっこりと頰笑んだ。

綾は鄭重《ていちょう》に礼を言い、男が言った通りに歩きだした。ところが、三つ目の角を右に折れていくら歩いてみたところで、目指す通りには行き着けない。行き着けるどころか、最後は行き止まりの袋小路になっていて、綾は炎天下、元いた通りにまで引き返さざるを得なかった。

（どうなっているの？）

本当ならばその場に坐り込み、泣きだしてしまいたいような心境だった。だが、家に帰らなければならない。家に帰り着きたい。いつまでもこんなところでぐずぐずしている訳にはいかない。綾は致し方なしに、再び道ゆく人に声をかけはじめた。

まだしも運がよかったのは、ちょうどバックパックスタイルの日本人女性が通りがかったことだった。彼女は地図を取りだすと、現在地と海馬宝飾ビルの位置を確認して言った。

「ぜんぜん逆。この通りを反対方向に二キロぐらいいってから右に折れる感じ。そこからまた少しあるから、歩いたら三十分ぐらいかかるかしら」

三十分――、それが途方もない距離を表す単位に思えた。いっぺんに澱んだような疲れがでて、顔からも自然と表情が失われていく。さっきのタイ人は、何の恨《うら》みがあってでたらめを教えたものかと心で呪う。それもあんないい笑顔をして。

「私、送りますよ」

綾が心底疲れているのを見てとったのだろう、女は言った。

「私ももうそろそろホテルに帰って、プールでひと泳ぎしようかと思っていたところなので。

ホテルのある場所と方向的にはあまり違わないから、タクシーで海馬宝飾ビルのところであなたを降ろして、それからホテルに戻ります」

小柄で瘦《や》せっぽちで、おまけに平たくて貧相な顔だちをした、どうということもない日本人女性だった。日本にいたなら、きっと綾は振り向きもしなかっただろう。けれども今の綾には、彼女が眩しく光って見えた。この人は生きていける。だけど私は生きていけない——。

「時々あるみたいなんですよね、そういうこと」タクシーの中で彼女が言った。「その、間違った道を教えたという男の人、たぶん悪気はなかったんだと思いますよ」

「え？」

「知らないとかわからないとか言って、お互い気まずい感じになるのがいやみたい。だからいい加減に答えてでも、その場は和《なご》やかにおさめようとするところが、どうもこの国の人にはあるみたいだから」

その時いい気分でいたいから、嘘でもでまかせでも何でも言う。冗談ではない、と思った。だが、もはや憤《いきどお》る気力さえも喪失して、汗で濡れたからだをぐったりと座席の背もたれに預けているのが精一杯だった。

海馬宝飾ビルの前まで送ってもらい、綾はタクシーを降りた。アパートまでは三、四分、これでようやく家に帰れる——。

だが、アパートの手前四、五十メートルのところまできた時にいきなり天が張り裂けた。

突然のバケツの底が抜けたようなもの凄《すご》い雨だった。

いつもそうだった。スコールがくる時はたいがいこんな具合で、つい一、二分前まで雨など予想もできなかった空の顔が唐突《とうとつ》に変わって、底が抜ける。まるで背後に潜《ひそ》んでいた雨雲が突然頭上に現れて、狙いを定めてバケツの水をぶちまけるかのようだ。

綾は建物の軒先を走ろうとした。けれども、大慌てで露店を畳む人や商品を引っ込める人、急いで雨宿りをしようとする人やらに阻《はば》まれて、思うように前に進めない。夢中になってスラム街を走り抜けた時にできた靴擦《くつず》れが、その頃になって痛みだしていた。

通りはあっという間に川になる。汚れた通りを洗い流した汚い水が靴を浸し、傷口に染《し》みてくる。悲鳴を上げたい気分だった。

家にたどり着いた時には、頭のてっぺんから爪先に至るまで、見事なまでにずぶ濡れになっていた。濡れた髪やからだをタオルで拭くうちに、何もかもがいやになった。

「ひどい目に遭ったな」修二は言った。「かわいそうに、まったくさんざんな一日だ」

しかし内心では、綾の身の上に起きたことなど、何も特別なことではないと思っていた。性質《たち》のよくないタクシーの運転手、いい加減でお調子者のタイ人、手加減のないスコール……彼など毎日のように出くわしている。綾の身に起きたことは、いわば日常茶飯事に属するレベルのことだった。所詮《しょせん》ここはそういう街だ。

「さあ、シャワーを浴びてさっぱりしておいで」修二は言った。「外に何かうまいものでも食いにいこう」

次の瞬間、綾の瞳に宿っていた光が大きく燃え上がり、顔つきそのものががらりと変わった。

「さっぱり？　シャワーでさっぱり？　あのシャワーで？」

言いたいことはわかっていた。ここのシャワーはろくに湯がでない。湯沸器《ゆわかしき》で温められるのはタンクに貯められる三十リットルほどの水でしかなく、使ううちにもすぐさまぬるくなって、じきに水に変わってしまう。悠長《ゆうちょう》に髪など洗っていた日には、泡だらけの頭をいざ流そうとした時に肝心の湯がでず、水で洗い流すしかなくなる。バスタブに湯を張って入浴することなど夢のまた夢だった。

この国の人間たちには、もともと水浴びの習慣はあっても入浴の習慣はない。年がら年じゅう三十度を超す暑さだ。からだに籠《こ》もった熱を冷ますことを考えても、当然温めることは考えない。熱い湯に浸かってますます体力を消耗させ、熱を内に取り込むのは、ここでは道理に適《かな》わぬことだった。ここは外国人仕様に作られたアパートでないから、給湯器もその考え方に見合ったものが取りつけてあった。

「嘘つき」怒りで瞳をきらきら輝かせながら綾は言った。「誰もこんなチャルンクルン通り脇のアパートで、現地人に混じって暮らしてなんかいやしないじゃないの。ほかの人たちは、みんなスクムビット通りあたりの、立派なコンドミニアムで暮らしている。グリルひとつとったって、向こうは装飾的なフェンスみたいなグリルよ。こっちはただの鉄の檻」

「綾」

「誰がお湯も満足にでないようなアパートに暮らしているっていうのよ？　なのに私は……」綾は額に手を当てた。「今日、街で私は、とにかく家に帰りたいと、それぱかり思っていた。でも、いざ実際たどり着いてみたら、余計に情けなくなった。私は必死でこんな家を求めていたのかって、やりきれないような思いだったわ。惨めよ。何もかも、本当に惨め」

「会社も今、厳しい局面にあるんだ。経費は徹底的に抑える方針になっていて、住宅費にしろ何にしろ、思うようにはでないような状況なんだよ」

「おかしいわよ」吐き捨てるように綾は言った。「ねえ。本当はもうお手上げの状態なんでしょ？　だったらそんな店はさっさと諦めて、日本に帰ることを考えたらいいじゃない」

修二は黙って綾の顔を見た。自分の感情をとり繕《つくろ》おうとしていない分、彼女の視線はまっすぐで、顔自体が鋭角的なうつくしさを感じさせた。

「私が何も気づかずにいるとでも思っていたの？　あなたは進出失敗という損な役回りを負わされた、ただの捨てゴマじゃないの。わかっているでしょ？　会社の望みも同じなのよ。あなたがもうどうにもならないという報告を早くしてくれて、目算通り店を畳めることがお望みなのよ。こんな三流ホテルにも劣るような家しかあてがわれていないことがその証《あかし》だわ。さあ早く音《ね》をあげろ、さっさと降参して帰ってこい、会社はそう言っている。なのにあなたはどうして頑張っているの？　毎日毎日憂鬱《ゆううつ》の虫を這《は》わせたような面白くない顔をしながら、何だって執拗《しつよう》にここにい続けようとしているの？　おかしいじゃない」

「――――」

「ねえ、何から逃げているの？」不意に綾が、真剣な眼差《まなざ》しを修二に向けて言った。「何だかんだ言いながら、あなたは日本からここに流れてこれたことに安堵している。心のどこかで、日本に戻りたくないと思っている。私にはそう思えるけど」

「安堵しているだなんて、そんなことはないよ」

「ごまかしはもうたくさん」ぴしゃりと、頰を張るような調子で彼女は言った。「私、日本にいる時から感じてた。あなたは何かから逃げている。いつもいつもよ。いったい、あなたは何から逃げているの？　まじめでまともで、道を踏《ふ》み外《はず》すことなどまずない、夫にするにはいい青年――、父はそう評したし、まわりの人もあなたを見たら、たいがいそう感じると思うわ。みんな騙《だま》されてしまう。でも、本当は違う。あなたは心に、拭いきれないような後ろ暗さをべったり張りつかせている。あなたはいつもこそこそ何かから逃げようとしている。それはいったい何なの？　あなたは何から逃げようとしているの？」

「綾、本当にそんなことは――」

「ごまかしはもうたくさんと言ったじゃないのっ」苛立たしげに、綾は手にしていたタオルを床に投げ捨てた。「あなたは一流の私大をでて、大東商事という真っ当な企業に勤めるちゃんとした社会人。そのはずよね。なのにあなたには逃亡者の匂いがする。ここにきてそれがよりはっきりした気がする。ねえ、どうしてなの？　私はその訳が知りたいのよ」

綾の問いかけに対して、修二は言葉を返すことができなかった。そんなことはないと重ねて首を横に振ればなおのこと、彼女の内側の怒りを煽《あお》るだけだと思った。そして彼は、綾に対して自分をさらしてしまうことが恐ろしかった。それは破綻《はたん》しか意味しない。何もかもを彼女にさらせば、綾は氷よりも冷やかな目を修二に向け、やがて顔と心を背けてしまうに決まっていた。黙っていることだ、修二の耳に囁く声があった。修二自身の声だった。黙ってやり過ごせば何とかなる。ごまかせるだけごまかすことだ——。

「いつまでぐずぐずこんなところにいるつもりよ……」掠れた声で綾が言った。「いつまで私に惨めな思いをさせるつもりよ。あなたが何かから逃げている以上、あなたがそれをはっきりと認めない以上、私はいつまで経っても惨めなまま。それがわかっているの？」

「ごめん、綾。今、いつとは言えない。でも、なるべく早くにここでの仕事にはケリをつけて、日本に戻れるようにする」

綾の唇から、いかにもうんざりといった溜息が漏れた。あなたは問題をすり替えている、またうわべのごまかしだけでやり過ごそうとしている——、溜息は、彼女の言葉を代弁していた。

ちらりと綾は彼に視線を投げた。彼の顔の表情から何かを探ろうとする目ではなく、自分の内なる不信の念を、無言で彼に伝えようとする目だった。その瞳の中には、明らかな彼に対する軽蔑の色が宿っていた。

「私、惨めだわ……」

綾はもう一度呟いた。

3

以来綾は、あまり外にでたがらなくなった。スラム街に一人置き去りにされたということもさることながら、あの日彼女は自身のプライドを打ち砕かれてしまったのだと思う。バンコクという街においては、一個の人間として、何もなし得ない自分。本来大切に扱われて然るべきなのに、打ち捨てられて顧みられることのない自分。貧弱で貧相な日本人女性にも敵わないつまらない自分。しかも守ってくれるはずの夫は人間として自分以上にとるに足りず、心に訳のわからない暗がりを作ったまま、正面から自分と向き合おうともしない。最も頼るべき人間さえ見誤った自分。

綾は聡明な女だ。結婚する時点から、修二が心に日陰を持っていることには気がついていただろう。その日陰が光源のような自分を愛させたことも、きっと感じていたに違いない。

綾自身は、彼の垣間見せる翳りに関心を覚え、いずれ自分がその陰地《かげち》を太陽の下《もと》にさらしだし、緑の草原にしてやるのだという自信を持っていたはずだ。自分ならばそれができると。ところが、修二は少しも変わらない。変わるどころか、知れば知るほど修二の陰地は暗くじめじめと湿気《しけ》ていて、底に沼のようなものを抱えた根深いものであることを思い知らされざるを得ない。自分にも彼を変えることはできない――、そのことも、彼女のプライドをいたく傷つけたに相違なかった。

綾は次第に殻に閉じ籠もるようになっていった。修二も含めた、バンコクという土地で身のまわりにあるものすべてを拒み、本という紙の上での日本に没入するようになっていった。綾は実家から定期的に船便で、まとめて本を送ってもらっていた。本を選定するのは妹の律の仕事だ。双児の姉妹であるせいか、彼女には綾の好むものが、ことのほかよくわかるようだった。見た目も声も二人は実によく似ているが、面白いことに性格だけはずいぶん違った。

綾は何でも自分が一番。たとえ自分にそっくりな妹であれ、並び立つことは好まない。彼女は誰よりも自らを愛し、誰よりも自らを大切にすることを好んだ。綾がそういう性分だから、律は自然と二番手にまわる性格になってしまったのかもしれない。控えめで女らしいが、引っ込み思案でいくらか暗い感じもする。また、律は、見ていて不思議なぐらいに、綾に対して嫉妬したり反発したりすることがない妹でもあった。修二は、律は自分自身のことよりも、綾のことが好きなのではないかと思ったことが何度かある。綾が舞台の上の女優なら、律は客席の観客だ。自分ができないことをやるのが綾。極端な言い方をすれば律は綾の影のようなもので、どこか現実を生きていないようなところがあった。結果的に影の律の方が、この世に残されたというのは皮肉な話かもしれなかった。

綾の実家からは、日本の食品もよく送られてきた。頑《かたく》なになってしまった綾は、だんだんこの国の食品さえ、受けつけようとしなくなっていた。たまに外に食事にでようと誘っても、眉間《みけん》に翳を作って首を横に振る。暑いからいや、臭いからいや、空気が汚いからいや、不衛生だからいや、汚れるからいや、おいしくないからいや……要はここにあるすべてのものがいや。食のみならず、気候、風土、人といったものの一切を含めたバンコクというものを、彼女は強烈に厭悪《えんお》するようになっていた。

綾は、日本から送られてきた食品をひとりで抱え込むみたいにして食べながら、くる日もくる日も家で本を読んで過ごしていた。外は常に陽が燦々と降り注ぐ夏だ。なのにドアにも窓にも鉄柵のある四角いコンクリートの部屋の中で終日過ごし続けるというのは、さながら囚人の暮らしだった。いかに外の空気が汚れていて臭気を放っているにしろ、毎日一歩も出歩かず、エアコンの効いた部屋に籠もっている生活が、彼女の心身によい影響を及ぼすはずがなかった。しかし、いくら言っても綾はやめない。外にでれば惨めになるだけだと言う。

「日本人のカルチャーサークルにはいって、タイ語やタイ料理でも習えと言うの？　どの奥様がたも、私が住んでいるアパートの住所を口にしただけで、目の色も顔の色も変わってしまうわよ。急に見下した表情になって相手にもしない。タイ人も、この街にいる日本人も、私は全部嫌い、もうたくさん」

無気力、憂鬱、動悸《どうき》、不眠、ヒステリー……やがてそういったものが、修二には測り知れない周期で彼女に巡ってくるようになった。話しかけてもろくに返事もしない。眠れないといって、夜中じゅうリビングのソファで本を読み耽《ふけ》っている。かと思えば訳のわからないことで苛立ち、泣いたり、わめいたり、叫んだりする。自分のからだや頭を壁に打ちつけることもあった。そしてまた落ち込む。

綾はたいがい目の下に隈を作り、ひどく疲れた顔をしていた。修二の目には、彼女が病みやつれた病人のようにも思われた。だが、綾は、実際には太ったのだという。太ったといっても、見た目にはまるでわからないほどでしかないのだから、せいぜい一キロかそこらのことだったろう。けれども綾はそのことにも、ほとんど病的なまでに苛立って、神経を痛いほどに尖《とが》らせた。

「信じられない」綾は叫ぶような声で言った。「夜もろくに眠れずに、神経が捩じ切れそうになっているっていうのに、どうして太るの？　最悪よ。こんな生活しているうちに、私はどんどんみっともなくなって、日本に帰っても、誰にも見向きもされないような女になるんだわ」

「綾は太ってなんかいないよ。みっともないだなんて、とんでもない話だ」

「みっともないわよ。醜いわよ。だいたいあなたに何がわかるというの？」

綾はまなじりをつり上げて、頭のてっぺんから声をだした。発作の気配――、目の周囲の柔らかな皮膚を、その下を走る神経が波立たせはじめている。

「現に太ってる。醜くなっているのよ。自分が望んでもいないこの暮らしのせいで。ねえ、どうして私がこんな目に遭わなければならないの？　私はもう、自分の心もからだも自分でコントロールできない。その惨めさ、苦しさがあなたにわかる？　私はもう本当に気が狂いそうよ」

「君が苦しんでいるのは、僕もわかっているよ」

「何がわかっているというのよ！」

綾の見開かれた瞳から、かっと火花が散った。こうなるともう手がつけられない。発作なのだ。いったんはじまってしまったら、あとは何を言っても気に障《さわ》るばかりで、火に油を注ぐことにしかならない。内側で自分を苛《さいな》んでいる思いを一度吐きだしてしまうまでは、どうにもおさまりがつかない。吹き荒れる感情の嵐が行き過ぎてしまうまで、待つよりほかにしようがなかった。

いやがる綾を、無理矢理、街の漢方医のところへも連れていった。病の原因は外邪《がいじゃ》と内邪《ないじゃ》。綾の場合、外邪はこの国の暑い気候と家の中に閉じ籠もった生活、それに偏《かたよ》った食。内邪は、自分自身を追いつめていく彼女の心のありよう。それらを正さないことには、今でている症状は解消されないと漢方医は言った。

心火《しんか》という、本来エネルギーの元となるものが、人の中にはあるのだという。その心の火が、必要以上に大きく燃え上がりすぎてしまっている。結果、それが動悸となり、不眠となり、ヒステリーとなって顕現《けんげん》する。このまま火が燃え上がるのに任せておけば、いずれは精神に錯乱をきたす恐れもあると医者は言い、今の生活を正すことを諭《さと》した上で、薬も処方してくれた。けれども綾は、相手が医者であろうとも、この国の人間の言うことを信用しようとせず、生活を改めようとはしなかったし、一回だってその薬を服《の》もうとはしなかった。

このままバンコクに綾を置いておくのは危険だった。たとえすぐに日本に帰れなくても、さっさと敗北宣言をして、彼が後処理《あと》にとりかかったところを見せるだけで、彼女の気持ちは宥められたかもしれない。

だが、修二は、それをしなかった。

シンガポール店の閉鎖、撤退は、余儀ないところまできてしまっていた。世界各国の企業が東南アジアのキーステーションとして多数進出しているシンガポールは、国土がきわめて狭いことと相俟《あいま》って、地代がきわめて高い。場所によっては、東京都心の倍以上もの賃料をとられる。そのシンガポールの目抜き通りに利益の上がらない店を開いているのは限界、これ以上続けても、赤字が累積していくだけの話だった。これで片翼はもげた。既に飛行は困難、もう一方の翼がもげるのも、もはや時間の問題だった。

しかし修二は、盛り返せる、利益を上げられるという目算もないくせに、バンコク店にこだわった。会社の思惑通りに惨めな敗北宣言をさせられて、おめおめ日本に帰りたくないという思いもあった。仮に降参をして帰っても、会社もすぐには辞めろとまでは言わないだろう。とはいえ日本に帰っても、ろくな目に遭わないだろうことは容易に想像がついた。くる日もくる日も倉庫に籠もって品物と伝票をつき合わせるような仕事や、梱包《こんぽう》、配送といった本来正規の社員はやらないような仕事にまわされた挙げ句、結局いたたまれずに自分から辞表をだす羽目に追い込まれる。先の道筋はだいたい見えていた。

べつに日本に比べてバンコクの方が居心地がいいと思っていた訳ではない。すべて度が過ぎているこの街には、修二もいつまで経っても馴染めずにいた。馬鹿みたいに暑くて馬鹿みたいにやかましくて馬鹿みたいに車が込んでいて馬鹿みたいに空気が悪くて……何もかも、たくさんだった。明るいがちゃらんぽらんで、目先の金には一所懸命になるものの、勤勉さには見事なまでに欠けているタイ人にも、ほとほと嫌気がさしていた。マイ・ペン・ライ、どうってことはない、気にしない、気にしない……ふざけるな、気にするのはこっちの方だ、と言いたかった。

夜が明けて朝がくるとがっかりする。昨日とまた同じ一日のはじまり、永遠の夏の中、同じ連中との間で同じ茶番が延々と繰り返される。おのずと顔が歪むほどにうんざりしながらも、修二の心も足も、日本へ向かおうとはしなかった。綾が言葉以上にどれほど切にそれを願っているかわかっていてもなお、修二はバンコクから離れようという気持ちにはなれなかった。

振り返ってみれば、日本にいても、とりたてていいことはなかった。子供の時からそうだった。恐らく修二は恵まれていたと思う。勉強もできた。運動もできた。綾が見た目は好青年と評したように、子供の頃も傍目《はため》の印象としては、たぶん感じのいい少年だったろう。修二もその像を演じようと、子供ながらに心がけてきた。それも完璧に。だが、一方で、常に何かに裏切られ続けてきた気がする。本来ならばもっと評価されて然るべきだというのに、もっと日の当たるところにでられてもいいはずだというのに、いつも不当な扱いを受け、日陰に立たされていたという思いがあった。日の当たるところに立っている人間はほかにいた。本当のところ自分は、少しも思い通りに人生を歩むことを許されていないと修二は思い続けてきた。綾と出逢い、今度こそはと望みを懸けて、真面目に大東商事で勤めてきた。なのにまたこれだ。気がつけば損で惨めな役回りを押しつけられている。常にそんなことの繰り返し。

問題は、外側にではなく内側にあるのかもしれなかった。日なたに日なたにと、身丈に合わない理想ばかりを追い求めて、結局自分の抱える湿った暗がりに足をとられる。どこかでぷつんと糸が切れて、これまで演じてきたはずの像から思い切り遠のいてしまう。もしも何かが彼を裏切っているとすれば、それは修二自身なのかもしれなかった。日なたにも日陰にもいきされない、どっちつかずの陰気な蝙蝠《こうもり》。

「教えてよ」ある日、綾は修二に言った。「何があなたを日本から遠ざけているの？　あなたは何から逃げているの？　前にも一度聞いたはず。だけどあなたは答えてくれなかった。今日こそそれを聞かせてよ」

「べつに逃げてなんかいない」修二は答えた。「自分で納得いく形で後始末をつけたら、日本に帰るつもりでいるよ。本当だ。だから、もう少し待ってほしい」

「たいがいにしてよ」放り捨てるような調子で綾は言った。「これは最後通牒《つうちょう》なのよ。なのにあなたはまだそんなことを言うつもり？　あなたの言うことなんて、いい加減なごまかしばかり。騙されているのももう限界よ。馬鹿馬鹿しい、こんなことはもう終わりにしましょう」

「綾」

「気がついたのよ。私を苦しめていたのはこの国の気候や風土でもなければこの街でもこの街の人間でもなく、この街に住む日本人でもなかったということにね。私を本当に苦しめていたのは、あなたよ。いつもどっちつかずでもっともらしいことを言いながら、逃げてばかりいるあなた。見ていると、こっちの方が情けなくなってくる。しかも私には、あなたがいったい何に負い目を持って、何から逃げているのかがわからない。あなたはそれを語ろうとはしない。私のことを大事だ、愛していると言いながら、一度として私に真正面向いて話をしてくれたことがない。口にするのはいつも嘘やごまかしばかり」

「確かに、君に対していい加減なごまかしを言ってきた部分はあるかもしれない。だけどそれは、君を失いたくなかったからだ。この世で綾を一番大事に思っている気持ちに嘘はない」

「だったらどうして一日も早く、一緒に日本に帰ろうとしてくれないの」

「だからそれは仕事が――」

「それが嘘だというのよ」

いかにもうんざりとした面持ちをして彼女は言った。が、ここ数ヵ月見せていた、疲れてやつれた病人のような顔ではなかった。瞳に力があった。顔つきも引き締まっていた。それは確固たる決意を胸に持ち得た人間だけが見せることのできる凜々《りり》しさだったかもしれない。

綾は、思わず見とれるほどにいい顔をしていた。

「悪いけれど、もう耐えられないのよ、私」綾は言った。

「もう少しだけ待ってくれ。そうしたら、本当に君と一緒に日本に帰る」

「まだわからないの？　言ったはずよ、私を苦しめているのはあなただって。この街にじゃない、私はあなたにもう耐えられないの。見ていると、それだけで何だか舌を嚙みたくなる。私はね、あなたが自分の夫だということに、我慢がならなくなっているのよ。あなたは最低の男よ。最低の人間……いえ、人間以下ね。あなたなんか、この街で顎《あご》をだしてのびている犬とおんなじ。バンコクの犬よ」

翌日、修二が仕事から戻ってみると、綾は完全に姿を消していた。服やバッグといったものはもちろんのこと、ピンの一本、髪の毛ひと筋さえも、彼女は残していかなかった。置き手紙のようなものもなかった。バンコクの犬――、それで綾はすべてを言い尽くしたのだと思った。

あの時、修二は光を失った。自分が輝きをもって人生を生きていける目は完全になくなったと、観念するような思いだった。

修二が南国の死神にとり憑かれたのは、その時だったかもしれない。以来修二は始終チャオプラヤ川を眺めては、川を流れる自分の死体を思い描くようになった。

いや、それもまた嘘かもしれなかった。日本にいた時から、既に修二は死神を背負っていた。いつも死を願っていた。だとすれば、彼は今、日本の死神とバンコクの死神、二人の死神を背負っているということになる。

以後、綾に会ったことはない。電話で声を聞いたこともない。ただ、綾の依頼で代理人となった弁護士がやってきて、有無《うむ》を言わせぬ勢いで、離婚の手続きを済ませて帰っていった。その間修二も、綾に連絡をとろうと試みた。けれども綾が彼の電話にでてくれることはなかった。どうしても綾が必要ならば、いったん日本に戻ってでも、彼女をつなぎとめておく努力をすべきだったことはわかっている。とはいえ、日本にいって綾と会い、いったい何が話せただろう。綾は何から逃げているのかと問い、修二は自分をさらすことの怖さから、やはり言葉を濁して彼女から逃げる。同じことだった。

そうして綾は、修二とは何の関わりもない赤の他人へと戻っていった。今となっては彼女はもう、この世とあの世、修二とは住む世界さえ隔てた、赤の他人になってしまった。修二を照らしてくれるはずの光は、もはやあの世の闇に紛れてしまっていた。

4

ＴＧ機は朝早くにバンコクに到着する。飛行機がドン・ムアン空港に着く二時間ほど前になると、スチュワーデスが目を覚まさせるための飲み物を配りだし、やがて朝の食事が配膳されはじめた。座席に坐った乗客たちが、ブロイラーのようにあてがわれたものを食べはじめる。食事を済ませると、次に人間のすることは排泄だ。乗客が次々に自分の席を離れ、入れ代わり立ち代わりトイレにはいる。人間の営みというのは、息を吸い吐くということを除外してしまえば、詰まるところ食い、だすだけだということを改めて感じざるを得ない光景だ。生きていることにどういう意味があるのだろうかと、ふと考える。

トレイを下げにきたスチュワーデスが、ちらりと修二の足元に視線を落とした。

無意識のうちに、修二はまたスーツケースを足で小突いていた。座席にくるたび同じ動作をしている彼に、彼女は何がしか不審の念を抱いたのかもしれない。視線を感じ、修二は勝手に動いていた足をとめた。

もしも彼女が本当に修二に不審の念を抱いたのだとすれば、慧眼《けいがん》と言わざるを得なかった。もちろん彼はスーツケースに大麻や覚醒剤を忍ばせた運び屋ではない。開けられても、法に触れるようなものは何ひとつでてこない。だが、スーツケースの中には、昌代がたいそう大事に思っている遺産分割協議に関する書類だけではなく、清澄の土地家屋の登記証書も収められていた。

親子というのはつくづくおかしなものだと思う。長年親子として同じ屋根の下で暮らしていると、親のしていたことを世の絶対の常識でもあるかのように踏襲して、同じところにものを仕舞う。かつて登記証書は、仏壇の台座の抽斗《ひきだし》の奥底に仕舞われていた。試しに見てみると、その置き場所は今も変わっていなかった。抽斗をあけてそれを見つけた時、まったく不用心な話だと、自然と息が漏れた。その登記証書を、修二は持ちだしてきていた。

どうしてそんなことをしたのか……べつにそうしなくてはならないほどに、金に困っている訳ではない。金にさほどの執着もない。いや、やはり本当は金がほしかったのか。修二は自分でも自分の心が摑みきれないままに眉根を寄せた。

自分は完全に東京を、日本を、肉親を捨てる——、登記証書を持ちだすということは彼にとって、いわばその踏み絵に相当することだったのかもしれない。日本を完全に断ち切り、バンコクで生きていく肚《はら》を決めるための踏み絵。

それもまた欺瞞《ぎまん》であり、弁解であるような気がした。もしかすると修二は、今現在の自分自身、自分を取り巻くありとあらゆるもののありようというもの一切合財が、馬鹿馬鹿しくなったのかもしれなかった。

代々受け継がれてきた土地に親が建てた家に、自分たち一家が住むのは当然とばかりに大きな顔をして、相変わらずの姉さん風を吹かせている昌代。「……してちょうだい」「いいわね、頼んだわよ」——、頭ごなしに言えば、何でも通ると思っている。子供の頃のまま、何も変わっていない。遺産の相続ということにおいて、修二の取り分が一番少ないというのは、当然の帰結だろう。納得いかないことではない。けれども昌代は、あからさまには言わない言葉の裏で修二を恫喝した。彼を睥睨《へいげい》した目の圧力も、言いようのない嫌悪を催させた。すべてを掌握し、ものごとを好きに操れる神とでも言わんばかりの顔だった。

なりばかり大きくなって、中身は空っぽの昌代の二人の息子。彼らにとって突然戻ってきた修二は、鬱陶しくて神経に障る、邪魔なだけの存在だったかもしれない。だが、それは彼とて同じことだった。ただたまたま昌代の子供として生まれただけなのに、どうして自分たちに修二を鬱陶しがる権利があると考えるのか。赤ん坊と大差ないほどの無力な存在でしかないというのに、二人はなめた目をして人を見る。自分の来《こ》し方《かた》を省みれば、それを若さゆえの傲慢《ごうまん》さと理解し、許容してやれないことはない。だが、のっぺりとしていかにも神経が疎《まば》らそうな間抜け面が、修二の神経を逆撫《さかな》でした。強《し》いて言うなら、修二は二人の心根がというよりも、顔つきが許せなかった。

そして兄の和宏。親の面倒は昌代におっつけて免れた。住むところは確保できているし、老後の心配もない。後は厄介《やっかい》な揉《も》め事を起こすことなく、安泰に過ごせればそれでいい……呆れるほど後ろ向きのことなかれ主義だ。それも昔と少しも変わっていない。また和宏は、良くも悪くもこれまでそれで人生をうまく乗り切ってきた実績もある。

誰も彼も棚からぼた餅、苦しむことなく自分の居場所を確保している。努力して今の居場所を手に入れた人間など誰一人としていない。だったら偉そうな口を利《き》くのは慎むべきだった。自分の力で得た訳ではないのなら、裸になれば修二と同じ、無力でとるに足らない存在でしかない。なのにどうして自分のあり方に、何の疑問も抱かずにいられるのか。

彼には誰も彼もが鼻持ちならなくなってしまっていた。だから完全に決別することを決めた。その証に、登記証書を持ちだした。

そもそも先に切り捨てたのは向こうじゃないか……修二は心の中で呟いた。彼らは、村瀬嘉子の息子としての修二、弟である修二を求めたのではなかった。法定相続人の一人である村瀬修二を必要として、止むなく彼を日本に呼び寄せた。向こうの都合で、そうしない訳にはいかなかったのだ。修二が領事館で書類にサインをして、サイン証明をつけて送り返せば用済み、もう向こうから連絡をとろうとしてくることはあるまい。自分たちには自分たちの家庭があり、家族があり、生活がある。訳がわからない厄介な弟ならば、いない方がかえっていい。

切られてしまう縁ならば、こちらが大鉈《おおなた》ふるって断ち切るまでだった。それが修二の勝手な言い訳であり、自分の行為を正当化するための方便にもならない方便だということはわかっている。根っこにあるのは、たぶん病的なまでの僻《ひが》み根性でしかない。けれども登記証書はスーツケースの中にはいっている。いまさら後戻りはできなかった。

綾が死んだとわかった時に、自分の頭の螺子《ねじ》は、二つ三つ飛んだのだ、と修二は思った。もともと頭が正常に働いていたというつもりはない。見事に故障持ちの頭だった。それでも日本に戻ってきた時、うまくすれば直るのではないかという希望を抱きかけた。ところが故障は、螺子が幾つか飛んだことで、より深刻なものになってしまったようだった。

おとなしくて真面目そうで、お勉強も一番できた修ちゃん。なのに何を考えているやらしでかすやらわからない修ちゃん。昌代はそう言った。わかっているのなら、彼を仏間に寝かせるべきではなかった。仏壇の台の抽斗に、登記証書や印鑑を、仕舞っておくべきではなかった。

もう昌代が、たとえどんな言葉で修二を脅そうが無意味だった。修二は日本に戻らない。過去も日本に捨ててきた。彼が日本に戻らない限り、過去は彼を捕まえられない。だから彼は昌代に言った、さよなら、姉さん――、あれは修二にしてみれば、昌代に対する永遠の別れの言葉だった。

シートベルト着用のサインが灯《とも》った。じきTG機はバンコクに到着する。

さよなら、姉さん、永遠にさようなら――、修二は同じ言葉を口の中で小さく呟きながら、自分でも気がつかぬままに、足元のスーツケースを蹴飛ばしていた。

第三章

1

定刻通りに到着したTG機をでて、修二は早朝のドン・ムアン空港に降り立った。空港というのはどこも似通っている。けれども修二は空港の構内に漂う匂いで、自分が紛れもないタイ、バンコクに戻ってきたことを実感した。

それが何の匂いなのか、空港に降り立つたびに修二は考えてきた。が、今もってわからずにいる。建材の匂い、埃臭さ、黴《かび》臭さ、土の匂い、砂の匂い、汗の匂い、革《かわ》の匂い……すべて言い得ているようで言い当てていない。決して芳香ではない。かといって悪臭と片づけてしまうこともできない。一番近いのは、バンコク市内を走るタクシーの中の匂いだ。だとすれば、街の匂いというのが、一番正しいのかもしれなかった。

かつては仕事で足繁くシンガポールを訪れていたが、チャンギ空港にはチャンギ空港の匂いがあった。あちらは人口の七割以上が華人《チャイニーズ》のせいか、イミグレーションのあたりまでくると、中華料理の干貝柱や干蝦《えび》のスープの匂い、調味油、大蒜《にんにく》の匂い……加えてシンガポーリアンが好む甘めの香水の匂いが混じり合って漂ってきたものだった。空港の匂いというのは、いわば街の体臭なのかもしれない。

だが、五年振りに降り立った成田には匂いがなかった。少なくとも修二の鼻は、どんな匂いも感じなかった。成田に降り立った外国人たちが、そこにどんな匂いを感じているのか、修二には見当もつかなかった。

空港からはタクシーに乗った。早朝だったから、ヤワラーまでは一時間足らずでいった。もう少し時刻が後ろにずれると、朝の通勤ラッシュがはじまる。そうなればとんでもない交通渋滞に巻き込まれて、家まで二時間かかるか三時間かかるかわかったものではなかった。空港から市内に向けては、ハイウェイの脇、香港の華僑資本、ホープウェル社による高架線工事のために建てられた橋桁《はしげた》がずらりと並んでいる。この路線が完成すれば、空港と市内を結んで電車が走り、その区間の交通渋滞は、ずいぶん解消されるはずだった。ところがタイ経済の好況は、九六年頃から翳りを見せはじめ、翌九七年にはどかんと見事なまでに落ち込んだ。それまでの数年は八パーセント台という驚異的な数字を示していた経済成長率が、昨年から今年にかけて、逆に驚くことに、マイナス七パーセント台に落ち込もうとしている。まさに真っ逆さま、天国と地獄だ。その影響で、高架線工事もあえなく頓挫《とんざ》、銀行からの融資がストップしたことで、ホープウェル社がさっさと事業から手を引いてしまったのだ。それゆえ鉄筋コンクリートの橋桁は、虚しく天を指すばかりで、いつその上を電車が走る日がくるのかは、予想のつかない状況になっていた。

タイ経済がもう少し長く好況を維持していてくれたなら、バンコクも少しは変わるはずだった。事実、一時期ばたばたビルが建ち、都市化が急速に進んだ。しかしバンコク市内には、まだ電車も地下鉄も走っていない。地下鉄の計画もまた不況風に煽られて挫折《ざせつ》してしまった。ホアラン・ポーン駅、通称バンコク中央駅があることからもわかるように、鉄道が通っていることは通っている。ただしそれは、タイ東北部、或いは西北部と首都バンコクを結ぶ長距離線で、市民の足にはなり得ない。おまけにその列車にしても、日に数本という少なさだ。市民の足はバス、車、タクシー、バイク……道という道から車が湧きだして、あっという間に道路を埋め尽くす世界一の大渋滞も、この事情を考えれば無理からぬ話だった。残念ながら、当面変わる要素も見当たらなければ逃げ場もない。大渋滞に巻き込まれたら巻き込まれたで、静かにそこにはまっていることが、唯一の乗り切り方ということになるのかもしれなかった。

ヤワラーのアパートに帰りつく。部屋にはいってみると先客がいた。修二のベッドでテイが寝ている。出がけに彼女にスペアキーを預けてはいったが、留守番を頼んだ覚えもなければ、部屋を好きに使っていいと言った覚えもなかった。

まったく、どこにでもはいり込んでよく眠る猫みたいな奴だ……修二は弾力のあるテイの頬っぺたを、指で突っついた。テイは一度薄目を開け、いかにも眠たそうに顔をくしゃくしゃっとさせて修二を見たが、すぐにまた目を閉じてしまった。呆れて、もういっぺんテイの頬っぺたを突っつく。今度は先刻よりもはっきり目を開けて、そのまましばらく修二を見ていた。

「……ああ、シュウ」ややあってから、テイは言った。「おはよう」

何とか頭の線がつながったというだけの、間延びした曇った声だった。

「何がおはようだよ」

「あ、そうか。お帰りか。早かったね。もう日本から帰ってきたんだ」

言ってから、テイはベッドの上に身を起こした。ベッドの上で蛙《かえる》坐りをして、指で目をこすってから乱暴な調子で頭を掻く。二十七にもなって、寝ぼけたら寝ぼけたまんま、彼女はそこらの子供と変わりがなかった。

身長は百五十四、五センチ、丸顔でぽちゃっとした体型。日に焼けた浅黒い顔色をした彼女は、見たところもはやタイ人だ。ぺちゃっとした偏平な顔からしたら、東北部の中国系タイ人というよりは、ミャオ族系タイ人というところかもしれない。チョルナムなどは、テイのことを、時々「あんパン」などと呼んでからかう。丸顔でこんがり焼けているあたりは、確かにあんパンを連想させなくもない。が、部分部分の造りはそこそこうまくできているので、あんパンはあんパンでも愛嬌《あいきよう》があった。

「何でお前、俺のところで寝ているんだ？」

「シュウが向こうにいっている間、こっちは雨ばっかりで大変だったんだから。前の通りなんか完全に川だよ。いやだね、雨季は。いっときの降りようといったら、ほとんど自棄糞《やけくそ》なんだもの。シュウはいい時留守にしていたよ」

「だから、それとお前がここにいるのとどう関係があるんだ？」

「どうせ洗濯も何もしないで、あれこれ散らかしっぱなしでいったと思ったんだよ。あの雨降りじゃ、下手したら服もベッドも黴ちゃうよ。心配だったから部屋にきてさ、洗濯したりエアコン入れて湿気を払ったり……いわば番人みたいなことしてあげてたんじゃない。何よ、面白くなさそうな顔しちゃって。感謝してもらったっていいと思うんだけどな」

部屋の中は片づいている。籠《かご》に山盛り突っ込んでいった汚れ物も見当たらない。テイ本人が言うように、役に立ったことは立ったようだった。だからといって、何もベッドで寝てまでしてくれなくてもよかった。

「で、どうだった？」テイがベッドの上に坐ったままで言った。「久方ぶりの日本は？」

「――どうって、べつに」愛想のない声で答える。

「ま、そりゃそうだよね。面白いはずがない。親族一同が集まる葬式なんて、私たちみたいな人間にとっては、針の筵《むしろ》みたいなものだからね」

葬式は終わっていた、親族というものにも会わなかった——、そう言う代わりに黙って煙草に火をつけて、ふうっと白い煙を吐きだした。

「でも、シュウ、よく戻ってきたよね。私、ひょっとしたら、シュウはもう戻ってこないんじゃないかと思っていた」

「どうして？」

「だって、シュウは日本に未練たらたらじゃん」

「俺が？」

テイは眉をちょっと持ち上げてから頷いた。

「日本の話すると、シュウ、いつも凄くいやな顔するじゃない。あれって、過剰に意識してるからでしょ。未練の裏返しってやつね。私、いつもそう思ってシュウのこと見てた」

修二はちらっとテイを見た。

「ほら、またそういう顔する。要はさ、日本はまだシュウの弱点なんだよ。かさぶたのできていない擦《す》りむけみたいなものでさ」

その未練も今回で断ち切った。母も死んだ、綾も死んだ、兄姉《きょうだい》たちは、はや他人だ。日本には、もう彼を惹《ひ》きつけるものは何もない。修二は、自分から踏み絵を踏んだ。

「おっと、ヤバイ、ヤバイ」テイが時計を見て言った。「よかった。シュウが帰ってこなかったら、危うく私、寝過ごすところだったよ。今日は一日通しで一本、仕事がはいっているんだ」

テイは洗面所へいって顔を洗い、歯を磨き、服を着替えて戻ってきた。といっても、Tシャツに短パンという姿だったのが、下が長いレーヨンのズボンに変わっただけで、パジャマも外出着もほとんど差がなかった。ここは、それで充分暮らせる街だ。

「じゃあ、シュウ、またね」

「おう。――ああ、テイ、ちょっと待て」

修二はスーツケースを開け、彼女にサングラスを手渡した。ここのところ日本で流行《はや》っている、フレームもレンズも小さいサングラスだ。

「へえ。もしかしてこれ、お土産？」

「まあそんなところだな」

「サンキュー」

テイは早速サングラスをかけた。修二に向かっていっぺんにやっと笑ってみせてから、メガネをずらし、カチューシャのように頭にはめた。にやっと笑った時の顔は、ちびっこギャングみたいだった。

「なあ、テイ」

「なに？」

「成田って、どんな匂いがする？」

「成田？　ここんとこ私は、日本はとんとご無沙汰だもの。成田なら、自分がいってきたばかりじゃない」

「俺は、何の匂いも感じなかったから」

「ふうん。ということは、シュウは五年もバンコクにいても、いまだに立派に日本人なんだ」

「え？」

「だって、空港の匂いって、その国の人は感じないものでしょ？　自分んちのトイレは臭くないのとおんなじ。おっと、遅刻、遅刻。じゃあね！」

テイは笑顔で手を振ると、足取り軽く飛びだしていった。小柄だが体力があって元気がよくて、よく弾むゴムまりみたいな女だ。

テイ——、本名、内山定子《うちやまさだこ》。日本人だ。しかも定子はテイコではなく、サダコと読むのが本当らしい。定子、テイにはどうにも似つかわしくない名前だ。自分でもそう思ったのだろう、勝手に読みをテイコと変えた。お尻のコが取れたのは、何でも自分が言いやすいように変えたり適当な愛称で呼びたがるこの国の人間がしたことなのか、彼女本人がしたことなのか、そこまでは彼も知らない。いずれにしても彼女は誰からも、今はテイと呼ばれている。修二のことを、シュウと呼びはじめたのも彼女ではなかったか。いや、チョルナムだったかもしれない。

修二も、最初は日本のしきたり通り、村瀬と苗字で名乗っていた。こちらの人間からも、

「クン・ムラセ」、村瀬さん、と呼ばれていた。しかし、タイでは苗字で呼び合う習慣がない。誰もが苗字というものを持つようになってからも、まだ百五十年ぐらいにしかなっていないはずだ。だからムラセ、ムラセと名乗っていると、それが名前かと思われてしまう。やがて修二も村瀬と名乗るのをやめた。今はシュウに落ち着いている。村瀬修二とシュウ、そこには内山定子とテイほどの乖離《かいり》はまだない気がした。

テイとは、チョルナムに紹介されたJサービスという会社の仕事を通して知り合った。チョルナムはタニヤ通り、通称日本人横丁ソイ・ジープンで、「窓《ナーターン》」というスナックをやっている。

Jサービスは、いわばバンコク在留邦人ご用達《ようたし》の便利屋だ。日本人観光客相手の仕事もする。恐らくテイは今日、一日ガイドの仕事か何かがはいっていたのだと思う。相手はたいがい熟年以上の夫婦ものだ。混沌としてわかりづらいバンコクの街のこと、見るべきところは多いのに、そこここでまごまごしていた日には、じきに猛烈な暑さにやられてしまい、ろくろく何も見ないまま、日本に帰ることになってしまう。テイは一日チャーターした運転手つきの車で、効率よく市内のあちこちを案内してまわってやる。もちろん、夜の食事のレストランの予約もしてやるし、必要とあれば送り迎えもしてやる。

相手がタイ人のガイドだと、いくら日本語が喋れても、すっぽかされるのではないか、ぼられるのではないか、と心配は尽きない。その点、日本人なら安心できるというのが年齢層が高い日本人観光客の特徴だ。ただし、団体相手の仕事はしない。タイでは観光ガイドはライセンス制で、本来タイ人以外の外国人がやってはならないことになっている。だから団体客を連れて歩いていると、すぐに目をつけられて、何かと厄介なことになる。あくまでも友人を案内して歩いているという体裁《ていさい》を繕い、逃げ道を用意した上での潜《もぐ》りのガイドだ。料金は、車のチャーター代こみで、一日一万円、約三千バーツというところだ。チャオプラヤ川の渡し舟、ルアの渡し賃が一バーツ、コーラがひと缶十二バーツ、タクシーの初乗りが三十五バーツ……それを考えれば、三千バーツがいかに大金かがわかる。

こういう仕事をうまいこと拾っていたら、べつに毎日働かなくても、暮らしの方は何とかなる。それがここのよさであり、また、怖さでもあった。テイもかれこれもう四年、バンコクで暮らしている。この街のいい加減な懐の深さに抱かれて、いつの間にやら沈没したクチだ。テイが嫁入り前の若い娘であることを考えるなら、日本の肉親の心配は、当然修二の家族の比ではないだろう。だが、修二が見る限りにおいては、彼女にそういう気配はつゆほどもなかった。彼女は明るい。馬鹿みたいに明るくて元気がいい。修二と同じ、河《メナム》の漂流物でありながら、どうしてああも毎日いきいきとしていられるものか、そばで見ていて不思議にもなる。同じように見えて、もしかするとテイは漂っているのではなく、自分のからだで河を泳いでいるのかもしれなかった。

シュウはいまだに立派に日本人なんだ——、テイの言葉が思い出された。

決着は、つけてきたつもりだった。意識の中で、修二は日本を断ち切った。にもかかわらず、五官、血、或いは本能といった意識とはべつのものが、まだ日本を断ち切れずにいるということなのか。

（でも、もう戻れない）

修二は心の中で呟いた。日本は捨てた、二度と戻ることはない。誰よりも、自分自身に強く言い聞かせなければならないことに気がついて、彼は一抹《いちまつ》の戸惑いを覚えた。いつでも一番言うことを聞かないのは自分自身だった。綾が誰よりも修二のことが堪《たま》らない、我慢ならないと言ったのと同じように、実のところ誰よりも彼自身が、自分というものに倦《う》みきっていた。

2

夜の帳《とばり》が降りてから、修二はタニヤ通りに足を向けた。最近ではソイ・アソクに押され気味とはいうものの、いざ足を踏み入れてみれば相変わらずの賑《にぎ》わいで、通りを歩いていても、しょっちゅう日本語が耳に飛び込んでくる。通称日本人横丁、ソイ・ジープン。日本語や漢字の看板を掲げている店が多いのもこの通りの特徴で、タイで遊ぶ日本人がいかに多いかが察せられる。

日本は不況だ、不況だというが、この光景を目にしていると、まだまだいけるのではないかと、おかしな期待を抱いてしまう。東南アジアに蔓延《まんえん》しはじめた不況に比べたら、日本の不況などは優等生の一時的な成績不振みたいなものかもしれない。三十八年生きてきた。けれども修二はまだ自分の目で、本当の底というのを見たことがない。少なくとも日本経済の安定は、三十八年は続いているということだ。

そろそろ夜の女たちもうろつきはじめていた。三十万人、四十万人とも言われるタイの売春婦たちだ。彼女らは、たいがい五百バーツから千バーツでからだを売る。冷気茶室《ロン・ナム・チャー》、マッサージパーラー、ゴーゴークラブ……この街にいたら、客をとる箱には事欠かない。女が自分のからだを売る、それはひとつの金の稼ぎ方。ここは売春婦たちにかなり寛容な街でもある。それを稼業にしているからといって、特別彼女らが差別されるということはない。

修二は寄り道することなく、いつものようにまっすぐに「窓」に足を向けた。

チョルナム——、本名、岩本鉄男《いわもとてつお》。彼は「窓」のマスターであり、ママの南《みなみ》の亭主でもある。一応カラオケが置いてあって、タイ人の女の子を二人ばかり使っているが、こぢんまりとした地味な店だ。いけばたいがいゆっくり酒が飲める。だからといって、「窓」が流行っていないということではなかった。客の出入りは多い。ただ、無闇《むやみ》やたらと回転が早いというのがこの店の特徴だった。

「窓」は、名前の通り、日本人観光客に対して、店外デート可能な女がいてトラブルの心配もない店や、ずばり売春宿そのものを紹介する窓口の店だった。外国で女を買うにも、日本人というのは同じ日本人に、「ここは安心」「だいじょうぶ、何も心配いらない」と請《う》け合ってもらうことに、安心感を覚える民族らしかった。それゆえチョルナムのやっているような商売も成り立つ。ここへくるとたいがいの客は景気づけに一杯ひっかけて、早々に紹介された店へと繰りだしていく。チョルナムは、何分かしか店にいない客から紹介料を上乗せした飲み代をとり、紹介した先の店からはバックマージンをとる。そんな面倒なことはせずに、いっそ店にその種の女を置いてしまえばいいのに、と修二は彼に言ったことがある。けれどもチョルナムは、駄目、駄目、と即座に首を横に振った。

「その種の商売には、絶対日本人は喰い込めねえよ。何せ元手がかからない、一番旨味《うまみ》のある商売だからな。ここまでが俺らにできる限界。ここを一歩でも踏み越えてみな。途端に何だかんだややこしいことに巻き込まれるのがオチさ。ここらの連中は、警官とべたべたにくっついてやがるからな、あることないことチクられて、必ず厄介な目を見るって。この店だってお前、一応名義はタイ人にしてあるんだぜ。わざわざ金を払ってよ。タイ人以外でそういう商売ができるのは、ジャオポーの中国人ぐらいのものだな。まったく華僑の奴らは、地球上、どこへいっても逞《たくま》しいぜ」

ジャオポーというのは、華人系の中国マフィアだ。修二もこの店に通うようになってから、ずいぶんタイの事情に詳しくなった。

チョルナムは、「窓」のほかに、日本にタイ人女性を送り込むブローカーまがいの仕事もしているし、バンコクに単身赴任している駐在員に、アーヤと称して現地妻を斡旋《あっせん》する仕事もしている。アーヤというのは本来タイ語でメイドを指す。駐在を終えて日本に帰る家からでる不用の家具や電気製品も売りさばくし、注文があれば何だって探してくる。出所の怪しげな品であろうと何であろうと、チョルナムのところに持ち込めば、何がしかの金にはなるという話だ。彼は、間にはいって利鞘《りざや》が稼げることなら何でもやっていた。

チョルナムの本業が、銀星交易という会社のバンコク支店長だと聞いた時は、さすがに修二も驚いた。世間に名の通った大きな会社ではないが、川崎市に本社があって、従業員も三、四十名はいるという歴《れっき》とした株式会社だ。チョルナムはどう見たところで、いくら何でも企業のサラリーマンには見えないし、していることも当然その域を大きく逸脱している。

「社員は社員だけど、ふつうのサラリーマンとは違う」チョルナムは修二に言った。「一番上の兄貴が社長、次のが専務、姉貴の亭主が常務……一族でやってる同族会社だからな。バンコクの銀星にしたって名前だけ。俺がこっちにきたくて、無理矢理作らせたような支店だからよ」

名前だけでもあれば便利だ。その恩恵に与《あずか》る形で、修二も銀星交易バンコク支店営業部長の肩書をもらった。給料はもらっていない。紹介された仕事を、やる気があればやる。やれば金になるがやらなければ金にならない。それだけの話だ。いわば紙の上だけの勤務先だったが、それが必要だった。会社という帰属組織を失ってしまうと、長々バンコクに留まっていることが難しくなる。ビザを延長して半年、タイ語学校に通う体裁をつけても、せいぜい一年というところか。大東商事を辞めた後も、修二にバンコクに留まる決心をさせたのがチョルナムであり、銀星交易という会社の存在だった。修二にバンコク支店の住所と電話はチョルナムの自宅マンション。今回昌代が修二に連絡をつけられたのも、書類の上での帰属をたどった結果のことだったと思う。

「窓」を訪れるのも、約二週間振りだった。修二はゆっくりと店のドアを押し開けた。

「よう、シュウ。帰ってきたか」

修二の姿を見た途端、カウンターの内側のチョルナムが、人懐《ひとなつ》っこい笑みを投げかけてきた。そうだ、俺は帰ってきたのだ……その顔を見て、修二は思った。ここ数年馴染んだ店の雰囲気とチョルナムの顔に、思わずほっと息をつくような心地になりながら、彼は自分の定席、チョルナムの前のカウンター席に腰を下ろした。チョルナムに言って、タイのウイスキー、メーコンをだしてもらう。メーコンはウイスキーとはいうものの、実は米からできている。なのにどうして琥珀《こはくいろ》色をしているのか……タイにはこの種の不可解が多い。追求した挙げ句、底が割れると落胆させられるのがいつものこと。修二はいつからか、こうした不可解を不可解のまま放置しておくことを学んでいた。

ひと口飲んで、ふうっとひとつ息をつく。清澄の家で飲んだ日本のウイスキーよりも、修二の舌には本物のウイスキーとして感じられる。五感の中でも、味覚が一番ごまかされやすいのだろう。それはたぶん、そこで食い、生きていくためだ。

「どうだったよ、日本は？　五年振りだろ？」チョルナムもテイと同じようなことを尋ねてきた。

「べつに」修二の答えも変わりなかった。

「まあなあ、久し振りの帰国といったって、お袋さんの葬式じゃなあ。で、間に合ったのか？」

修二は黙って首を横に振った。

「そうか。敵はお前を待っていちゃくれなかったか」

敵という言葉に自然と反応して、修二はちらりとチョルナムの顔を見た。思えば彼は日頃から、自分の兄弟姉妹のことを言うのに、この言葉を使いたがる。

「だけどまあ、これで義理は果たしたってもんだ。後はがたがた言われる筋合いもなくなったし、さっぱりしたと思えばそれでいい」

「それでな、チョルナム」

ん？　と、彼は自分もウイスキーのグラスを口に運びながら、修二の顔を窺った。チョルナムは地黒なのか長年のタイ暮らしで日焼けが肌に染みついてしまったのか、浅黒くて艶《つや》のある肌をしている。歳の頃は、恐らく四十七、八……いや、もしかすると五十に手が届いているかもしれない。が、頭髪も黒々として豊かだし、目も同じように黒く艶があって、内側のエネルギーを感じさせる。粘っこい生活力のある顔をしている。

「そのうちに、たぶんまた姉貴から、そっちに電話がはいると思うんだ」修二は言った。「そうしたら、俺は仕事を辞めてどこかに消えちまったと言ってくれないか？　もちろんヤワラーのアパートの住所も教えないでくれ」

「そりゃべつに構わないが……」呟いてからチョルナムは、いったん不審げに曇りかけた顔にぱっと明かりを灯らせた。「はあ、わかったぞ。そういうことか。さては揉めたな、お袋さんの遺産相続のことで。それでシュウはキレて、とうとうケツ割った——、そうだろ？」

やれやれだ、と、修二は内心溜息をついた。そう言った時のチョルナムの嬉しそうな顔。この男にとって揉め事は、いつも楽しい出来事なのだとつくづくと思う。だからその種のことには下手な犬より鼻が利《き》く。単に揉め事が好きだというのではない。揉め事というものが、彼には金に結びつくチャンスに感じられるのだ。

「おい、シュウ。それでお前何をした？　何やらかして日本をおんでてきた？」

「何をやらかしたって、そんなに目を輝かせて言わないでくれよ。俺はべつに何もやらかしちゃいない。ただ、お袋も死んじまったことだし、今後兄弟とつき合っていく必要もなかろうと思ったまでさ」

「またそういうつれないことを。金でも持ち逃げしたか？　いや、金は嵩《かさ》ばるな。貴金属、宝石……売っ払っても、たいした金にはならないしな。通帳、印鑑、有価証券……あっ、土地の権利書！」

今度こそ本当に、修二は溜息をついて顔を歪めた。

「チョルナム。俺を勝手に犯罪者にしないでくれよ」

「はあ……そうか、そうか。シュウもついに本当に日本を捨てる決心をつけたって訳だ」

「チョルナム――」

「でも、それはシュウにとって悪いことじゃないと、俺は思うぜ。だってなあ、シュウ、この世は所詮、喰うか喰われるかだ。兄弟もへったくれもありゃしない。うちなんかもの凄いぜ。兄弟同士で平気で喰い合いしているもの」

「よく言うよ。兄弟で仲よく商売やっているくせに」

「馬鹿。仲よくなんてねえよ。兄弟同士、鵜《う》の目鷹《たか》の目。疑心暗鬼で滅茶苦茶だよ。それぐらいじゃないと貧乏籤《びんぼうくじ》を引かされる。まあ、外敵と戦う時だけ一致結束するって感じかなあ。俺なんか、そういうごたごたに嫌気がさして、日本をおんでてきたようなものさ。一等上の兄貴とは、十五も歳が離れてるからな、どう頑張ったって、はなから勝負にならないんだよ」

「このひとはだらしないんだよ。弱いんだよ」

横からナモクが口を挟んできた。

ナモク、日本名は南、チョルナムの女房だ。チョルナムにナモク、どうしてそう呼ばれているのか、また自らも名乗っているのか、修二も知らない。タイ暮らしも長い彼らのこと、鉄男だの南だの、こちらの人間には呼びづらい名前はさっさと捨てて、適当な名前を持ってきたのかもしれない。それにしたところで、双方特別タイ人というにふさわしい名前でもない。不審に思って、一度チョルナムに尋ねてみたことがあったが、彼は目で人の顔色を読みながらにやっとする独特の笑いを顔に浮かべてこう言っただけだった。名前なんて記号だからよ。べつに何だっていいんだよ――。

「本当なんだ。このひと、いつだって兄さんたちにやられてる。ぜんぜん頭が上がらないんだから。何がバンコク支店長だっていうんだよ。偉そうなのは名前だけ。笑わせるったらありゃしない」

「いいじゃねえか。こっちはこっちでそれなりに、タイで楽しく暮らしているんだから」

バンコク郊外、ペットカセームには別荘も持っている。目端《めはし》がきき、金の匂いに敏感で、商売上手な男だ。褒《ほ》められた商売かどうかをべつにすれば、確かに彼はタイで成功した部類の日本人だろう。

「あんたはさ、タイの女が好きだから満足だろうけど、私はちっとも楽しくない。ここでの暮らしなんか倦《あ》き倦きだ」

ナモクはチョルナム同様言葉が乱暴だし、柄《がら》もいいとは言いかねる。だが、見た目には、はっと目を惹くほどの美貌を備えた女だった。きめの細かい色白の肌をしているし、鼻筋の通った整った顔だちをしている。気のきつさは顔つきにもでているが、それでいて眉と目の間や頰の稜線などに不思議な間合いがあって、そこはかとない色気を感じさせる。すらりと脚が長く、スタイルもいい。今はそこそこ歳がいってしまったが、それでも彼女はまだ充分に、男を魅《ひ》きつけるだけの色香を持ち合わせていた。うっかりすると修二も見とれてしまいそうになる時がある。

「だってさあ、毎日毎日真夏だよ。そこにいったい何年身を置いていると思う？　もう勘弁してもらいたいよ。からだも頭もいい加減おかしくなっちゃうって。親子代々、こっちで生まれ育った人はいいでしょうよ、からだがそういうふうにできているんだから。だけど私は違うもの」

「うるせえなあ。お前、今日、ちょっと酔っ払ってるんじゃないのか？」

「うるさい。私はシュウと話しているんだよ」

チョルナムはわざとらしく口をへの字にして肩を竦めたが、ナモクはお構いなしに修二の隣に坐り、カウンターに頰杖をついた顔を彼に近づけてきた。

「思うんだけどさ、シュウ、あの太陽ってやつがいけないんじゃないだろうか」

「太陽？」

「うん。お天道《てんと》さまが頭のすぐ上をまわっている。それでおかしくなるような気がするんだ。このひとは私のこと、癇癪《かんしゃく》持ちだのヒステリーだのいうけれど、私は元はそんな女じゃなかったんだ。こんなにかりかりなんかしなかった」

　心火……修二の脳裏を綾の顔がちらりとよぎった。

「私は北半球の人間、緯度もどっちかっていうと高めの方の人間だからさ。もちろん親もそのまた親もみんなそう。だから、北極の磁力にちょっと引っ張られる感じでちょうど心身のバランスがとれるようにできているんだよ、きっと。なのにここにきてから、北の磁力ががくんと弱っちゃった。ここは地球の真ん中に近いんでしょ？　北の磁力だって届かないよ。おまけに頭の上には太陽の通り道があってさ、上から年がら年じゅうもの凄いエネルギーが降り注いでいる。肌だって見てよ。私はそんなものに耐える肌なんかしていない。からだの中の磁石だっておんなじだよ。そんなところに十年以上もいてごらんて。磁石もだんだんに狂っちゃって、人間おかしくもなるってば」

　赤道か……と、修二は呟いた。

英語ならばｅｑｕａｔｏｒ《イクウェイター》、昼夜均分線、地球を北と南、等分にふたつに分ける線。確かに赤道付近は、北極の磁場からも南極の磁場からも一番遠く離れている。ことによると地球で一番磁力の弱いところなのかもしれなかった。自分を引きつけていた力がふつりと断たれたら、どうしたってからだはバランスを失い、ふわりと宙に浮かんで行き惑う。心にしても同じことかもしれなかった。

「磁石が狂っちゃったからね。だからしんどいんだよ。おまけに時々磁石の針は、急に北に大きくふれるんだ。突然思い出して懐かしがるみたいにね。そうすると私はイライラしはじめる。何もかもがいやになる。で、思うんだよ、帰りたい、ああ、北に帰りたいなあって」

何だかお前、渡り鳥みたいだなあと、チョルナムは笑った。だが、修二は笑えなかった。自分のからだの中にも、時折強烈に北を指す磁石があるのを感じる。綾のからだの中にも間違いなくそれはあった。そういえば、ナモクはどことなく綾と似ていた。二人とも、北方系の正統派美人の流れだ。肌の白さも気の強そうな目の輝きもよく似ている。

「完全に狂っちゃったら狂っちゃったで、その方がきっと楽なんだ。そこにいる脳天気の馬鹿みたいにね。だけどふつうはそうはいかない。何せ磁石は血の中にあるからね。永遠に夏が続くなんて、シュウ、北半球の人間に堪《た》えられると思う？」

堪えられない。

バンコクへ赴任してきた当初、修二も必死だった。延々と続く夏に戸惑っているからだや神経をいたわってやるだけの余裕はなかった。からだは戸惑いながらも、やがてくるであろう秋という季節を待っていた。けれども、五ヵ月が経っても六ヵ月が経っても、秋は巡ってこない。

あれはバンコクにきてから何ヵ月ぐらいが経った頃だったろうか。修二は突然いいようのない脱力感に見舞われ、発熱と脳の一部が締めつけられるような頭痛に何日もの間苦しめられた。何を食べようにも胃が受けつけず、無理に口に運ぶと下痢と嘔吐に襲われた。

夏バテだった。秋のいくぶん涼しい季節になってでるべきものが、でる機会を見つけられぬまま、修二のからだの中に溜め込まれていた。それがある日突然、もはや限界とばかりに一気に噴出したのだ。真夏のさなかでの夏バテは、そのうち自分が壊れるのではないかと思うぐらいにしんどかった。

適応しているようで適応していない。何年もそんな暮らしをしていたら、必ずからだの中で何かが狂う。

「ママの言ってること、正しいかもしれないな」修二はぼそりと言った。

「ほらね。私はシュウならわかると思ったんだ」

ナモクはくすぐったげな笑みを浮かべて、修二の顔を覗き込んだ。そのナモクの顔が、はっと一瞬真顔になった。

「シュウ……」ナモクは彼の顔の上に目を据えたまま言った。「あんた、顔が変わったね」

え？ と、いくらか目を見開いてナモクの顔を見る。

「ううん、あんたには、もともとふたつの顔がある。それは前から気づいていたんだけど。今は……いつもは陰にまわっている方の顔が表にでている」

「陰にまわっている方の顔」

「シュウは見た感じまともさ。津上《つがみ》や門馬《もんま》みたいな、見るからに不良という連中とは違ってね。でも、あんたはやっぱりまともじゃない。私たちにはわかってた。だってシュウには、時々もうひとつの顔が垣間見えたし……何て言うか、匂いがしたからさ。いってみれば胡散《うさん》臭《くさ》い匂いだね。今はあんた、そっちの顔の方が強くでている。不良の顔をしているよ」

「顔がふたつあるだなんて、そんなことはないよ」修二は軽く笑った。「たかが二週間だ。それっぱかりの時間で、人間、顔が変わる訳がないさ。それもいい歳をした大人が」

「馬鹿だね。変わるんだよ。顔なんか簡単に変わる」

「どうして？」

「人間なんて、魂の器だからさ。魂が入れ換わったら、顔だってすぐに変わってしまう」

「おい、お前、やっぱり酔っ払っているんじゃねえのか」チョルナムが言った。「磁石だの魂の器だの、哲学者か占い師みたいなことを言いだして」

ナモクがうんざりした顔をして目だけで天井を仰いだ。

「聞いた？　だからこの馬鹿って言いたくなるんだよ。このひとの頭じゃ、哲学者も占い師も一緒なんだから。本当に頭が悪いとしか言いようがないよ」

「だって顔が変わるだなんてよお」

「変わったんだよ！」チョルナムに向かって投げつけるように言ってから、ナモクは修二の方にまた顔を向けた。「本当に変わったんだよ。でも、私は、この先あんたがどっちの顔をして生きていくのかは知らない。ううん。あんたはまたべつの顔を持つかもしれない。それもまたよしさ」

顔が変わった。修二は自分でも意識しないまま、頰のあたりを手で撫でていた。

3

その晩、修二は、遅くまでチョルナムの店で飲んでいた。修二は帰ると言ったのだが、何だかんだと言って、チョルナムが彼のことを放さない。むろん修二に執着がある訳ではない。チョルナムは、修二が抱えているものに興味がある。彼は飲みながらもああだこうだとさかんに言っては、修二の口を柔らかくしようと画策していた。とにかく、ハイエナ顔負けに、金の匂いには敏感な男だ。自分でも、時として「ああ、金の匂いがする」と、鼻をひくつかせてみせることがある。だいたいチョルナムは、そういう時ほど瞳が奥底から輝いて、旺盛なバイタリティを感じさせる男だ。

「シュウの実家は……確か清澄だったよな、江東区の？　二十三区、一応流行りのウォーターフロントだな」

「俺の実家がどこであろうと関係ない話だろ」

「関係あるさ。たとえでかい土地を持っていたって、東北や北海道の原野だっていうんじゃ話にならない。だろ？」

飲むにつれ、チョルナムは修二が土地の権利書を持ちだしたものと、決めうちにかかっていた。それがはずれていないだけにややこしい。一見言葉をいくつもでためにに投げつけているようでいながら、彼は微妙に動く修二の顔色を読んでいる。だんだんにチョルナムの中で確信に変わっていく読みを、言葉によって覆《くつがえ》すというのは至難の業《わざ》だった。チョルナムは、いつだって言葉より人の顔色を信じる。ちらりちらりとしつこいぐらいに相手の顔を見やるのは、この男の癖というよりも人の心の見抜き方であり、この世で生き残っていくための本能みたいなものなのかもしれなかった。

「シュウ、やるならさっさとやれ」誰も聞いてなどいやしないというのに、彼は修二に顔を寄せ、声を一段落として囁いた。「遅くなれば遅くなるだけヤバくなるぞ。それからな、やる時は間にクッションを二つは入れろ。その分、金は目減りするけどよ、仮に金が手にはいっても、自分が監獄にはいっちまうんじゃ意味がない。その手の仕事をする人間になら、俺の方にも心当たりがある」

「チョルナム、いい加減にしてくれよ。さっきからあんた、いったい何を言っているんだ？」疲れ果てたように修二は言った。

「あのなあ、お前一人で何ができるか？　一人でやれば必ずケツに火がつくぞ。俺はそれを心配してやってるんじゃねえか。いいか？　やる時は一枚嚙ませろ。きっとだぞ。絶対お前の悪いようにはしねえからよ」

チョルナムは思い出したように修二のグラスと自分のグラスにメーコンを注《つ》ぎ足し、煙草を銜《くわ》えて火をつけた。

「シュウ、思い切れ。今お前はこっちにきかかっているんだ。きちまったらかえって楽になるって。でないとお前、ずっと中途半端なまんまだぜ。そういう中途半端なことをしていた日には、お前の背中にくっついている死神だって、なかなか離れていかないぜ」

修二はちらりとチョルナムの顔を見た。額のあたりには、きっと翳が落ちているだろう。自分でも、陰険な目つきと目の色になっているのがわかった。

「俺には、お前の顔が変わったかどうかはわからない。俺はナモクほどには鋭くないし、気が走ってもいないからな。でもな、シュウ、お前が二つの顔を持っていることには気がついていたぜ。それはまったくあいつの言う通りだ。シュウは見た目は真っ当そうだが、時々ちらっと違う顔をする。べつの匂いを漂わせる。そいつは、いってみれば俺らの側の匂いだよ。この世のしきたりごとには順応できないはぐれものの匂いだ。イリーガルの人間の匂いだな。だけどお前はそれを嫌ってる。自分は根っから真っ当な人間だと思いたがっている。また、お前はそれが演じられるんだよな。俺に言わせれば、お前みたいな人間が、大東商事なんてまともな商事会社に潜り込めたこと自体が不思議だけどな。まあ、世の中、それだけ騙されるやつも多いということか」

「何が言いたいんだよ」修二は煙草に火を点けた。

「お前、日本で何をしてきた？」チョルナムは、修二の瞳を見据えて尋ねた。

「だから俺は何も――」

「俺が訊いているのは今回のことじゃねえ。それ以前の話だよ。バンコクに赴任してくる前、日本にいる時、お前は何をしでかしたのかって訊《き》いているんだよ」

「なんにも」修二は言葉と一緒に白い煙を吐きだした。

チョルナムの顔に、皮脂のような薄笑いが滲む。

「なんにもか……秘密主義だよな、相変わらず。だけど口が固いっていうのは、決して悪いことじゃない。じゃあ、俺が言ってやろうか？　お前、人を殺しているだろう？　お前には、人殺しの匂いがするんだよ」

馬鹿な……と言いかけた言葉が、咽喉の奥で固まっていた。

「何でわかるか聞きたいか？　死神だよ。お前が死神を背負う羽目になったのは、人を殺しているからさ」

修二は紫煙をくゆらせながら、黙ってチョルナムを見た。心の内で、この男には、自分の背中にくっついて離れない死神までもが見えるのだろうかと考えていた。するとチョルナムは、不意にけたけたと笑いだした。

「死神が見えるのかと、今、思っただろう？　そんなものは俺にばかりじゃない。テイにだって見えている」

「テイに？」

「シュウは死神を背負っている。時々死神に喰われそうになっている――、あいつはそう言っているよ。あれはあれでお前のことを心配しているんだ」

「俺が死神に喰われそうになっているっていうのは、どういう意味だ？」

「自分が一番よくわかっているんじゃねえのか？　自殺しそうだってことだろ。決まってる」

「自殺？　俺が？」修二は笑った。

「そんなことはねえか？　だったらお前、どうしてしょっちゅう腑抜けみたいな面をして、川の流ればっかり眺めているんだよ？　あんな泥臭い、糞面白くもない黄色い川をよ」

「癖だろ。川べりの生まれだからな、子供の頃から川を見て育った。何かにつけ、川の顔を見たくなるんだよ」

まったくの嘘ではなかった。住まいをチャルンクルン通りの近くからヤワラーに移したのも、ヤワラーがチャオプラヤ川に近く、そばに川の気配が感じられるからだった。修二はそれだけで安らげる。

「俺やテイには、お前が川向こうのあの世を眺めてうっとりしているようにしか見えないけどな」

見透かされていた。修二はいつだってあの黄色く滔々《とうとう》と流れる川を自分の死体が浮かびつ沈みつしながら流れていく様を思い描いてばかりいるし、その時間が一番心落ち着いた。楽しくはない。かといって苦しくもない。時の流れも暑さも喧騒もここでの日常も、すべてのものの存在感が、最も稀薄に感じられる時間だった。むろん自分自身の存在も。

積極的に死のうという気持ちは薄かった。ただ生きていることが煩《わずら》わしい。一度だけ、何もかもが堪らなく鬱陶しくなって、ビルの窓から川に向かって身を投げようと思ったことがあった。あの日もとんでもなく暑い日だった。脳味噌が、もう少しで沸騰しかけていた。外の喧騒が、ふだんにもまして喧《やかま》しく、耳と頭に響いていた。

現実的にも精神的にも、べつに追い詰められていた訳ではない。暑さと喧しさと自己嫌悪とで、煮詰まりきってしまっていただけの話だ。どうして俺はこんなところにいるのか、と思った。どうしてこんな暮らしをしているのか、と。本来村瀬修二は日本で、秋の朝の清々しい空気と陽射しの中を、悠々と歩んでいるはずの人間だと思った。こんな糞暑くて薄汚い路地に迷い込んでいるのは、本当の自分ではないと思った。本当の自分でないならば、消えてしまえばいいと思った。何もかももううんざりだ——。

賽《さい》は確かに一度は投げられた。窓の向こうに飛びだすか、内にとどまるかは紙一重だった。丁半、賽の目はどっちに転ぶのか。

しかし、床を蹴り、窓の桟《さん》を乗り越えるには、もうひとつ、何かが欠けていた。死んでしまおうというのは本気だった。なのに修二は生きていた。だから今夜もこうしてメーコンを飲んでいる。

「お前が死にたくなるのは、後ろ暗さや後ろめたさをいつまでもひきずっているからだ。自分は本来なら本道を歩む、真っ当な人間だったはずだと思っているからだ。だからいつまでも自分のしでかしたことや、後ろめたい思いに苛まれる。こっちにきちまえばいいんだよ。お前のしたことを、誰もとがめやしない。そのうち、お前にとってもそれが本道になる。苦しめても苦しまない人間なんかに、いつまでも死神がとり憑いているもんか。ま、テイの気持ちはべつかもしれないがな、あいつも今のお前のことを心配しているのは確かだよ」

テイにも俺の死神が見えている……心の中で呟きながら、修二は煙草の火を揉み消した。タイ人顔負けの底の抜けた明るさを持っている彼女に見透かされたということが、彼に小さな驚きをもたらしていた。

昔、誰だったか、男と女が寝るということは、互いの霊泉がつながることだと言っていたのを思い出す。セックスなど、単に肉体と肉体の交わりにすぎない。ものとものとの交わりだ。なのにどうしてだか、時として魂と魂が交差、交錯してしまう。テイとも何度となく寝るうちに、そういうことが起きていたのかもしれなかった。でなければあの脳天気な女に、彼の背負っている死神は見えないだろう。

「今、テイって言った?」

いい加減本当に酔っ払ってきたナモクが、また会話に加わってきた。チョルナムがげんなりしたように顔を歪める。

「このひとね、あの娘《こ》に気があったんだよ。ああいうエネルギーがからだに充満したタイプに弱いんだ。だけどぜんぜん相手にされなくて、そのうちあの娘はころっとシュウに転んじゃった」ナモクはさもおかしそうに声をたてて笑った。「このひとがあの娘のこと、あんパン、あんパンなんてからかうのは、ふられ男の腹いせなんだ。ほんと、恰好悪いったらありゃしない」

「余計な口ばっかり叩きやがって」チョルナムは舌打ちをした。「だから酒飲みの女はろくなものじゃないって言うんだよ。とにかくな、シュウ、早いところ肚決めろ。いいか？　金っていうのはな、滅茶苦茶足が早いんだ。ことにこの土地の暑さじゃな、ぐずぐずしてたらあっという間に溶けだして、いつの間にやら蒸発しちまう。わかったか？」

　訳のわからない理屈だった。チョルナムの脳細胞も、だいぶアルコールに浸されはじめている。それでもチョルナムの黒い瞳は、明かりをずいぶん落とした店の中にあっても、まだ奥底から輝きを発していた。

「悟れよ」呂律《ろれつ》の怪しくなってきた舌でチョルナムは言った。「お前が思っているお前は本物じゃねえ。シュウ、お前の根っこは腐っているんだよ。でなくてどうしてすいっと、自分でもろくに意識もしないうちに、人のものを奪ったり人を殺したりできる？　違う違うと思っていても自然とそうなっていくっていうのは、それがお前の本性だからなんだよ」

「なあ」

「何だよ」

「成田って、どんな匂いがする？」

「ええ？」チョルナムは、いきなり話が逸《そ》れたことに、肩透かしを喰わされたと言わんばかりの頓狂《とんきよう》な声をだして言った。「成田？」

「ああ。空港の匂いだよ」

「何だよ、急に。そりゃあお前、干物か何かを焼いた後みたいな、まあ、魚臭い匂いだろうよ」

「違うよ」ナモクが割ってはいって言った。「魚臭いと言えば魚臭くもあるけれど、どっちかって言うと、あれは醬油の匂いだね。醬油の匂いの方が強い」

「うーん。まあそれも言えてるかもな」

修二は黙って二人の顔を見た。改めて、この夫婦は既に日本人ではないのだと感じていた。

4

翌朝の目覚めは最悪だった。そんなに飲んだつもりはなかった。だが修二は、まだベッドで朦朧《もうろう》としているうちから、浮腫《むく》み上がったような胃の存在感と、背中がぞわぞわするようないやな感じに襲われていた。しばらくそのまま身を横たえていたが、このままでは宿酔《ふつかよ》いが解消することもないと思い、意を決して起き上がった。途端に、さっきまで感じていた最悪が、まだ最悪には至っていなかったことを思い知った。脳がひと回り収縮したようだった。縮まった脳は頭蓋骨のあちこちにぶつかって、ゴンゴンと、頭じゅうに響きわたるような痛みを発せさせる。お蔭で気持ちの悪さに拍車がかかった。

冷蔵庫の中のペットボトルにはいったミネラル・ウォーターを一気飲みした。立っているのが辛《つら》くなり、ベッドに戻って腰をおろす。自然と頭が下に垂れ、膝《ひざ》との距離が近くなる。

修二は大きく息をついた。

お前、人を殺しているだろう?

ゆうべチョルナムに言われた言葉が、いきなり耳の底に甦《よみがえ》ってきた。

お前には、人殺しの匂いがするんだよ――。

修二の唇から、再び大きな吐息が漏れる。

そうだ、俺は人を殺している……修二は頭の中で呟いた。それも四人。

一人は母親だ。これは直接彼が手を下した訳ではない。七十になっていたのだから、寿命だったといってもいい。彼が心配をかけてもかけなくても、嘉子はもっと早くに死んでいたかもしれないし、もっと長生きしたかもしれない。だが、残りの三人は――。

修二は記憶と宿酔いの両方を追い払おうとするみたいに頭を軽く左右に振った。せっかくいくらか落ち着きかけていたというのに、それをきっかけに、頭の中でまた道路工事がはじまった。

思い出すまいとしているのに、不意打ちを喰わせるみたいに、父親の昌勝の顔が脳裏に浮かんだ。高校の教師をしていた。穏やかな性分で、人望も厚く、定年の前に教頭になるはずだった。ボランティア活動にも熱心な人格者。ひょっとしたら、牧師か何かにでもなっていた方がよかったのではないかというような男だ。修二に言わせれば、すべて見せかけだけのことにすぎなかったが。

昌勝は、ある時から家の中では刑事になった。修二に対してだけの刑事だ。刑事には、子飼いのタレ込み屋の女がいた。昌代だ。二人の四つの暗いまなこが、いつも彼がもう道を踏み外すことがないようにと、ひたすら張りつき見つめている日々……。

だったらあんたはどうなんだ?——、修二はいつも心の中で昌勝に問いかけていた。何もかも隠さずひとさまにさらけだせるほどにきれいな身の上なのか、人格者と言われて穏やかな顔をとり繕っていられる身の上なのか、と。そんなご立派な人間ではないことを知っているから、胃腸を病んで、毎日ろくに瓶の中身も錠剤の数も確かめずに、掌にだした市販の胃腸薬を、がばがば服《の》み下《くだ》しているのではないのか。

中学と高校の時、修二は二度にわたって事件を引き起こした。どちらも表沙汰にはならなかった。昌勝が、表沙汰にはしなかったのだ。胃を病むようなことになったのは、修二のしでかしたことが原因だったろう。だが、昌勝は、修二のことを守ろうとして重荷を背負ったのか。それとも自身の地位や立場を保全しようとしたのか。修二にはよくわからなかった。だからこそ、その本当のところを確かめてみたいという衝動に駆られるようになった。

ある晩、昌勝は胃の激痛に見舞われた。救急車を呼ぶといった嘉子や昌代を鬼気迫る目をして制し、しばらくトイレに籠もった。二月の、寒い晩のことだった。

「お父さん。どう？　だいじょうぶなの？　鍵をあけてよ」

分厚いカーディガンをパジャマの上に着た昌代がいくら外から問いかけても、昌勝はなかなかドアをあけようとしなかった。トイレの前の廊下に立って待つ家族たちの足やからだが、次第に冷えて冷たくなってくる。

たて続けに、水をザーザー流す音がした。水音に混じって、嘔吐の呻《うめ》きが聞こえてくる。吐きたくて吐いているのではないことは、その声を聞けばもちろんのこと、仮に聞かなかったとしても修二にはわかっていた。昌勝は咽喉の奥に指を突っ込んで、強制的に胃を裏返して空っぽにしようとしている。

やがて胃の中のもの全部を吐ききった昌勝は、トイレのドアをあけて這うようにしてでてくると、救急車を呼んでくれと、力ない声で家族に告げた。だったらやっぱり最初から救急車を呼べばよかったのだと、昌代はぶつぶつ言っていた。ふつうに考えるならそうだろう。とはいえ、そういう訳にはいかなかったのだ。昌勝は、その前に何もかも吐かなければならなかった。胃の中のもの全部を吐いて確かめねばならなかったし、自分の感じていることが正しいとすれば、何としても目的のものを吐きださねばならなかった。それを隠さなくてはならなくもあった。胃薬の錠剤と同じ形状をしたちっぽけなボタン電池。

救急車で搬送される前、一度だけ、昌勝はちらりと修二の顔を見た。表情のない顔、色のない目をしていた。だが、その瞳の底に憎悪があった。からだの内に震えを覚えながらも、半分死んだ人間を見るように、修二は横たわった父親のことを見下ろしていた。瞬間、二人の脳裏に同じ場面が浮かんでいた。深夜、二人会話を交わすこともなく黙って見るともなく見ていた、テレビのボタン電池の誤飲報道。

親子の間で、言葉のない短い会話が交わされた。

(お前か。やっぱりお前なのか?)

(父さん、今度はどうするつもり?)

自分に向けられた昌勝の憎悪の目から、必死に目を逸らすことなく見つめ返して対抗しながらも、反面修二は心の内で弁解していた。本当に飲んでしまうとは思っていなかった。自分がどこまでやれる人間か、試してみたかっただけだ。俺のせいじゃない。馬鹿だ。確かめもせずに飲んでしまうあんたが悪い——。

救急車で病院に運ばれた昌勝の胃には、穴が空いていた。胃穿孔《いせんこう》、と医師は告げた。人間の胃には、物理的な要素が加わらなくても、一瞬にして穴が空くこともある。子供が車に轢かれるのを目の前で目撃してしまった母親などにそうしたことが起きる。

昌勝は、医師にボタン電池の件は口にしなかった。修二を守るためにしたことなのか、自分を守るためにしたことなのか、結局わからないままだった。いつもそうだった。昌勝の隠《いん》蔽《ぺい》は、どちらを守ろうとしているのかがはっきりしない。

治療を受け続けても、大きなストレスを抱えこんだ昌勝の胃の穴は、容易に塞《ふさ》がることがなかった。いったん塞がったように見えても、かさぶたがとれると、やがてまた穴があく。ついにはそれが彼の命《いのち》奪《と》りとなった。昌勝が亡くなったのは、救急車で運ばれた晩から三年と少しが経った春先のことだった。もう十五年も前の話だ。

四人ではなく五人だ。修二は頭の中で呟いて、自分が殺した人間の数を訂正した。綾。彼女も、修二が巻き添えにすることなく、また病ませることをしなかったら、日本の閑静な住宅地で車に撥ね飛ばされて命を落とすというようなことにはならずに済んだ気がした。綾も、彼が殺した。

綾に嘉子、二人の女の顔を思い浮かべる。自分が心の拠《よ》りどころとしていた女たちまで、俺は殺してしまったのかと、自分自身を責めてみる。

責めながらも、じきに修二の頬のあたりには、ひきつれのような捩れた笑みが滲みはじめていた。

嘉子、綾……その死に関して、自分の責任が薄い人間のことから先に考えようとしている。それで残りの人間たちにしたことを忘れようとしている。嘉子や綾の死に、さも責任を感じているように思い悩むのは、自分の心根のやさしさ、正しさを味わいたいがためであり、昌勝のほかにも二人いる、自分が殺した人間のことを意識の外に追いだしてしまいたいがためだった。

保身の強さは、父親の昌勝譲りだと思う。だからこそ修二は昌勝を憎んだのだということに、ある時彼自身も気がついた。自分に姑息な血を植えつけた男。修二は父を呪うことで自分を呪い、自分を嫌悪することで父を嫌悪していた。

修二が殺した残りの二人。それは昌勝に対してしたよりも、更に直接的に手を下したと言ってよかった。

俺は人を殺した、それも五人。

人数を正しく合わせてから、また頭の中で呟く。

窓の外を見た。強烈な陽射しが炸裂《さくれつ》して、あたりに目に刺さるような光を撒き散らしている。今日も暑いな、と口の中で呟いて、自分の言葉に苦笑した。昨日も今日も明日もあさっても、ここはいつだって暑い街だ。なのに毎日「暑い」という言葉を繰り返している自分が、間抜けか阿呆《あほう》に思えた。自らを笑いながら、本当のところ自分を嘲笑《あざわら》っているのは、背中に張りついた死神であるような気もしていた。

第四章

1

バンコクでの日常がまたはじまった。修二はJサービスの仕事をひとつ請け負った。手はじめは部屋探しだ。急に赴任が決まってバンコクにやってくることになった邦人一家に代わって、条件に見合った部屋を探して歩いた。部屋が見つかれば、次は中の状態を整えておくことが修二の仕事になる。いつきてもすぐに暮らせるよう、備えつけ以外の必要最低限の家具を調達したり電化製品を揃えたりカーテンをかけ直したり……まるっきりの便利屋だ。

こんな仕事も、英語圏ではないタイだからこそ成り立つ。ここは、街にでても、まずほとんど英語は通じない。大多数の日本人にとって、タイ語は馴染みが薄く、文字ひとつ読むにも四苦八苦だ。おまけに地理にも不案内で連日三十五度を超す暑さとくれば、やってきて幾日かの間に好みの部屋を探し、家具や家電を揃えるなどとうてい無理な話だった。修二もタイ語にはさんざん苦労をさせられたものだが、これで元はとったというところかもしれない。

やがてJサービスに仕事を依頼した斎藤《さいとう》という邦人一家が赴任してきた。となると今度は、女房を連れてのバンコク指南が仕事になる。車で市内のあちこちをめぐっては、マーケットはここ、日本の食品が買えるのはこのスーパー、こっちが郵便局でこっちが銀行、英語の通じる歯医者はここ……生活していく上で必要な情報を提供してやる。半分は、観光ガイドのようなものだった。斎藤の女房にも、途中ワット・ポーに立ち寄って、たいがいの日本人は感嘆の声を上げる巨大な涅槃像《ねはんぞう》を見物させた。

「街の様子だけ見ていると滅茶苦茶みたいですけれど」彼女は言った。「タイの人たちって、やっぱり生まれながらの仏教徒で、信仰心が篤《あつ》いんですね。この仏像もびっくりするぐらいに立派ですけれど、街の至るところにお寺があって、観光客ではない一般の人たちが、いっぱいお参りにきていますもの」

彼女の口にしたことは、的はずれではないものの、当たっているという訳でもなかった。寺は、タイでは昔から一種のアミューズメントパークなのだ。近頃は少し変わってきているが、基本的には祭も結婚式も葬式も、何もかも寺でおこなうのがふつうのことだった。葬式だって、昔は祭のようなものだった。死者を楽しませるために派手に花火を打ち上げ、歌を歌い、場合によってはひと晩じゅうどんちゃん騒ぎをする。寺は始終露店のでている神社の境内《けいだい》みたいなもので、庶民が自然と足を向けたくなるような憩いの場所だったのだ。今もその名残は多少ある。

また、確かにタイの人々は、タンブンと呼ばれるお布施や寄進を積極的におこなうが、それを完全に信仰心の篤さゆえのことと考えていいのかどうかは疑問だった。本来出家をしなければ、悟りを得られることはなく、仏となることもまたできない。悟りの川を、自ら泳いで渡って彼岸《ひがん》に辿《たど》り着いた者だけが救われる。それが小乗仏教の考え方だ。一方大乗仏教は、みんなで一緒に船に乗り、彼岸という悟りの岸に渡りましょうと教えている。タイは小乗仏教だから、出家をし、修行を積まねば悟りは得られないし、悟りはその人間だけのものだ。本来出家しなければ徳は積めない。が、タンブンは、それだけで徳が積めるチャンスだった。人々の気持ちには、お布施や寄進をすることで、出家せずに俗世にいることを補おうとする算段が働いている。つまりは卑小な自分自身のためのことであって、信仰心というほど大きなものではない。

ワット・ポーの敷地内に、一匹の犬が、睾丸《こうがん》とペニスもあらわに暑さに喘《あえ》いでへたっていた。斎藤の女房は、その犬を目にした途端に眉を顰《ひそ》め、露骨に汚《けが》らわしげな顔をして一歩後ろに退いた。

この交通事情だ。暑さにうだりながら通りを渡ろうとした時に、おおかた車にでも撥ねられたのだろう。いつかの修二と似たようなものだった。その犬は後ろ脚を一本、付け根のところから失くしていた。事故に遭った上、病気でも患っているのだろうか、力ない寝そべり方をしているし、痩せ方もふつうでない。何という種類の犬かは知らない。が、この国には比較的多くいる犬で、すらりとして面長、見た目は洋犬の部類という感じの犬だ。

「市内でも時々見かけましたけど」彼女は顔を曇らせたまま言った。「ここの犬って、どうしてどれもこれも薄汚れていてだらしないなんでしょう？」

何とも答えようがなくて、修二は曖昧に首を傾《かし》げた。

「怪我をしたのやら毛が抜けたのやら……何だかどれも元気がなくて、たいがいぐったり寝そべっていますよね？　人がそばでものを食べていても、その気力もないのか、自分からは寄ってこない。ただ粘っこい目をして、じっと食べ物を見ているんですよね。あれ、あの目に負けて、人間が自分に食べ物を投げてくれるのを待っているのかしら」

「まあそうなんでしょうね」

修二は気のない返事をした。この暑さの中、犬も実際食べ物をもらえるかもらえないかわからないのに、いちいち動いていって愛想をふりまき、無駄に体力を消耗したくはあるまい。それよりは、目で訴えかけて、餌《えさ》を近くに投げてもらう方がことは簡単だ。逆に寄っていけばいくほど人間があとずさってしまうのを、経験的に承知しているのかもしれない。

「バンコクの犬って……」蔑《さげす》むような声で彼女が言った。「本当に情けない。みっともなくて惨めったらしい。私、何だか目を背けたくなるわ」

バンコクの犬。

いきなり綾の自分に対する捨て台詞を突きつけられて、修二は暑さからくる汗とは違う汗を顔とからだに噴きださせていた。むろん彼女の与《あずか》り知らぬことだ。だが彼女は図らずして、綾がその言葉にこめた意味もまた、そっくり修二に突きつけていた。

情けなくてみっともない、喪家《そうか》の犬。

「暑いからでしょう」自分も噴きだした汗を薄汚れたハンカチで拭いながら、狎《な》れたような笑みを顔に浮かべて修二は言っていた。「日中は連日三十五、六度ですからね。犬だって参ってしまいますよ。ましてや奴らには逃げ場もなければ、暑さを凌ぐ方法もない」

「それにしたって……」

腹の中でふつふついうものがあった。似合いもしない小花模様のワンピースに白いローヒールをはいたつまらぬ中年女に、その言葉を口にしてもらいたくなかったという気持ちがあった。また、そんなことにいちいち反応している自分に対する嫌悪もあった。

修二はこの斎藤家に関する仕事で、一ヵ月食べるに充分な金を稼がせてもらった。それを思えば、少し傷口に触れられたことぐらい、何でもないことかもしれなかった。斎藤家からじかに受け取ったのは、日本円にすれば先方が恐縮するぐらいの額だ。だが、不動産屋の手数料にも業者に依頼した室内クリーニングの料金にも、がっちり自分の取り分が上乗せしてある。新たに入れた遮光カーテンにしろ下駄箱にしろ、請求したのはどれも三割増しに近い代金だった。灼熱の街にでて、右も左もわからずに買い物をする時間と労力を、彼らは修二を使うことによって省いたのだ。上乗せ分をもらうのは当然の権利であり、手間賃だ。ただ、相手がそれを認識しているかいないかというだけの話だった。

次にした仕事は、日本人観光客、男二人組への一日ガイドの斡旋だった。これもガイドとはいっても正規のガイドではない。要は日本語の喋れるタイ人売春婦の斡旋だ。男たちからは、全部込みで一人頭五千バーツを徴収した。マンツーマンの一日市内観光とベッドでの相手。五千バーツはおよそ一万五、六千円。彼らの側からすれば、そう高い料金とは感じるまい。当の彼女らに支払う金が一人二千バーツということからすれば、現実的には言うまでもなく暴利だった。

「近頃シュウはあこぎな商売をするようになったよね」テイは言う。「前は女衒《ぜげん》みたいな真似をするにしても、もう少し奥ゆかしさみたいなものがあったのにさ」

以前は五十バーツ上乗せしていたものが、今は百バーツ上乗せするようになったからといって、何が違うだろう。それこそ五十歩百歩というもので、やっている商売の質に何の変わりもない。商売……修二のやっていることは仕事ではなく、もはや商売のようなものだった。

テイは、週に一、二度修二のところにきて泊まっていく。もうそんな関係が二年近く続いていた。お前は電球みたいなやつだな——、修二は彼女に言う時がある。実際彼女が部屋にいるだけで、電球を二つ三つふやしたみたいに、殺風景きわまりない部屋の中が明るくなったように感じられるからおかしなものだった。興が乗ると、自分で鼻唄を歌いながらストリップショーをはじめてみせるような女だ。天真爛漫を通り越して底が抜けている。テイの友だちのチャンニーなどは、あんたはタイ人以上にタイ人だとテイに言う。

　タイ人気質を表す言葉に、サヴァイとサヌックがある。サヴァイは、ＯＫ、ｆｉｎｅ《ファイン》というニュアンス、サヌックはｆｕｎ《ファン》といった面白さ。スイスイと気分がよく、わくわく楽しいのが一番だという気質とでも言ったらいいだろうか。これにマイ・ペン・ライ、Ｄｏｎｔ《ドント》ｍｉｎｄ《マインド》が加わると、三拍子揃った感じになる。自分がとんでもないしくじりをしでかしても「マイ・ペン・ライ」、これでたいていの日本人ビジネスマンは胃を悪くする。そんな三拍子揃った気質を、どういう訳だか彼女は持ち合わせていた。

「お前の日本人としての磁石はどうなっちゃってるんだよ？」

　修二はベッドの上で、テイのむきだしの胸を指でつつきながら言った。頭には、ナモクと交わした話の内容が漂っていた。

「お前にだってこの辺に、日本人の磁石があったはずなんだぜ」

　もちろん、ふざけ半分にはじめたことだった。が、テイの胸をつついているうちに、苛立ちにも似たざらついた感情がむくむく自分の中に膨《ふく》れ上がってきて、いつしか指には強い力が籠もっていた。最初は笑っていたテイの顔もじきに曇り、やがて鬱陶しそうに歪んでいった。

「もう！　痛いなあ！」

テイは声を上げ、修二のからだを押し退《の》けるみたいにして突き飛ばした。

「あほんだら。シュウは時々、自分に対しても他人に対しても凶暴になる。それがあんたの本性なんだ」

「凶暴？　俺が？」

「一人ＳＭだね。自虐的になったり加虐的になったり、面倒臭いったらありゃしない。自分をいじめるのがいやになると、ひとのことをいじめるんだ。終《しま》いにあんた、相手を殺してしまうんじゃないの」

「………」

思わず口を噤《つぐ》んだ修二に構わずテイは続けた。

「言っとくけどシュウ、そういう性格、この国じゃ流行らないんだからね」テイはいきなりあかんべえをしてみせた。「ざまあみやがれ、おととい おいでってんだ」

「日本で流行らず、タイで流行らず、か」

あはは、と、テイは声をたてて笑った。どこか憎々しげで、思い切り笑い飛ばしてやろうという意地の悪さが感じられる声だった。

「そう。日本で流行らず、タイで流行らず。シュウはどこでも流行遅れ、時代遅れなんだよ。というよりも、あんたはどこにいても調子っぱずれな人間なんだよ」

調子っぱずれと、その代表選手のようなテイから言われたくはなかった。だが、彼女の場合、少なくともタイの音律には合っている。日本では箸《はし》にも棒にもかからないようなどうしようもない女でも、彼女はタイで自分の居場所を見つけた。修二には、それが羨《うらや》ましいというより妬《ねた》ましかった。

「シュウ、いやな目してる」テイが言った。

ちらりとテイの顔を見る。テイもまた、いつもとは違った目の色をしていた。

「お前こそ、いやな目をして俺のことを睨んでいる。まるで俺のことを憎んでいるみたいな」

「そうだよ、私はシュウのことを憎んでる」

どうして？……尋ねる間も与えず、テイは天井を仰ぐといつものようにケラケラ笑いだし、流行りの歌を口ずさみはじめた。それもまた、タイで最近流行っている、何とかいう歌手のポップスだった。

2

バンコクに帰ってきてから、あっという間に三週間余りが過ぎていた。うかうかしていると、じき一ヵ月が過ぎてしまう。むろん、領事館へはいっていなかった。遺産分割の書類も土地の登記証書も、いまだにスーツケースの中に突っ込んだまま、放りっぱなしの状態だ。

昌代からは、チョルナムのところに二、三度電話がかかってきていた。今のところは遺産分割の書類のことばかりに気がいっていて、土地の登記証書のことには気づいていないようだった。そこまで考えてみる頭がないのだろう。よもや家の中に泥棒がいようとも思ってはいない。いずれにしても、いっこうに連絡をよこさない修二に焦《じ》れていることだけは確かだった。

焦れているのは昌代だけではなかった。チョルナムもまた焦れていた。これまでチョルナムが修二のアパートを訪れることなどなかったというのに、このところひょっこり顔をだす。いっぺん金の匂いを嗅ぎつけてしまった以上、彼としてはどうしてもじっとはしていられない心境なのだろう。チョルナムとはそういう男だ。彼は、つい四、五日前にもやってきた。

「姉さんに、お前が会社を辞めたとまでは言わなかったぜ」チョルナムは言った。「だってよ、お前、急に辞めたなんて言ったら、かえって変に思ってあれこれ詮索《せんさく》しはじめないとも限らないだろうが。幸い敵はまだ気づいちゃいない。だから、お前は出張中ということにしておいた」

修二はチョルナムの言葉に納得しつつも苦笑した。頼みもしていないというのに、まったく有り難いことだと思う。

「おい、シュウ。やるんだったら、早いとこやろうぜ。向こうが先に気がついて、手を打っちまったらこの話はお終いだぜ。金がはいらないだけじゃない。お前の弟としての立場も人間としての立場も丸潰れ。どっちみち丸潰れになる面目ならば、どう考えたって金がはいる方を選ぶのが得策だろうに」

「またその話かよ」修二は言った。「俺はただのひと言も、権利書がどうの、金がどうのと言った覚えはないぞ」

ケッと、チョルナムは唾棄《だき》するような舌打ちをした。

「これだからお前はいやになるよ。日本から戻ってきてから、ようやくこっちの人間らしい顔つきになってきたと思ったのに、相変わらずぐじぐじと、もうひとつ踏ん切りが悪いんだよな。肝心なところでもたもたして」

「もたもたしても何も、俺は何かをやるとは、お前に言っちゃいないだろうに」

「ああ、そうかよ」半分言葉を投げ捨てるみたいにチョルナムは言った。「だけどシュウ、お前一人でできるのかよ？　ぐずついているうちにポシャっちまっても、俺は知らないからな。その時に泣き言を言っても後の祭ってやつだからな」

そんなチョルナムとのやりとりを思い出しながら、修二はポケットから煙草を取りだし火を点けた。ポケットに入れているうちに、汗で湿気てしまったのだろうか、いつもよりも煙草がまずい。舌に絡みついてくるようなねちっこい臭みがある。

やるつもりなのかやらないつもりなのか、それが自分でもはっきりしない。チョルナムの言う通り、やらなくても修二が登記証書を持ちだしたという事実は消えず、兄姉の軽蔑は免れないのだから、やってしまった方がいいといえばいい。どうせ心の中で縁を切った相手だし、もはや東京に帰るつもりもない。

だが、〝今〟ということからするなら、きわめて動機が稀薄だった。どうしても金が必要な状況にあればやるだろう。だが、とりたてて喰うに困っていないし、仮にまとまった金がはいっても、これといって使うあてがない。やりたいこともない。昌代や和宏がそれほど憎いかと言えば、そんなこともなかった。もはやどうでもいい人間たちだ。

チョルナムは、登記証書、即、金と短絡的に結びつけるが、それが修二にはできない。チョルナムにとって清澄の土地は、言うまでもなくただの土地にすぎない。だが、修二にとってはただの土地ではない。生まれ育った故郷の土地。そんな意味を持った土地ならば、その土地の証書を何の考えもなしに持ちだすことなどすべきでなかっただろう。だが修二は、そこが自分にとってほかとは違う特別な意味を持つ土地だからこそ、証書を持ちだしたような気がしていた。

ハートのA《エース》。

子供の頃、大晦日《おおみそか》や正月に、家族でよくトランプをした。修二は家族の中では一番のちびだ。当然誰よりも弱い。それでも修二が切り札を握っていれば、誰も彼を蔑《ないがし》ろにはできなかった。証書は、その時の切り札と同じだった。俺はこれを握っているんだぞという安心感と優越感。修二を無用のものとして切り捨てようとした昌代と和宏に対する、とんでもなく子供じみた抵抗。

せっかく切り札を手の内にしながらも、修二はゲームに勝ったことはなかった。最後にはやはり負けてしまった。俺にはこれがあるんだと、後生大事に切り札を持ちすぎて、ここぞという使い時を逸してしまうのだ。それではハートのAも、まったく役には立たない。

「馬鹿じゃないの」言葉通り、昌代によく馬鹿にされたものだった。「切り札持ってるなら、あの時使えば勝てたのに。修ちゃんは、お利口のくせに本当に馬鹿なんだから。暗いのよ、あんたは。最後まで切り札持ったまんまなんて信じられない」

何をやっているのか、と自分でも思う。成績はずっとよかった。中学、高校通して陸上の選手でもあった。何事も、人並み以上にこなすことができる子供だったと思う。にもかかわらず、気づけば家族の中でも学校でも会社でも、蔑ろにされている。自分よりもとるに足らないはずの人間が、自分の上で幅をきかせて偉そうな顔をしている。学校では一番。黎明、東大という理想のコースを進み、社会にでても選ばれた者として生きていく――、それが修二の理想だった。それができる人間のはずでもあった。なのにどうしてだか、常にべつのところに立っている。ここは本当の自分の居場所ではない。これは本当の自分ではない……思えば修二は物心ついた頃から、ずっとそう思い続けてきた気がした。

修二はひとつ息をついてから、衒え煙草のまま立ち上がった。作りつけのクローゼットに歩み寄り、扉を開ける。

スーツケースは鍵をかけたまま、奥の方に押し込んであった。スーツケースを手前に引き寄せる。

間近でスーツケースを目にした瞬間、修二の両の目は自分でも意識しないままに、かっと見開かれていた。ビリッと全身に電気が走ったようになった直後、からだの動き一切が、凍《い》てついたように止まっていた。

鍵があいていた。いや、壊されていた。

悪い冗談だと思いたかった。そんなことがあっていい訳がない。けれども決して冗談などではなく、それが紛れもない現実であることは、修二の目が、頭が、よくよく承知していた。もはや悠長に煙草など銜えている場合ではなかった。修二はガラスの灰皿に、いくらか震えの走る手で滅茶苦茶に煙草を押しつけた。完全に落ち着きを失った慌ただしい動作で、スーツケースの中を引っ掻きまわす。遺産分割の書類はあった。入れっぱなしの洗面袋、Tシャツ、ティッシュ……ほかのどんなくだらないものもなくなってはいない。ただ、肝心の土地の登記証書と実印だけが、どこをどう探しても見当たらない。

やられた——。

自分でも、頭から血の気が退《ひ》いていくのがわかった。もう一度気を落ち着けて、スーツケースの中を隅から隅まで見直してみる。けれども、既に全身に細かなわななきが行き渡っていて、物がうまく手につかない。目当てのものもでてこない。

全身の毛穴という毛穴から、じわっと気持ちの悪い汗が滲みだすのがわかった。修二は床の上に坐り込み、文字通り両手で頭を抱えて小さく唸《うな》った。

誰がこんな真似をしたのか、むろん察しはついていた。チョルナムだ。あの男よりほかにいない。

この前チョルナムがやってきた時、途中酒が切れたので、修二は部屋に彼を残して買いにでた。

「おお、悪いな、シュウ。煙草もついでに買ってきてくれよ。それと何か食い物。金は俺がだすからよ。何だか急に腹が空いちまって」

チョルナムがそんなことを言いだしたものだから、結局、都合《つごう》三、四十分は部屋を空けていたのではあるまいか。それでいて、せっかく酒と煙草と食べ物を調達してきたというのに、チョルナムは思いがけず長居をせず、じきにあっさりと引き上げていってしまった。帰るとなったら妙にそそくさとアパートを後にした、チョルナムの少し丸まった背中がいまさらのように瞼に浮かぶ。

茫然《ぼうぜん》と頭を抱えて坐り込んでいる場合ではなかった。何としてでもチョルナムを捕まえなくてはならない。

表に飛びだすと、強烈な陽射しが目の中いっぱいに飛び込んできた。一瞬自分を取り巻く何もかもが、夢のように真っ白になって、世界を見失いかける。頭の隅で、夢ならどんなにいいだろうか、と思う。しかし、これは現実だ。暑さと眩しさが、ただでさえ度を失って眩《くら》みかけている彼の脳を余計にくらくらさせた。まだ昼前だというのに、この糞暑さは何なのかと、胸の内で毒づいてみる。

スラムに置き去りにされ、闇雲に街を走ったという綾のことが思い出された。暑さ、眩しさ、喧騒、浮足立った神経、裏返りかける脳味噌……綾はどんな気持ちだったかと、改めて思う。胸に一抹の切なさがよぎったが、感傷に浸ってばかりもいられなかった。箍《たが》がはずれたようになってしまって、まるで力がはいらないからだで炎天下の街を走る。走りながら、どうして家から登記証書を持ちだしたりしたのか、修二はようやく自分でも気づきはじめていた。

切り札を手にしていながら、昔と同じようにゲームに負けたとしても、彼はそれでまったく構わなかったのだ。あの土地をどうこうするつもりなど、はなからありはしなかった。どうこうするだけの勇気のようなものも持ち合わせていない。ただ、それを自分の手の中に持っていたかっただけのことだった。切り札を手にしている時間、自分が少しばかりの優越感に浸っていられる時間、それが修二は好きだったのだ。

だが、修二はもうゲームに興じていられる子供ではなかった。不惑も近い、いい歳をした大人だ。切り札を握ろうとするなどという子供じみた真似は、当然するべきではなかった。にもかかわらず、どこか子供のままの自分を抑えきれない。それが禍根《かこん》となり、常に災いを大きくし、周囲をも巻き込んでしまう。

(こんなはずではなかったのに……)

もはやただの家族ゲームでは済まされない域にはいってしまったことは明らかだった。

(本当にやるつもりはなかった)

思いながら、修二は顔を顰《しか》めて舌打ちをした。ボタン電池の時と同じだった。大きな災いの種を蒔《ま》いておきながら、本気ではなかった、肝試《きもだめ》しだった、踏み絵だった、ハートのAだったと、自分の中で言い訳がましい観念をこねくりまわしてばかりいる。

(お前はいつまでこんなことを続けるつもりだ)

修二は自分を呪いながら、太陽の光が痛いほどに降り注ぐ街を、ひとり阿呆のように走り続けた。

3

「いったい何だっていうの、気でも違ったみたいにピンポン、ピンポン……。こっちは、さっきからはい、って返事をしているじゃないの」

グリルの内側のドアを開け、金網越しにナモクが顔を覗かせた。

「シュウ、何?　何の用事なの?」

眉根を寄せ、口を尖《とが》らせ気味にナモクが言った。夜の仕事をしている女だ。真っ昼間の客を歓迎する道理もなかった。まったく化粧をしていないことも手伝って、彼女は機嫌が悪そうに見えた。

「チョルナムは?」

そんなことに頓着している余裕もなく、勢い込むように修二は尋ねた。

「あの人なら、いないわよ」至極面白くなさそうにナモクは言った。「たぶん、ここへは当分帰ってこないんじゃないかしら」

「帰ってこないって、チョルナムはどこへいったんだ」

「さあね、知らないわ」

「とにかく中に入れてもらえないかな。急ぎでチョルナムに話があるんだ」

「シュウ、あなた、耳なかったんだっけ? チョルナムはいないの。今そう言ったでしょ」

「とにかくグリルを開けてくれ。急いでチョルナムを捕まえないことには、俺は困ったことになるんだよ」

ナモクは冷たく表情のない面を修二に向けていたが、やがて大きな溜息をひとつつくと、諦めたようにグリルの鍵をあけた。

「ただし言っとくけど、あの人は本当にここにはいないからね」

彼女の言葉が耳にはいっていないかのように、修二はずかずかと家に踏み込んで、勝手に中を見てまわった。中央のリビング、ふたつの部屋、ゲストルーム、バス、トイレ、キッチン、物干し用の裏のテラス……最初ナモクは呆れたように、いくらか目を瞠《みは》って眺めていたが、そのうちにリビングのソファに腰をおろし、勝手にしろと言わんばかりの不貞腐《ふてくさ》れた顔をして、脚を組んで煙草をふかしはじめた。

ナモクの言った通りだった。どこを探してみたところで、チョルナムの姿は見当たらない。

「どう？　あなたのお目当てのかたはいた？」ナモクは冷たい目をして、紫煙をくゆらせながら修二に言った。

修二は黙って首を横に振り、ナモクの前のソファに腰をおろした。

「お疲れさん」皮肉っぽい、灰色の声でナモクが言う。

「頼む、ナモク、教えてくれ。チョルナムはいったいどこにいるんだ？」

「知らないってば。あいつが今どこにいるかなら、反対に私が教えてもらいたいぐらいよ」

「ナモク」

ナモクはちらっと修二の顔を眺めてから、またふいっと視線をはずして、なかば天井を仰ぐようにして言った。

「私、嘘なんか言っていないわよ。本当に知らないのよ。あの馬鹿、ケツ割っちゃったんだから」

「ケツ割った？　どういうことだ？」

「タニヤ通りに『グランクーン』って店があるわよね。そこにノーイって女の子がいるの、あんたも知っているでしょ？　チョルナムが私の目を盗んでちょっかいをだしてた女の子」

修二は小さく頷いた。

「そのノーイと、四日前から一緒に姿を消しているのよ。私には、でかい仕事がはいったから、一週間か十日ぐらい留守にするとか言って飛びだしていったんだけどね、どうも様子がおかしかったのよ。そうしたら同じ晩、ノーイがこーんな大きなスーツケース引きずって、どこかへ消えたっていうじゃない」ナモクは目を剝《む》き、両手を大袈裟なぐらい大きく広げて言った。「ま、半分は駆け落ちみたいなものよ。そうなったらあの男、当分帰ってきやしない」

「駆け落ち……。本当に、行き先にまったく心当たりはないのか？」次第に勢いのなくなる声で修二は言った。

「あんた馬鹿じゃないの」ナモクは忌《い》ま忌ましげに、煙草を灰皿に押しつけて揉み消した。「女と駆け落ちするのに、どうして女房が思いつくようなところにいくのよ？　少しは考えてものを言いなよ」

話をしているうちにチョルナムに対する腹立たしさがぶり返してきたのか、ナモクの表情に険しさがまし、言葉の調子も乱暴になった。彼女は沸き立ってくる感情を冷まそうとするみたいに息をつき、短パンから剝きだしの白い太股《ふともも》を組み直した。

チョルナムが、女と共に出奔《しゅっぽん》した——。絶望的な思いになりながら、見るともなしに、ナモクの白い脚を見つめる。何年もの間この強烈きわまりない陽射しの下にありながら、これだけの白い肌を保っていられるというのは、驚異的なことかもしれなかった。彼女が生まれながらにして、きわめてきめ細かで質のよい肌を持ち合わせているということの証だろう。綾もそんな白くてきれいな肌をしていた。

「で、シュウ、何があったの？」

ナモクの声で、抜けかけていた魂がからだに戻る。切羽詰《せっぱつ》まった時ほど、よそごとに心移して逃れようとするのは、修二の昔からの悪い癖だ。

「何だかあんた、珍しく泡食っているみたいだけど。チョルナムを捕まえないと困ったことになると言ったわよね？　それ、いったいどういうこと？」

「いや……」

「もしかしてあの人あんたに何か」言いかけてから、ナモクはあっと、大きな声をあげた。「お袋さんの遺産。それに関する大事な何か……もちろん金になる大事な何かを、あの人持って消えたのね？」

長年チョルナムとつれ添ってきた女だ。この種のことにかけては、彼女もチョルナムに負けず劣らず鼻が利く。チョルナムは「気が走っている」と、独特の評し方をしていたが、もともとナモクは勘が鋭い。

「ね、シュウ、そうなんでしょ？」

修二はいくぶん曖昧にだが、横にではなく縦に頭を動かした。

「あの馬鹿」ナモクは両の掌を上に向けて天を仰ぎ、ちょっと白目を剝いてから首を横に振って項垂《うなだ》れた。「駄目だ。それじゃあの人、当分どころか、まあ一年、二年は帰ってきやしないよ」

「一年、二年」

「悪い癖なんだよ。大きな金を目の前にすると、物事の見境がつかなくなる。あいつ、ここでもとうとう本当にケツ割りやがった」憎々しげに言ってから、ナモクは視線を修二に移して言った。「ねえ、こんなこと訊くのも何だけど、それはその、千万単位とか……そういう大きな金なんだろ？」

そうだな、と力なげに呟いて、修二はかすかに頷いた。

「ああ、駄目だ、駄目だ、絶望的だよ」

同じような台詞を繰り返し、ナモクは倦みと苛立ちを混ぜ合わせたような面持ちをしてソファから立ち上がった。彼女はいったんキッチンの方へ歩いていき、またリビングに戻ってくると、トレイに載せたふたつのグラスに冷たい中国茶を注いだ。立ったままクーラーポットからお茶を注ぐ仕種は、お互いちょっと頭を冷やそうじゃないかと言っているみたいな感じだった。

「参ったよね。あいつその金で、一年、二年、ノーイとどこかで遊び暮らすつもりだよ」吐息混じりにナモクが言った。

ここにくるまでは、きっとチョルナムはいっこうに動く気配のない修二に業《ごう》を煮やして、勝手に彼に代わってことを起こしたのだと思っていた。思おうとしていた。チョルナムは、決して金を独り占めしようとしている訳ではない。金を作って持って帰ってくるつもりだと。そんな甘ったれた幻想も、ナモクが言葉を口にするたびに、無残なまでに打ち砕かれていく。

「昔から、そういう癖のある男なんだよ」ナモクはグラス半分ほど中国茶を咽喉《のど》に流し込んでから言った。「兄さんたちにも、何度かケツを拭いてもらった。頭が上がらないのはそのせいさ。こっちへきたのだって、半分は厄介払いされたようなものだよ。バンコクのウンソンは、いわば兄さんたちからの最後のプレゼントってところだね。だからこそ、ここで踏ん張らなきゃならなかったっていうのに……。まったくあの男は何を考えているのやら。いい歳をして、昔とやってることがちっとも変わりゃしないんだから」

ナモクの言ったウンソンというのは、恐らく銀星交易のことだろう。どうしてだかは知らないが、ナモクはこれまでにも何度か銀星交易のことを、そんなふうに呼んだことがあった。

「気の毒だけど、シュウ、その金は、まず戻っちゃこないね。あんたと私のいるバンコクに、あの男、少なくとも二年は足を踏み入れないと思う。その間、あいつはあの女と、南国のリゾートかどこかで贅沢な暮らしをしたり博打《ばくち》をしたり……金はみんな使い果たしちまうよ。

あいつが予想より早く帰ってくることがあるとすれば、それはあの馬鹿が文無しになった時だよ」

「まさかそこまで……。仕事も家庭も全部放りだして」なおも一縷《いちる》の望みに縋《すが》ろうとするように修二は言った。

仕事なんて、と、ナモクは肩を竦《すく》めた。

「ウンソンの方は名前ばかり。あとの仕事はブローカーみたいなものじゃない。どれを放りだしたって、誰も困りゃしないって。既にルートはできているんだもの、あいつのやっていた仕事なんて、やろうと思ったら私にだってできるよ。現にこれからは、私がやっていかなきゃならないことになるんだろうけどね、食べていくためにさ。わかるだろ？　あいつなんかいなくったって、一切どうとでもまわっていくんだって。世の中なんてそういうもの。あいつもそれがわかっているから、平気でこういう真似をするんだよ」

修二もテーブルの上のグラスに手を伸ばし、中国茶を一気に三分の二ほど飲み下した。咽喉が渇いていたこともさることながら、だんだんに熱くなってくる腹の中を、何かで冷やさないことにはいられないような気分だった。頭から血の気が退いたりのぼったり、腹が熱くなったりまた冷えたりと、からだの中も滅茶苦茶だった。

「言っとくけど、川崎の兄さんたちのところにケツを持っていっても無駄だからね」ナモクが言った。「あの人たちはもうチョルナムのことでは、びた一文だってだすつもりはない。

チョルナムが書いた借用書みたいなものも、当然あんた、持っていないんだろ？　だったらなおのこと、まったく相手にされないよ。だからといって私に何とかしろと言われても困るし、それはお門違い。だって私は、チョルナムの正式な女房じゃないんだから」

え、と、思わず修二はナモクの顔を見た。ナモクの顔は、凪《な》いだ海のように静まり返っていて、彼の驚きなどでは、少しも波立つ気配が窺えなかった。

「チョルナムの正式な女房なら、川崎にいるよ。あいつなんかとは比べものにならないぐらいにしっかりしていて、頭がよくて、働き者で、兄さんたちにも可愛がられている。子供も二人いてさ、上の子は、もう大学生じゃなかったかな。今じゃチョルナムよりもスニの方が、もともとの一族みたいな顔して暮らしているよ」

「スニ……」

「うん。スニがチョルナムの本当の女房。私は——、まあ、考えてみれば、今回のノーイとあんまり変わらない立場だわね。つまり、チョルナムが日本でケツ割った時、一緒にくっついて日本をでてきた女。あいつとしては、私が一等長く続いたクチだろうけど」

思いがけない話だった。今まで修二は、そんなことなど、想像したことすらなかった。スニという名前に引っ掛かりを覚えていたが、チョルナムの一族の問題に首を突っ込んで、あれこれ尋ねているいとまはなかった。問題は、今、チョルナムがどこにいるか、この先どこに立ちまわる可能性があるかだ。

「それじゃ仮にチョルナムが日本に戻ったとしても、川崎の銀星交易や、兄さんや女房のうちにいく可能性はないってことか」

修二の言葉にナモクは頷いた。

「川崎へはいかないね。いったところで誰にも相手にされないもの。チョルナムだって面白くはないでしょう」

「ほかにヤツの縁があるところは？」

「縁があるところと言えば、父さん、母さんの生まれ故郷だろうけど。今もそこに親戚がいるにはいるよ。郷愁はあるかもしれないけど、チョルナムはあそこへもいかないよ。だって、あいつの趣味じゃない。何もないさびれた寒村でさ、下手したら今の時期、もう雪が降るよ。チョルナム自身は、生まれてからいっぺんも、そこへいったことがないはずだし」

「どこだよ、それは？」

「元山《ウォンサン》」

「ウォンサン？……」

「うん。知らない？　三十八度線の北。私ももともとはあっちの方の出なんだけどね」

ナモクの話を聞いている間、ずっと胸の内で何かもやもやしていたものが、一度に晴れた思いがした。チョルナム、ウンソン、それらはそれぞれ鉄男と銀星を朝鮮語読みにしたものなのだ。どういう漢字を書くかまではわからないが、ナモクにしてもさっきでてきたスニにしても、同じことであるのに違いなかった。

「やだ。嘘」

修二がしばし惚《ほう》けたような面持ちで言葉を失くしていたせいか、ナモクの方がその顔色に驚いたように、いったん口に運びかけていたグラスをテーブルの上に戻した。少し前までしらっと凪いでいた顔が、いっぺんに波立つ。

「知らなかったなんて、そんな、嘘でしょう？　だってあんた、チョルナムとは、三年以上のつき合いでしょ？　ううん、もう五年近くにもなるか。それに私たち、チョルナムだのナモクだのって、日本名じゃなくて本当の名前を使っていたし、何も隠そうとしていなかった。なのにあんた、今の今まで、考えてみたこともなかったの？」

南というのはナモクの日本名で、本当の名前は南玉と書いてナムォク、向こうでは、比較的よくある名前なのだという。

チョルナムにしてもナモクにしても、日本で生まれ育ったことに違いはない。ただし、今もって帰化していないから、戸籍上は日本人ではないし、当然のように血も日本民族のものではない。

「在日僑胞《チェイルキョッポ》、わかるかな？　あいつも私も在日二世なんだよ」ナモクは言った。「そんなこと、まわりの誰もが承知していることだっていうのに。シュウ、あんたって人は本当に……」

世間知らずな子供で、呆れるほどの迂闊者《うかつもの》だと言いたかったのかもしれない。けれどもナモクの方がそのことに余計に驚いていて、いくらか毒気を抜かれたようになってしまっていた。彼女はお茶を飲みかけていたことも忘れたように、煙草をとって火を点けた。漂いはじめた煙につられる恰好で、修二も煙草に火を点ける。

修二とナモク、それぞれの手元から立ちのぼる煙が、いったん宙で絡み合ってからエアコンから吹きだす風に押されて掻きまわされ、空気の中に溶けていく。

そのことがわかったからといって、べつに何が変わるということはなかった。なのに二人は初めて会った同士みたいにとってつけたような顔をして、黙したまま、一服二服、目を合わせぬままに煙草をふかした。

だったらあの磁石の話はどうなるのか――、修二はふと考えた。だが、思えばあの時ナモクは、一度も日本とは言っていなかった。北、北半球と、彼女は言った。ただ、親兄弟は日本にいると、そう言っただけのことだ。確かに彼女は一度も嘘は言っていない。それを隠そうとするどころか、むしろあけすけだったと言っていい。修二が気づかなかっただけの話だ。

「シュウ」やがてナモクが口を開いた。「酷《こく》かもしれないけど、金のことは諦めな。たぶん、もう無理だよ。遅すぎる」

ナモクの口調は、いっときのささくれだったものの言い方とはまったく違う、静かで滑らかなものになっていた。

「諦めろって言ったってナモク、その金はな――」

「わかっているよ。日本のあんたの兄姉《きょうだい》たちにも関わりのある金なんだろ？　だけど、それがどういう金であれ、こうなってしまった以上、どうにもしようがないじゃないのさ。だろ？」

またはらわたがむかむかとしてきて、修二は残り三分の一の中国茶を飲み干した。

「気持ちはわかるよ。でも、消えた金を追いかけてみたところではじまらない。だったら金は、自分で作るより仕方がない」

「そう言うけれど、そうそう簡単に作れるような額の金じゃないんだよ。ことに俺にはな」

ナモクはいったん立ち上がり、テーブルをぐるりとまわってくると、今度は修二のとなりに腰をおろした。

「ねえ、シュウ。チョルナムがやっていた仕事、あんたがやりな。あんたはあいつよりも頭がいい。その気になりさえしたら、あいつなんかより、もっともっといい商売ができるよ」

修二はうんざりとしたように、無言のままかぶりを振った。しかしナモクはとりあわず、ソファの上の腰をずらすようにして、からだを彼に寄せてきた。

「やりなって。ルートは私がちゃんと押さえているんだから。それである程度まとまった金ができたら、二人でもっと旨味のある、大きな金になる商売をはじめようよ。その時はウンソンの軒先を借りて、貿易みたいなことをやったっていい。それぐらいのことだったら、私があっちの兄さんたちに承知させるよ。上がりをあっちにいくらかまわせばいいだけの話なんだから。動かすものが大きくなれば、その分、金だってたくさんはいってくる。わかるでしょ。ちょっと時間をかけさえしたら、やりようによっては決して金は作れないものなんかじゃないんだって。ね、シュウ、そうしよう。一緒にやろう」

しかし修二は溜息をつき、先刻と同じように首を横に振った。

「どうして?」少し目を見開いてナモクが言った。「もしあんたが手っとり早くある程度まとまった金が摑みたいというのなら、その道だってない訳じゃない。ただし、多少のリスクもくっついてくるけどね。私だってこの街で十年こんな暮らしをしているんだ。誰に何を頼めばいいか、多少は裏の事情に通じている。津上や門馬のことは知っている? 危ない連中ではあるけれど、あいつらと組めば、間違いなく早くまとまった金が手にはいるけどね」

津上に門馬、その名前を耳にして、修二は思わず顔を曇らせた。去年の暮れあたりから「窓」に出入りしはじめた不良日本人――、タイの側から見るならば、不良外国人だ。少し前まで連中がやっていたのがトック・キュー、青田買いだった。むろん文字通りの意味ではない。奴らは人間の青い青い苗を買う。その商売の関係上、バイ・ルアンの偽造にも手を染めていた。バイ・ルアンは、直訳すれば黄紙だが、一般には略式市民証を指している。バイ・ルアンの偽造が必要になってくるのは、実際には十をひとつかふたつでたばかりの少女を、紙の上では十八と偽りたい事情があるからにほかならない。近頃では、児童売春やチャイルド・ポルノも、世に知られてきた分やりづらい面もでてきたし、その種のことに関わる日本人は、当局から特に目をつけられているようなところがある。それで津上や門馬は、バイ・ルアンの偽造で関わった連中と、また新しい裏の商売をはじめつつあるようだった。中身までは詳しく知らない。だが、児童売春やチャイルド・ポルノよりも更に非合法でえぐい商売であることは間違いなかった。逆に言えば、だからこそ金にもなる。

「ま、シュウがいやだという仕事まで、私は無理に勧めるつもりはないけど」

頭のいい女だ。ナモクは修二の顔色を見て、素早く話を転回させた。

「だけどさ、きれいごとばかりも言っていられない。それも事実だよ。今までチョルナムがやっていた程度のことはしていかないと、まとまった金どころか、小さな金だって作れやしない」

「だから、チョルナムがやってきたことは、そのままナモクが続けていったらいい」修二は言った。「あんたなら、できるよ」

「馬鹿だね、これでも私は一応女なんだよ。女一人じゃどうしたって甘く見られる。あんただって前とは事情が違う。金を作ることを考えなかったら、兄さん、姉さんに死ぬまで恨まれることになるだろうに」

「………」

「どうせこの先何度会うかわからない兄姉たちかもしれない。でも、血っていうのはそういうもんじゃない。自分の力じゃ断ち切れない目には見えない絆《きずな》なんだ。そこはきれいにしておいた方がいい」

頭に昌代と和宏の顔が浮かんだ。できれば消しゴムで消して、頭の中から完全に追いだしてしまいたいような情けなげな顔だった。

「シュウ、あんたは私を利用しな。私はあんたを利用させてもらう。あんたと私が組んで、本気で金を作るために仕事をしたらきっとうまくいくと思うよ」

「ナモク」

ナモクは、ノーと言うことは許さないというような顔をして、静かに首を横に振った。

「シュウ、図々しくなりな。もっともっと図太くなりな。あんただって金を作らなきゃならない事情ができたんだ。本当に金を作ろうと思ったら、うんと図太くならなくちゃ。あんたにはそれが欠けているよ」

いつの間にやらナモクの白い手が、修二の膝の上に置かれていた。黙ってナモクの細長い指をした白い手を見つめる。修二はその手を握ることも撥ね除《の》けることもできないまま、ただソファの背にもたれてぼんやりと、少しの間空《くう》を眺めていた。

4

ナモクの手を摑んで引き寄せて、そのまま関係を結んでしまうことも可能だった。彼女にその心づもりがあったことは、すり寄せられた腰や脚、それに彼女の目の色を見れば修二にもわかった。ナモクはしたたかな女だ。自分が置かれている状況を把握した途端、すぐに頭を切り換えて、これから自分が生きていくにいい道を模索しはじめた。それに必要なコマとあれば、からだを投げだしてでも彼女は摑む。そういう女だ。

だが、修二はしばし腑抜けたように空《くう》を眺めた後、唐突にソファから立ち上がった。

「とにかく、俺は俺でチョルナムを探してみる」

ちょっと肩透かしを喰ったようなナモクの顔。彼女はいくぶん鼻白んだような冷えた目をして修二に言った。

「気の済むようにしたらいい。まあ私は、無駄な労力を使うだけと思うけどね」

ナモクに食指が動かなかった訳ではない。逆にしばらくの間腑抜けたようになっていたのは、こんな状況に置かれていながら、彼女に欲情している自分を感じていたからだった。にもかかわらず、彼女に手を伸ばせなかったのは、ナモクの気の強そうな目、凛《りん》とした顔だち、白い肌に、綾を見たせいだった。

気丈で生活力が旺盛なナモクのような女にくっついていれば、今よりいい暮らしをすることはあっても、食うに困るということはまずあるまい。その契約に肉体が欠かせないこともよくわかっていた。これから二人で、真っ当とは言いがたい商売に手を染めて、秘密を共有していくのだ。金も絡む。ねんごろになっておかなければ、お互い肚を割って話ができない。

底の部分で信用できない。からだの関係は、いわば保険のようなものだ。なのにいざそのからだに手を伸ばそうとすると、ナモクの中から亡霊のように綾が浮かび上がってきて邪魔をする。

綾の姿を見れば、修二も気づかない訳にはいかない。当たり前のことだが、ナモクは綾ではないし、修二はチョルナムにはなれない。チョルナムにしろナモクにしろ、見た目には同じ東洋人、同じ民族といってもおかしくない。しかし彼らは大陸の人間だ。滅ぼし滅ぼされという他民族との戦いの中、勝ち残り、生き残ってきた民族、一族の末裔《まつえい》でもある。喰うか喰われるかの弱肉強食の意識は生まれながらにして持ち合わせているだろうし、どこに身を置こうが、そこで五分に渡り合っていけるだけのしたたかさも持っている。一方こちらは小さな島の中、周囲との諍《いさか》いを避け、穏便《おんびん》に穏便にと慎み深く暮らしてきた一族の末裔だ。元からしてが違うのだ。魂自体が違っている。あれの代わりにこちらというコマの入れ換えで賄《まかな》おうというのは、とうてい無理な話だった。

自分の中に生じた混沌に、磁石の針が大きく振れかけた。既に部分破損している磁石だ。これ以上大きく振れては気が狂う。自分が壊れる恐怖に、思わず腰が退《ひ》けていた。腰が退けてしまっては、女を抱くことなどできはしない。

「今の話、考えといて。私の方は本気だから」

ドアを閉める時、ナモクは修二を見据えて言った。彼は頷くとも頷かぬとも知れぬ曖昧な首の動かし方をして、そのままマンションをあとにした。

暑く眩しい街を歩きはじめる。だんだんに、腹の中でふつふつと、やり場のない憤りが湧き上がってきていた。

チョルナムの照りのあるぎらついた黒いまなこ、人の顔色をすかさず窺うようにちらりと走らせる上目遣いの視線、にやっと片頬にだけ浮かべるいびつな笑み……思い出せば思い出すだけ胸がむかついてきて、怒りに脳の神経がくらっと捩れかける。ついこの間まで、こすっからくてはしこいが、どこか小心なものを感じさせるチョルナムの独特の雰囲気を、好もしくさえ思っていたことが嘘のようだった。今はただ、反吐《へど》がでるほど忌ま忌ましい。

(あの野郎。見つけたらばただじゃおかない。必ずこの手でぶっ殺してやる)

修二の怒りは、一心にチョルナムに向けられているようであって、その実、彼自身にも向けられていた。チョルナムは登記証書をこっそり持ちだした。許されるべき行為ではない。しかし、それはそっくり修二が兄姉たちに対してやった行為でもあった。修二が相手としたのが最も濃く血を分け合った兄姉であったことを思えば、罪は、チョルナムより修二の方が重いだろう。自らの子供じみた愚かさを呪う気持ちが、自分に対する怒りとなっておのれを苛《さいな》む。その痛みに、修二は急いでまた怒りの鋒先《ほこさき》をチョルナムへと向け直す。

(あいつが悪い。あいつが登記証書を持ちだしさえしなかったら、登記証書とサイン証明を日本へ送ることもできた。俺は、そうするつもりでいたんだ。なのにあいつがこんなことを

しでかしたせいで、何もかもが滅茶苦茶になろうとしている。糞ッ、殺してやる）

考えてみればおかしな話だった。修二は暇さえあればチャオプラヤ川の川っぷちで惚けている。死に焦がれ、始終チャオプラヤ川に流れる自分の死体の幻を瞼に思い描いては、死にたい、死にたいと願ってばかりいるはずの男だった。その男が、自分が壊れる怖さに女も抱けず、自分に向けるべき怒りの鋒先を、よその男に向けて自分のことを守っている。やっていることは昔からいつも同じだった。本道を歩もうと試みながらどういう加減だか脇道に逸れ、うじうじと青臭い観念をこねくりまわした果てに取り返しのつかないことをしでかしてしまう。一切は自分自身がしでかしたことだ。自分に責任がある。ところが、いざとなると昌勝譲りの姑息で保身的な血が強烈に顔をだし、他人を呪い、自分を守る。

修二は自分に向かって呟いた。お前は死にたかったはずだろう。どうして死んでしまわないんだ。

ラマI世通りにかかる屋根つきの歩道橋の階段をのぼり、橋の上でひと息ついた。

暑い。興奮しているせいか、いつもより余計に息が上がっていた。

下の道路を見下ろすと、今日も黄色っぽい砂塵にまみれた汚れた車が群をなし、騒音と排気ガスを盛大に撒き散らしながら、道から溢れださんばかりに走りまくっていた。見ていると、その様はさながら車の川のようだった。チャオプラヤ川と同じ土の色をした黄色い川だ。頭からこの川の流れに身を投じてしまえばすべては終わる。頭の中、修二に囁く声が聞こえた。飛び込め。死んでしまえ。それがお前の望みではなかったか——。

太陽熱で熱くなっている手すりを握り締める。自然と手に力が籠もっていき、掌《てのひら》がじっとり汗ばんでくるのがわかった。もう落ち着いていていいはずの息がまた上がり、こめかみのあたりをたらりと汗が流れ落ちていく。また、声が聞こえた。身を乗りだせ。乗り越えろ。目を瞑《つぶ》ってそのまま落ちていきさえしたら、お前の望みのものが手にはいる——。

しかし、言葉とは反対にからだは固まり、足がまったく動こうとしなくなっていた。手すりを摑んだ手も、執拗なまでにそれを握って放そうとしない。

俺は何をしているのだ、と修二は天を仰いだ。死にたい、死にたいと願いながら、常に自分はしっかり生き残っている。父親を半分殺し、母親と妻を寿命よりも早い死へ導き……それればかりかほかにも過去に二人、自分が死にきれないがために人を殺した。残りふたつの罪が一番重い。

これは現実ではない。自分はそんな人間ではなかったはずだ。これは自分の本当の人生ではない。成績もよかった。真っ当な家に育った。まともな大学をでて、きちんとした企業に就職した。そういう人間が、どうして猥雑なバンコクの街の歩道橋の上で、下の車の流れに身を投じようとしなくてはならないことになったのか……修二は思う。嘘だ。嘘だ。みんな嘘だ。

手すりを突き放すようにして手をはずし、修二は汗を滴らせながら、通りの向こう岸へと橋を渡りはじめた。ひとりでに顔がひきつっていた。

見ると階段の降り口の踊り場のところに、両脚を失った男が新聞紙の上に坐って、通りがかる人に空き缶を差しだして、憐れみと施しを乞うていた。修二が差しかかると、男は彼に向かって下からゆっくりと両手で捧げ持つ恰好で、汚い缶カラを差しだした。男はまだ若い。間違いなく二十代、それも恐らくは前半だろう。男は、脚と一緒に言葉や声さえ失ってしまったかのように、何も言葉を口にしない。ただ、今にも泣きだしそうな潤んだ黒い瞳をてらてらと輝かせ、缶を捧げ持ったまま、低い位置からじっと修二を見つめている。その張りつくような瞳に、足が竦んだ。修二の目にくっついたままとれなくなってしまいそうなくらいに、湿気た粘っこい視線だった。言葉はまったく必要なかった。何も言わなくても、その目が彼の身に起きた不幸を、現在の窮状を、差し迫った要求を、うるさいぐらい雄弁に語り尽くしていた。しかも男の唇には、うっすらとだが、少しつれた卑屈な笑みが浮かべられている。完璧だった。憐れみを乞うのに、これ以上の表情はない。

思わず修二は、男の顔から露骨に目を背けていた。一番見たくないものを見せられたという思いがしていた。男の顔は、この街でよく目にする暑さにうちひしがれた犬の顔によく似ていた。バンコクの犬。だとすれば、すなわち修二自身の顔ではないか。

男から逃れるように足早に階段を降りると、ラチャダムリ通りにでて、通り沿いの舗道を歩きはじめた。舗道の横には、ビルの解体工事の跡の空地《あきち》がひろがっていて、黄土色をした地面の上には、片づけられていない廃材やコンクリートの塊が、中の鉄骨を覗かせながらそこここにごろごろ転がっていた。市内には、いたるところにこんな空地がある。新しく大きなビルを建てる予定で古い建物を取り壊したはいいが、バブルが崩壊してその後のメドが立たなくなってしまったのだ。

風が吹き、黄色の土とコンクリートの粉を舞い上がらせる。すぐ脇の舗道には屋台がでていて、東南アジアご用達といった感じの、いくつでも重ねられるプラスティックの椅子やテーブルが置かれている。その即席のテーブルで、男がバー・ミー・ヘンという焼きそばを食べながら、オーリエンを飲んでいた。オーリエンというのは、東南アジアの屋台にはよくある極端に甘いアイスミルクコーヒーだ。男には、左側のラチャダムリ通りの喧騒も排気ガスも、右側からくる砂塵もコンクリートの粉塵も、舗道を行き交う人々も、まったく関係がない様子だった。屋台のおやじが馴染みの客だか知り合いだかを見つけて声をかけ、ケラケラ甲高《かんだか》い笑い声をたてながら、ああでもないこうでもないと、唾《つば》を飛ばして陽気に話をはじめる。

日本を捨てて、この国、この街で生きようと思った。その覚悟を決めたつもりだった。しかし、何という街だ、と身の底から息を吐ききるような気持ちで思う。

五年もいれば、自然と言葉も覚える。少しは自分でも勉強した。それでも修二のタイ語は幼稚園児並みだろうが、訛《なま》りのある田舎へいけばいざ知らず、ここバンコクでなら相手の言わんとしていることはほぼ理解できるし、自分の要求ぐらいは伝えられる。だからこそ、日本人を喰いものにするような隙間商売をして、今日まで喰いつないでもこられた。ところが修二には、屋台のおやじが何を言っているのか、相手が何と答えているのか、二人がいったい何がおかしくてケタケタ笑い合っているのか、さっぱりわからなかった。二人の会話が、ただピチャピチャポーポー妙に跳ねたり伸びたりする、トーンが高くて耳障りな音としか聞こえてこない。耳が、頭が、神経が、言語としてのタイ語を拒絶していた。

　また綾のことが思い出された。学習し、理解しようと努めれば、決してそれができない女ではなかったというのに、彼女は最後の最後まで、タイ語はほとんど覚えず終いだった。街にでても、飛び交うタイ語を雑音か何かのように聞き流し、半分耳に蓋《ふた》をしていた。

「タイ人の声は、甲高くて耳にキンキンするから嫌い」

「ケタケタいう馬鹿笑いも、神経に響いて堪らないわ」

　九ヵ月もタイにいて、その間綾の口からでたタイ語といえば、「サワディ・カー（こんにちは）」「コープクン・カー（ありがとう）」「タウライ？（いくら？）」ぐらいのものではなかったか。そんな彼女のことを、頑迷な女だと呆れたこともあった。だが、今ならわかる。綾の意識とはまたべつに、タイ語を言葉として聞き、理解することを拒む何かがあったのだ。それはきっと、日本人としての生理というものに違いなかった。

　修二の中の日本人としての磁石は半分壊れている。にもかかわらず、執拗に針は日本を指し、おのれが日本人であることを主張する。

綾に対するもの狂おしいようないとおしさが、唐突に修二の中に湧き起こっていた。ひとり部屋に籠もり、本ばかり読んでいた綾。夜もよく眠れずに、目の下に隈を作っていた綾。律から送られてくる日本の食品ばかりを食べていた綾……彼女の中の磁石は狂うことなく、あくまでも日本を指し続けた。だから綾は自分の磁石が壊れてしまわないうちに、日本へ帰っていったのだ。

修二は日本へ戻らないのではない。戻れなくなったのだ。仮にどんなに磁石の針が日本を指そうとも、もう帰ることなどできはしない。修二は日本からはぐれた。身こそこの街に置いているが、バンコクからもはぐれている。そしてまた彼は、死ぬことからもはぐれていた。何もかもが、哀しいぐらいに中途半端で惨めだった。

どうしてこんなことになったんだ。どうして俺はこんなところでこんなことをしているのだ――、自分自身に問いかけてみる。

耳の底に、またべつの声が響いていた。チョルナムの声だった。

お前は人を殺しているだろ？　お前には、人殺しの匂いがするんだよ。

殺すつもりはなかった。自分が死ぬつもりだった。ところがいつも死にきれず、逆に人を殺し、人を傷つける。すべての災いの根は、修二自身の中にある。

修二は自分の肩の上で、翳の落ちた陰気な顔つきをした色の浅黒い死神が、にたりと自分をせせら笑ったような気がしていた。いつも彼が見ている死神は、思えば彼自身の顔によく似ていた。

夏だった。強烈な陽射しが肌に痛い。けれどもこの街にべつの季節がくることはない。諦めたように、彼はハレーションを起こしたような白い舗道を、再びとぼとぼと歩きはじめた。

第五章

1

チャオプラヤ川の渡し舟《ルア》は、細長くて、先が尖っていて、おまけに底が浅く薄っぺらい。長っ細い笹舟のような感じだ。そんな心もとない舟のこと、交通量の多いこの川では、乗っていると脇をいく大きな船の横波を受けて、髪や服が濡れることもしばしばだ。それでもエンジンを搭載しているのでスピードがでるし、船頭の運転も荒っぽい。安全な乗物とは言いがたいが、対岸に渡るのはもとより、同じ右岸から右岸でも、目的地が船着場から近いのであれば、渋滞で動きのとれない街なかをバスやタクシーでいくより、余程早いし安上がりだった。そもそも、バンコクのバスは難しすぎる。五年余り住んでいて、未だに修二は何番のバスがどこを通ってどこにいくのかがよくわからない。行きに五番のバスに乗ったからといって帰りも五番のバスに乗れば元いた場所に帰り着けるというものでもない。その上バンコク市内だけで二百近くもの路線があるというのだから、とうてい把握しきれるものではなかった。べつの交通手段としてはトゥクトゥクという三輪タクシーがあるが、一応屋根はついているものの、これはオープンカーに近い。近頃は観光客用の乗物になってきた分きれいにはなったが、逆に遊園地の幌馬車みたいで乗っているのが気恥ずかしい。テイなどは平気でバイクタクシーを使って運転手の後ろに跨《また》がるが、渋滞知らずなのはいいとしても、あれこそ転倒したらそれまでだった。

「ねえ、シュウ。何か懐かしいと思わない？　私、ああいう風景を見ていると、自然と元気がでてくるんだよね」

ルアの中、かたわらのテイが言った。彼女の顔と目は、船着場に近い河岸のあたりに向けられていた。そこには川に半分床を張りだすような恰好で、掘っ建て小屋に等しい木造の家屋が並んでいた。屋根も床も柱の木も茶色なら、中で暮らしている人間の肌も褐色。目の前を流れる川も黄土色をしていて、すべてが茶のグラデーションの中に溶けている。さながらセピア色の写真の中の風景だ。軒先には洗濯物が干されているが、それもチャオプラヤ川の水で濯《すす》ぐせいだろうか、同じく黄土色に染まってくすんで見えた。外の陽射しが強烈なだけに、屋根の下の日陰は実際よりも暗く際立ち、そこにある何もかもを濃い茶色の影で包んでいる。その暗がりの中で繰りひろげられているのは、貧しい人々の暮らしだ。恐らくは、不法占拠だろう。目の前の川で洗濯をし、野菜を洗い、水浴びをし……おまけに小舟でどこにでもいけるのだから言うことはない。夜ともなると、川を渡る風は天然のクーラーとなり、窓も何もない、川に突きだした物干しのような家に、涼風をもたらしてくれる。

それは修二が育った清澄の家での暮らしに通じるところがある。だが、どうしてその風景にテイが懐かしさを覚えるのかが、彼にはわからなかった。

「だってさ」テイは言った。「昔、日本にも川べりに、こういう家、こういう暮らしがあったじゃない？　私だって、それは見たことがあるもの。今もまだあるのかもしれないけど、こんなに完璧じゃないね。きっと屋根は青いトタン、窓はアルミサッシなんて感じになっちゃって、日本じゃもうこの懐かしさは味わえないよ。私、ああいう風景を見ていると、何だか嬉しくなっちゃうんだよね。ああ、人が暮らしているなあ、って」

「お前、出身は静岡だったよな？」

「そうだよ」はたの風景に目を向けたまま、素っ気ない調子でテイが答えた。

東京や神奈川の川べりには、昔あった風景だろう。大阪や福岡あたりにもありそうな気がする。しかし静岡の川にこんな風景があるというのが、修二には想像できない感じがした。だが、敢えて追求するのも面倒になって、修二は川べりの風景から目を離すと、ひとり小さな溜息をついた。

幾日かの間、修二は自分なりに心当たりを訪ね、チョルナムの行方を探って歩いた。いいことはひとつもなかった。チョルナムは「グランクーン」のノーイとばかりでなしに、赤塚《あかつか》という日本人とも一緒に姿を消していることがわかった。赤塚というのは、ここ数ヵ月ほどカオサンあたりの木賃宿に寝起きしていた地面師だ。何やらしくじりをしでかして日本にいられなくなり、それでタイでほとぼりをさましているという噂だった。赤塚が逃れてきた相手が警察だったのか、警察よりももっと厄介で容赦ない強面《こわもて》の連中だったのか、そこまでは知らない。いずれにしても、しくじりには当然金が絡んでいる。赤塚が金に忙しいからだであったことは疑う余地がなかった。姿を消す前チョルナムは、赤塚と外でちょくちょく会っては、二人額を突き合わせて何やら相談していたというから、おおかた清澄の土地を金にする算段でもしていたのだろう。そして赤塚が一週間ばかり早く日本に飛んだ。腐っても地面師、土地を扱うことにかけてはやはりプロだ。時には売りにでてもいない土地でも売っ払って金にするし、いわくつきの事故物件でも、買い手ぐらいはすぐに見つけだす。しかも肝心の土地の登記証書と実印を持って、チョルナムが後を追いかけているのだ。話がまとまらない道理がなかった。恐らくは、生前嘉子が土地を売却していた形をでっちあげ、それを善意の第三者とやらに転売するのだろう。互いに事情を承知した上での出来レースならば、善意の第三者も同じ穴の狢《むじな》。昌代一家を追い出したら、また土地は誰かに売るつもりだ。こうして間に善意の第三者がはいればはいるほど、土地はとり戻すことができないものになっていく。権利の上に眠る者は保護しない。それが不動産所有に関する法律の、基本的な精神だったはずだ。どっちみち、もともと自分たちの土地ではないのだから、チョルナムと赤塚の二人が、少しでも高く買ってくれる相手を探そうと、粘るはずもなかった。とにかく一刻も早くまとまった金にすることが彼らの一番の望みだ。ひょっとすると勝負は三、四日でついてしまったのではあるまいか。ナモクの台詞ではないけれど、事態はもはや絶望的というところだった。

ノーイの住まいにも足を運んでみた。彼女はガイというルームメイトと共に暮らしていたのだが、彼女に一、二年はバンコクを離れるようなことを口にしてでていったらしい。だからガイも、さっさと次のルームメイトを見つけて、早くも自分の部屋に住まわせていた。「日本にいくとは言っていなかったよ」ガイは言った。「あの娘、一度オーバーステイで日本の入管に捕まって、強制送還されているんだ。だから、日本への入国は難しいんだよ。フェイクのパスポートでも持っていればべつだけど、ノーイはそんなもの、持っていなかったしね」

チョルナムは、いったん日本にはいっても、長居はしないということだ。金を掴んだ時点でノーイと落ち合い、贅沢三昧《ざんまい》の逃避行としゃれ込むつもりか。二人が行き当たりばったりの道中を楽しむ気であるとすれば、彼らの行く先など、いくら探ってみたところで雲を摑むような話だった。

「村瀬君、人は何のために生まれてきたんだろうね」

修二の耳の底に、唐突に志水圭太《しみずけいた》の声と言葉とが甦っていた。中学校一、二年の時、同級だった少年だ。官僚の息子で頭がよく、また、きわめて早熟な少年だった。当時修二はその中学校では花形のクラブだった陸上部に所属していて、日々グラウンドを駆けまわっていた。が、その陰で、圭太との静かで密やかな親交を深めていた。彼には、修二の魂に触れてくる何かがあった。

「ぼくは、人は死ぬために生まれてきたし、ひたすら死に向かって生き続けているような気がする。そう考えると虚しいよね。それでいて人は生きていること、日常のありとあらゆることに意味を持たせたがる。どうせ死んでしまうんだ。死んでしまえば何の意味もなくなるんだ。なのに執拗に意味を求める。人間は考える葦《あし》だ、なんていうけれど、あれは間違いじゃないのかな。人間は、きっと無意味に意味を求める動物なんだよ」

十四で死ぬことと八十で死ぬこと、一見大きな違いがありそうで、その人間が実際にこの世から消えてしまえば、べつにたいした違いはなかったことに気づかされる。死ぬということにおいてはまったく一緒、要は時間をかけて少しずつ死んでいくか、駆け足で死に向かっていくか……すなわち死ぬということにどれだけ時間をかけたかという違いだけだ。どちらも同じ、単なる存在の消滅にすぎない。

修二は、傍目《はため》にはいきいきと学校生活を送っているように映っていたことだろう。面白いもので、クラスにはたいがい四、五人の主要なグループというものができる。いわばクラスのスターの族だ。常に修二はその中にいた。だが、昌代が「暗い、暗い」と言っていたように、心は思い切り翳っていた。

グラウンドを走りまわっていても、言いようのない虚しさにつきまとわれる。いかに学校では優れた選手でも、区内の大会にでただけで、おのれの力を思い知らされる。放課後毎日鍛えたところで、限界は見えていた。成績がよかったことは事実だが、一番になったことは一度としてない。いつも自分の上には誰かがいた。一人覚えているのは、橋本貴臣《はしもとたかおみ》という少年だ。彼は勉強をしていなかった。授業中もとなりの人間と話をしたりよそ見をしたり、ろくに教師の話など聞いていない。なのにテストをすれば一番だった。教師が不意に質問をしても、質問内容さえ耳にはいれば、すぐに正解を弾きだしてみせる。橋本は、努力をまったく必要としない種類の天才だった。

昌勝は、もっと勉強しさえすれば一番になれると言った。だからとにかく勉強をしろ、と。そんなことは嘘っぱちだった。美術の成績は2だ。いくら頑張ったところで変わらない。決して下手くそだった訳ではないのだが、美術の教師は修二の描く絵を毛嫌いしていた。

春に隅田川に出掛けていって、川べりの桜の風景を描いた時だ。いくぶんグレーを帯びた独特の色彩で精緻《せいち》に光と翳とを描きだす修二の風景画を、周囲の生徒は感心して覗き込んでいた。しかし山内《やまうち》というその教師は言った。

「絵というのは、描く人間の魂、品性がおのずとでるものなんだ。村瀬は見た目と違うな。一見優れているようだが、お前の絵には品性がない。底に凶悪さがある。そういう作品は、決して芸術にはならない」

いったいこの絵のどこがいけないのか、挑《いど》むような目をして修二は山内を見た。

「自分でも気づいていないんだろう」山内は言った。「川べりには、こんなにもさまざまな人が溢れているのに、お前の絵にでてくる人間はみんな同じだ。ただの黒い影法師。人間一人一人の個性になんか、お前は目も向けていない。前に人物画を描いた時もそうだった。村瀬が描いた絵は、確かに精密で見事だったよ。しかし、誰もが顔を中心に描いているのに、お前の絵の人物には顔がなかった。村瀬は顔から下の服や腕ばかりを正確に描ききった。村瀬の絵は地図だ。人間を描かせても地図になる。それがお前の心根であり品性のなさだ」

懸命になって何をやったところで底が知れている。圭太は、そうした修二の内側の虚しさに、ある種の気づきを与えることのできる少年だったのかもしれない。修二も内心、死に焦がれていた。生きていることなど、馬鹿馬鹿しいばかりだと思っていた。だが、恐らく圭太は、観念の上での遊びをしていただけだったのだと思う。そのままいけば、彼は結局いい成績で卒業し、進学し、末は父親と同じく官僚の道を歩んでいたかもしれない。官僚でなくとも、彼なら間違いなくエリートコースを進んだだろう。しかし、修二がそれを許さなかった。

「だったら志水君はなぜ生きているんだ？　意味がないとわかっていて、どうして生き続けるんだ？　君が本心、そう思っているのなら、ぐずぐず時間をかけて死ぬことより、閃光のように生きて死んで、それで生きるということは死ぬということであり、生き続けていることなんかに意味はないということを、まわりの人間たちに気づかせるべきじゃないのか」

嫉妬だったと思う。自分は何かの弾みに本当に自ら死んでしまうことがあるかもしれない。けれどもこの少年は、言葉や観念で死を弄《もてあそ》びはしても、きっと死なない。この世の中でうまくやっていける。その嫉妬が修二を、圭太から逃げ道を奪う方向へと向かわせた。まるで圭太の言葉の揚げ足をとるような恰好で、修二はことあるごとに彼を追い込んでいった。

「じゃあ村瀬君は死ねるの？」圭太は尋ねた。

「死ねるよ。君が死ぬならね。まったく無意味に、馬鹿みたいな締め括《くく》り方をするのはいやだ。だけど、ぼくと君が同時多発的に自殺したならどうだろう。まわりの人間はそこに何がしかの意味を見るだろう。そういう死に方だったらいいと思うよ。生きていることに意味はない、それを周囲に悟らせるための死ならね」

今にして思えば、青臭いばかりの子供じみたやりとりだ。だが、修二の中の何かが、もっともっとと、圭太を苛烈に追い立てていった。その何かは、奇《く》しくも美術教師が口にした、凶悪さというものだったのかもしれない。

頭でっかちで、実際には何の手段も持たない圭太に代わって、自殺の段取りや方法は、一切修二が考えた。すべては本の受け売りだ。本当のところ修二は自分の考えも知識も持たない空っぽの少年だった。圭太のような優秀な少年が、どうして修二のような人間に引っ掛かったのか……半分は見間違いだったと思う。顔だちが整った修二が時に垣間見せる翳りを、圭太はもっと上質のものと見誤ったのだ。そして残りの半分は、少年時代の修二が、観念的な言葉を操ることがうまかったことにあるだろう。それも受け売り。昌勝の本棚《たち》から勝手に引っ張りだして読んでいた書物が彼に与えた力だ。今にして思えば、修二は性質の悪い詐欺師のようなものだった。

「村瀬君、君は本当に死ぬんだよね」

約束をした日、圭太は真顔で修二に言った。その圭太の顔は、今も脳裏に残っている。

「ぼくらは二人同時に死ななくては意味がないんだよ」

「死ぬさ」修二は答えた。「生きていることに何の意味もないと思っているのは、こっちだって同じことなんだから」

約束の午前零時が近づいてきた。その時まで、本当に修二も死ぬつもりでいた。死ぬことなど何でもないと思っていた。が、いざ実際その時刻が目前に迫った時、死ねない自分に気がついた。執着はない。だが、生というものをここでひと思いに蹴る決心がつかなかった。闇に向かって自ら飛び込んでいくことが恐ろしくもあった。

あいつも結局死なないのではないか。明日会ったら、やっぱり駄目だったね、ということになるのではないか。なのに自分一人が死ぬのは馬鹿馬鹿しい……頭の中で勝手な理屈をこねはじめ、何もなさぬまま、朝を迎えた。

圭太は、約束した通りに首を括って死んでいた。生きていることに意味はないといった整然たる内容、文章を遺書として残し、聡明で早熟な短い人生を自らの手できれいに締め括った。

生き残って騒動をはたから眺めながら、修二は罪悪感を覚える一方で、まるで自分が自殺したような、一種のカタルシスを得てもいた。

修二と圭太の親交は密かなものではあったが、幾人かの人間たちは承知していた。圭太の自殺に修二が絡んでいるのではないか、彼が何らかの示唆《しさ》を与えたのではないか、背中を押したのではないか……一部でそんな噂が囁かれた。

知らない、志水君とはそんな話をしたこともない——、問われると、修二は平然とそう答えていた。心の中で、まるでキリストが捕らえられた時のペテロのようだと思っていた。自分が死ぬ代わりに人を自殺に追い込んだ上に、生き残ったおのれを守ることを忘れていないことに、内心彼自身が驚いていた。そのうちに、自分が死ねないからこそ、他人に死を実践させたのだということに気がついた。

圭太の死によって感じていたぼんやりとしたカタルシスは明らかな罪悪感に変わり、やがて自分に対する嫌悪となって胸に沈澱していった。それは今も澱《おり》となって心の底にわだかまっている。

父親の昌勝は、圭太の自殺に修二が絡んでいることに薄々勘づいていた。二人が妙に青臭い哲学的な話をしていたことを昌代が承知していて、昌勝に注進に及んだからだ。

「お前はおとなしそうな顔をしているが、何をしでかすかわからない」苦渋に満ちた顔をして、昌勝は修二に言った。「お前の中には、自分でもコントロールできない何かがある。いいか、とにかく人の人生を狂わせるような真似だけはするな。そんなことをしていたら、お前がこの先どうしても生き続けていきたいと思った時に、生きてはいられないような羽目に陥る。自分のために覚えておけ。お前は、ある面腐った林檎《りんご》だ」

それから、昌勝と昌代の無言の監視がはじまった。だが、修二は監視されれば監視されるだけ、彼らの目を逃れて何かをしでかしたいような衝動に駆られたし、衝動を抑えることができなかった。結果として、それが第二の事件につながっていった。

自分の身を守ろうとする情けないような姑息さが憎かった。昌勝の血だ。それゆえ父親である昌勝のことも、彼は強く憎んだ。


ふと気がつくと、となりのテイが真剣な面持ちをして修二の顔を見つめていた。そんな彼女の顔に、また記憶の糸を引っ張られる。お互いほんの少しの間、硬直したように同じ面持ちを顔に浮かべたまま見つめ合う。

「シュウ、今何考えていた?」テイが先に口を開いて訊いた。

「いや、べつに。お前こそ、どうして大真面目な顔をして俺の顔を見つめていた?」

「それは……シュウが急に黙り込んだからだよ」いくぶん言葉を濁らせる感じで言ってから、テイは不意にあーあと、声をだして息をつき、とってつけたように天を仰いだ。「私、お腹空いたあ。ねえねえ、次の船着場で降りて何か食べようよ。考えてみたら朝から何も食べていなかったよ。シュウだって一緒でしょ。腹が減っては戦《いくさ》はできぬ、と」

いつもと変わらぬ屈託のない声で言ったきり、テイは視線を前に向けたまま、その目を修二に戻そうとはしなかった。今度は修二が真剣な眼差しで、テイの横顔を見つめ返す。嘘だ、嘘っぱちだと、心が勝手に呟いていた。いったい彼女の何が嘘なのか、修二自身にもわかっていなかった。だが、彼女の言葉も表情も、その裏にあるものを包み隠すための作りものに思えた。

テイとの親密なつき合いも二年になる。けれども、何度寝ても、どんなに彼女のからだを知り尽くしても、本当のところ修二には、テイが少しも見えていない。そのことに、改めて気づかされた思いがしていた。

2

「ねえシュウ、スッチャイおじさんのところでご飯を食べようよ」

渡し舟を降りると、ほとんど無邪気にテイが言った。いつもの子供っぽいテイの顔だ。思わず修二はうんざり顔を拵える。

「だって、私、あそこのトー・マン・プラーが食べたいんだもの。あ、やっぱり今日はトー・マン・クンにしようかな」

トー・マン・プラーは魚のすり身のさつま揚げ、トー・マン・クンは海老のすり身のさつま揚げ、どちらにしても同じようなものだ。テイはスッチャイのところのこのさつま揚げがうまいというが、修二は田舎臭くてあまり好きになれない。さつま揚げに限らず、スッチャイのところでだすものは、どれも泥臭い感じがした。日本でも田舎の食堂でうっかりトンカツなどを頼むと、下駄みたいにごっついのがでてきてげんなりすることがあるが、それに近いものがある。なのにテイはなぜかスッチャイの店がお気に入りで、近くにくると決まって「スッチャイ」と言う。店にしても、決してきれいではない。かろうじて木の柱と屋根はあるが、下は土間だし、テーブルと椅子がいくつか並んでいる奥の方で、扇風機が一台ゆるゆると、虚しく羽根をまわしているというような具合だ。むろんドアというものもなく、通り側は壁もない完全な素通しだ。扇風機一台ではとうてい暑さを凌げるはずもなく、ほとんど無駄に熱気を孕《はら》んだ空気をかき回しているにすぎない。店自体はビルの裏っ方の路地の隙間にあり、景色も環境も揃ってよくない。トイレも昔ながらの方式で、個室の中に水の張ったバケツが置いてあり、そこに柄杓《ひしゃく》が突っ込んである。用を足したらそれで尻を洗って紙で拭き、最後にその同じ水を柄杓ですくって便器を流す。ただし、紙は便器に流せない。もうひとつべつに置いてあるバケツに捨てるのが一応の決まりだ。綾だったら間違いなしに「何、ここ?」と眉を顰《ひそ》めずにはおかない。病気にならないのが不思議だと、彼女はその種のことを一番厭悪していた。潔癖症なのだ。

一方、テイは、まったく意に介さない。神経も図太いが、彼女はからだもいたって丈夫にできている。そのふたつのことは、たぶんここで生きていくには不可欠な要素だった。

「ここも懐かしいって感じの風景だよね」

店の前までくると、テイは先刻と同じような台詞を口にした。スッチャイの店は、ビルとビルの間に埋もれたように建っている。たぶん店や家は、昔からこの場所にあったのだろう。それがいつの間にやらまわりじゅうにビルが建って、何だか反対にとり残されたようになってしまったのだと思う。店の脇の家は、壊れたのか、或いはとり壊したのか、今は空地になっていて、古い板塀の内側には、壊れかけたリヤカーや家の廃材が今もって乱雑に積まれたままになっている。小さな空地にはススキみたいな雑草が生《お》い茂り、見るからに荒れ放題といったていだ。異常に暑いせいだろうか、雑草まで枯れたような黄色い色をしているのが、いかにもバンコクという感じがした。

「昔はさ、こんな感じの小さな空地があったよね」テイが言う。「この板塀だって、日本とおんなじだよ。昔の家の板塀って、みんなこんな感じだったもん。今は日本じゃ、板塀のあるうちを探すのが難しいよ」

「だけど、さすがにこんなに小汚い店はなかったぞ」

「海の家だよ」明るい声で、謳《うた》うようにテイは言った。

「海の家にそっくりじゃない。みんな砂だらけ、潮だらけの汚い恰好してはいってきてさ、水着でかき氷食べたり焼きそば食べたり……ね、そっくりだよ。いいよねえ、あの雰囲気」

どうやらテイがこのバンコクの街の中に探しだそうとしているのは、二十年、三十年前の日本のどこかの風景らしかった。それも死んだ風景ではない。現に暮らしている人のいる生きた風景だ。

いつだったかテイは修二のことを時代遅れだと笑ったが、テイも日本においては相当時代遅れの人間だったに違いない。あまりに進みすぎた東京という都会から弾きだされて、田舎臭さ、人の汗の匂いの残るアジアの都市へと落ちのびてきた女だ。

結局スッチャイの店では食事をしなかった。テイが急に、修二のアパートの近くの店で売っている中華饅頭《サーラパオ》も食べたくなったと言いだしたからだ。スッチャイのところではトー・マン・クンとガイ・ヤーンという炭火焼き鳥を包んでもらい、途中で中華街で追加の買い物をしながら、二人してぶらぶらアパートに帰った。酒も仕入れた。野菜代わりのマラコー、マムアンといったフルーツも買った。それで全部ひっくるめて日本円にして千円かそこら……日本人の上前を上手にはねていさえしたら、暮らしがどうとでも成り立っていく道理だった。べつにバンコクの物価が安いということではない。地元の人間からしたら、ふつうかむしろ高いぐらいだろう。換算レートという化け物が産みだす一種のマジックで、実態に即したものではない。

アパートに帰り着くと、まずは冷蔵庫に冷やしてあったビールで咽喉を潤した。テイは食べたいとこだわっていたトー・マン・クンと中華饅頭をひとつずつ胃に収めると、ようやく人心地ついたという顔になり、改めて修二を見た。それからいくらか真面目な面持ちをして言った。

「ねえ。チョルナムに代わって、ナモクと組んで仕事をするって、あれ、本当の話？」

修二は煙草に火を点けて、ちらっとテイの顔に視線を走らせた。

「シュウも今、大変なんだろうし、ナモクと組むなら組むで、私はべつに構わないよ」

「お前はいったい何を言っているんだ？　どこでそんな話を聞いてきた？」

「二、三日前だったかな、ナモクが私に言ったんだよ。『悪いけどテイ、これから私、シュウと組んで仕事をするつもりだから。嫉《や》かないでよね。これは大人同士、男と女の契約。いわばビジネスの一環なんだからさ』ってね」

鼻からふっと息が漏れでて、自然と修二は苦笑していた。いかにもナモクが言いそうなことだと思った。加えてテイの声色が少し意地悪げな冷やかな色をしていて、思いがけずナモクの口調によく似ていた。こういう時、人は意識せずに表情まで似せるものらしい。

「ナモクと組んでもいいって……それはさ、ナモクと寝るってことも含めてね。でも、シュウと私の関係はべつに変わらない。そうでしょ？」

修二は視線を落とし、黙って煙草の煙を吐きだした。

「それとね。ナモクと組むのは結構だけど、ケンケンたちとは関わらない方がいい。それだけはやめなよね」

ケンケンたちというのは、津上や門馬のことだった。門馬がテレビアニメにでてくるケンという名前の犬そっくりの笑い方をすることから、テイが彼に勝手につけた綽名《あだな》だった。

「あいつら、チョルナムやナモクの顔の広さに目をつけて『窓《ナーターン》』に出入りしはじめたけど、やっていることがいくらなんでも汚すぎるしヤバすぎる。あいつらとつき合っていたら、絶対ろくなことになんかなりゃしないんだから」

修二は依然として沈黙したまま、視線を静かにテイの顔の上に戻した。丸顔で、子供っぽい顔だちをしたテイが、ものの道理を心得た大人のような表情をしていた。その表情のまま、テイが続けて修二に向かって言葉を繰りだす。

「ね、シュウ。ナモクとならばいいけれど、ケンケンたちとはやめてよね。あっちはどう思っているか知らないけど、シュウはケンケンたちとはやっぱり違った種類の人間なんだよ。だからさ、関わり合いは避けた方がいい。それが私の一番言いたかったこと」

テイのものの道理がわかったような言い分を耳にしているうちに、腹の底に言いようのないむかつきが生じはじめていた。からだの中でむくむくと、不穏な空気が黒い雨雲のように広がっていく。

「テイ、お前、いったい何様なんだ？　誰と寝ていいとか誰とつき合ってはいけないとか、何だってお前が俺に指図《さしず》をするんだよ。お前はそんなえらいのか」

膨らんだ不機嫌を抑えきれずに、思わず修二は言っていた。自分でもはっとするほどに、声が険悪な色合いを帯びていた。それでも言葉が勝手に口から流れでるのを、自分でも止めることができない。

「だいたい誰がナモクと組むと言った？　津上や門馬たちと組むと言った？　俺自身がまだ決めていないことを、どうしてお前にがたがた言われなくちゃならないんだよ」

「違うよ、シュウ。誤解しないで」突然のことに、少し驚いたようにテイは目を見開いた。「ナモクのことは、本当言うとどうでもいいんだ。ただ、私はシュウとこのままがいい、それが言いたかっただけ。それにケンケンたちのことを言ったのは……シュウのことが心配だったからだよ。あいつら、半分闇に足を突っ込んでいる。闇に足を突っ込んでいるってことは、何かあった時は闇に葬られちゃう、命に関わるっていうことだよ。私はさ、シュウに危ない目には遭ってほしくないんだよ」

「それがえらそうだっていうんだよ」

「だって、本当に心配なんだからしようがないじゃない」

「変わっているな、お前も」

そう呟いてから席を立ち、グラスと水や氷を取りにいった。酒をビールからメーコンに切り換える。

「変わっているって何？　私の何が変わっている？」戻ってきた修二に向かってテイが問う。

「俺みたいな男にくっついていたって仕方がないだろうに」

「どうして？　仕方ないとかあるとかじゃない。一緒にいたいから今は一緒にいる、それってふつうのことじゃない。シュウはさ、何でも面倒臭く考えすぎるんだよ。この世の中なんて意味のないことばっかりなのに、シュウはいつも何がしかの意味や答えを探そうとするんだ。で、つまらなそうな顔してる。その方がよっぽど変わっているよ」

人間は考える葦だ、なんていうけど、あれは間違いじゃないのかな。人間はきっと、無意味に意味を求める動物なんだよ——。

また、志水圭太の声が耳の底に甦っていた。

テイが今の彼のありようというものを的確に捉えているとするならば、修二はあの頃、つまり圭太を自殺に追い込んだ十四の頃と同じ精神レベルにいて、二十五年近くが経った現在も、同じようなことを繰り返しているにすぎないことになる。中学生の時のまま、少しも成長していない。そうなのかもしれなかった。

「だったら」修二は思いを現実に引き戻して言った。「お前は何も考えないのか？」

「考えないよ」

あっさり言うと、テイは自分のグラスにも氷を入れ、メーコンを注いだ。テイは現地の人間同様に、メーコンをコーラで割って飲むのを好んでいた。そしてもう言うべき言葉はないというような顔をして、コーラを注いだグラスに口をつけた。

「いつまでもこんな暮らしをしていてどうなるのかとかこれからどうしたらいいのかとか、たまにはそういうことを考えるだろうよ」いくらか焦れたように修二が言う。「これでいいのかとかいけないのかとか」

「考えないよ」テイは同じとぼけた顔をして、変わらぬ台詞を口にした。

「そんなのは嘘だ」

「そりゃあ考えそうになることはあるよ。でも、そんなのはゴミ袋の中のゴミとおんなじだよ。中を開いて見たら、気分が悪くなるだけだもの。だから覗き込みそうになったら急いで口を縛って、私はぽいっと投げ捨ててしまうんだ」

「この先病気になることもある。歳をとって婆《ばば》ぁにもなる。考えまいとしたって、どうしたってそういうことを考えてしまうものだろうよ」

「私、病気にはならないかもしれないし、婆ぁにもならないかもしれないもの」

「馬鹿か、お前は」

修二は呆れてテイの顔を見た。テイの後ろの薄汚れたコンクリートの壁を、音もなくヤモリが這っていた。清澄の家にもヤモリはいたし、嘉子は家の守神だと言って大事にしていた。しかし、ここのヤモリと清澄のヤモリとでは色が違う。清澄のヤモリはどれも黒ずんだ茶色をしていたが、こちらのヤモリは色とりどりで、ヤモリごとに模様も違う。極彩色のヤモリを目にするたびに、ああ、俺は南国にいるのだ、と修二は思う。ここは自分の生まれ育った東京ではない。

「ねえ、シュウ。未来のことなんか、わからないんだよ。本当のところ、未来なんかくるかどうかもわからない。なのにそんなものを心配してみたってどうなる？　今って時間がもったいないよ。まわりを見てごらんよ。みんな私たちとたいして変わらない暮らしをしている。だけど、誰もうじうじ考え込んでなんかいないよ。今日ご飯が食べられる、それで楽しそうにしているじゃない」

「だけどな、時間てやつは流れているんだよ。お前は女だ。女だったら誰しもいずれは必ず婆ぁになるんだよ」

「どうして？」

「どうして？」思わず頓狂な声が口から迸《ほとばし》りでていた。「真面目に訊いているんだとすれば、お前は本物の大馬鹿だ」

「だって、婆ぁになる前に死んでしまうかもしれないじゃない。私が明日車に轢かれて死なないって保証がどこにある？」

　俺はお前が羨ましいよと、修二はほとほと疲れ果てた調子で呟いて、息をついて首を横に振った。

「シュウはこのところ追い詰められたような顔をしているけど、べつにそんなにイライラする必要もないんじゃないの？」追い討ちをかけるようにテイが言う。

「何が言いたい？」思わずテイを睨んでいた。

「権利書のことは私も知っているよ。はいるはずの金がはいらなくなったってこともね。だけど、シュウが大きな借金拵えて、おっかない切り取りの連中に追いかけまわされているじゃなし、状況は前とちっとも変わっていないじゃない。でしょ？」

「お前はなんにもわかっちゃいない」苛立ちを含んだ声で修二は言った。「あの土地はな、俺のものって訳じゃないんだ。だから俺は――」

　どうして？　と、テイが修二の言葉を遮《さえぎ》った。「売っ払って自分の金にするつもりだったんでしょ？　だから兄姉との縁も切るつもりで、家から持ちだしてきたんでしょ？　だったらやっぱり自分のものってことじゃない」

「そうじゃない。俺はただ……」

　あれを持っていたかっただけなんだ、と言いかけて、修二はその言葉を飲み込んだ。自分で自分を余計に惨めにする必要はなかった。

「そりゃ、金はないよりあった方がよかったでしょうよ。でも、ないものはないんだもの、仕方がないよ」

テイはしらっとした顔をして、コークハイで咽喉を潤した。

「お前に何がわかる……」感情を押さえ込もうとするように、修二はまた煙草に火を点けた。

「シュウのまわりで変わったことといえば、チョルナムがいなくなったってことだけだよ。シュウはべつに現実に追い詰められてなんかいない。単に自分で自分を追い詰めているだけだよ」

だんだんと、腹の中が熱くなりはじめていた。

「シュウはもう日本に帰れないと思っているかもしれないけれど、そんなことだってないんだよ。帰ろうと思ったらいつでも帰れる。だって、シュウは自由なんだもの。だけど今はバンコクにいる。まあ、いたくている訳じゃないかもしれないけれど、せっかくバンコクにいるんなら、ここでの暮らしをもっと楽しんだらいいじゃない。だいたいシュウは日本をひきずりすぎなんだよ。だからここでの毎日が面白くなっちゃう。いちいち日本と比べて溜息ついて……そんなの恰好悪いしみっともないよ」

「お前に何がわかると言っているだろうが！」

気づくとテーブルの上のグラスを薙《な》ぎ倒し、テイの首を締め上げていた。この女に、何か一番大事なものを穢《けが》されたという思いがしていた。

突然のことに、瞬間テイは目を剝いたが、やがて面倒臭そうに瞼を閉じた。人に捕らえられ、掌の中で観念して目を閉じた小鳥みたいな顔だった。その顔に、忘れようと努めて頭の箱の一番奥底に仕舞い込んでいた過去の記憶が、唐突に意識の上に甦りかける。いやな記憶だ。不意に湧き上がった生理的な恐怖に、一気に脳天まで駆けのぼったはずの血が、いっぺんに退いて冷めていく。テイの首にかけた手からも、おのずと力が抜けていった。

テイがちょっと呼吸を整えている間に、修二は倒れたグラスを起こし、散らばった氷を拾ってテーブルの上を拭いた。

「やめたの？　殺さないの、私のこと」テイが言った。

「……べつに、本当に殺そうとした訳じゃない」

「いいよ、私は殺されたって。さっきも言ったよね、未来のことなんかわからないって。殺されることもあるかもしれない。つまらないことで命を落とすこともあるかもしれない。そんなの、こっちはとっくに覚悟の上なんだ。私は明日のことなんか考えない。今日を楽しく生きるんだ」

「わかった。もうその話はやめよう」

瞬間的なものではあった。だが、あの時修二は殺してやりたいと思うほどの憎しみを、彼女に対して覚えていた。

この女を殺したら、俺はどうするだろう——、テイの顔を見ながら修二は思った。この状況だ。本当にどこにも行き場がなくなって、恐らく修二も自ら死ぬことになるだろう。テイを殺せば、今度こそ修二は、望みのものを手に入れることができるかもしれなかった。

「テイ」真面目な顔をして修二は言った。「お前、俺と一緒に死んでくれるか」

「いやだね」間髪《かんはつ》いれずに返ってきたテイの答えはにべもなかった。

「だけどお前はたった今、殺されてもいいと言ったじゃないか」

「殺されちゃったら殺されちゃったで諦める。でも、自分から命を捨てるつもりはまったくないよ。だって私、毎日楽しいこと、いっぱいあるもの。それを自分からどうして放棄しなくちゃならないのよ。冗談じゃないよ」

　黙ってテイの顔を見る。

「教えてあげようか」テイが言う。

「何だよ」

「シュウは自分が生きていたくない病、死にたい病だと思っているでしょ？　でも、本当はそうじゃないんだよ。シュウは、死にたくない病、生きていたい病なんだよ。自分の病気を正しく認識した方がいい。でないと故障の正しい修理もできないからね」

「お前は、本当にいやな女だ」

　テイは笑った。コンクリートのがらんとした箱に谺《こだま》するぐらいに高らかで陽気な笑い声だった。

テイの頭の後ろの壁を、また色鮮やかなヤモリが這っていった。ヤモリの緑の背中に浮いた濃く赤い斑点を眺めながら、いつか俺はこの女を本当に殺すかもしれないと、修二はぼんやり思っていた。

「シュウ」そんな修二に向かって、いくらか皮肉っぽい目つきをしてテイが言った。「私も今日は、とうとうシュウの正体を見た気がしたよ」

冷たい色をした目だった。底の暗さが感じられる目だった。そのテイの顔に、修二はまた既視感を覚えていた。

俺はこの女を確かに知っている――。

先刻、いやな記憶が甦りかけたのも、テイの顔に記憶の糸を引っ張る何かを見たからに違いなかった。しかし、思い出すことを自ら拒否するように、修二は小さく頭を横に振っていた。

3

チョルナムの仕事を引き継ぐような恰好で、修二は少しずつナモクと組んだ仕事をするようになっていた。手をつけたことはまだたいしたことではない。「窓」に関する仕事と、チョルナムが得意にしていたブローカー仕事、それも不用品の売買だとか、彼がやっていた中でもごく枝葉末節のことにすぎない。ナモクとも、今もってからだの関係は持っていなかった。そんな修二を、時折ナモクは、意気地なし、と蔑むような目をしてちらりと睨む。すっきりとした二重、少しつり上げ気味にした形よい切れ長の目……いい目、いい女だと思って思う。しかしその顔は、修二を「バンコクの犬」と罵った、綾の目と顔にやはりよく似ていた。

「もしかしてシュウ」自分にいっこう手をだそうとしない修二に対して、ナモクは皮肉めいた口調で言う。「案外あの娘に本気で惚れているんじゃないの?」

あの娘というのは、むろんテイのことだ。確かにテイは、これまで修二にとって必要な女だった。テイがそばにいると、彼女持ち前の明るさで、彼が背負いこんでいる死神の影も、いくらか霞んで薄れていくような気がしたものだ。淫猥《いんわい》さには欠けるが、じめじめとしたところがまるでないテイとのセックスも嫌いではなかった。行為そのものは、肉と肉の交わり以上の何ものでもなく、それだけに単純に快楽だけを突きつめられたし、金で女を買った後と違って、何か鬱屈《うっくつ》したもやもやもからだに残らずに済んだ。気がつけば、それも時の流れに伴って、いつしか変質しはじめていた。

修二が思わずテイの首を締めた晩、テイは頭の後ろに色つきのヤモリをうろうろ這わせながら、自分の身の上話を修二にして聞かせた。

「東京でのOL時代、まずやらされたことって何だと思う? 三十七人いる部署の人間一人一人のカップと湯呑み、それにそれぞれの飲み物の好みを覚えることだよ。誰々さんはコーヒーにミルクのみで砂糖は入れない。誰々さんは砂糖のみでミルクは入れない……まったく馬鹿じゃないかと思ったよ」

それを間違えれば言うに及ばず、カップをさげるタイミングが遅い、灰皿をとり替えなかったといったことで無能呼ばわりされる。社内の雰囲気はきわめて封建的で風通しが悪く、裏ではいつも無責任な噂話と悪口が飛び交っていた。そんな職場にいて、テイはストレスからくる過食症で、一年で十キロも太ってしまった。周囲はみるみる膨れ上がっていくテイを、内心面白がって眺めていた。

いよいよ会社を辞めようと決心して、彼女は一度静岡の実家に戻った。するとテイの姉は彼女を見るなりこう言った。

「元通りに痩せるまで、こっちに帰ってこないでよ」

テイの姉にはちょうど縁談が進んでいた。玉の輿《こし》に近い良縁だった。両親も似たようなことを言った。テイをさらすことで、太る家系だと相手方にとられるのが怖かったのだ。

テイは本気で痩せようと決心した。なのに食べまいと我慢をすればするほど、何かくさくさして気持ちの箍《たが》がはずれるようなことがあった時、自分でもぞっとするぐらい、無闇矢鱈《やたら》と食べてしまう。その後に訪れるのは、救いのないまでの自己嫌悪だった。それが行き着く先も決まっていた。みっともなくて意志の弱い自分を抹殺してしまいたいという破滅への暗い衝動。

「私、いつも死にたい、死にたいと思っていた。で、どうせ死ぬなら、と思って、思い切って一人で東南アジアを旅行して歩いたんだよ。それまでは、海外を一人で旅する勇気すらなかった」

東南アジアの国の人々の多くは、貧しくてもその日その日を懸命に生きているようにテイの目には映った。いざ困っても最後には、「仕方ない、仕方ない。まあどうにかなるさ」と笑ってみせる。いくばくかの湿りけを目に帯びながらも、彼らの頬笑みには悟ったような柔らかさがある気がした。

旅から帰ってきてみると、意識して落とした訳ではないというのに、四キロ体重が減っていた。テイはそのヘルスメーターの数字に希望の光を見た思いがした。知らないうちに、ずいぶん元気になっている自分にも気がついた。

しかし、日本に身を置いていれば元の木阿弥《もくあみ》、じわりじわりとヘルスメーターの数字はふえていき、それにつれてテイの元気は目減りしていく。

「死ぬよりマシと思って、日本を飛びだしたんだ。私、わかったんだよ。私は自分のこと死にたい病だと思っていたけど、そうじゃない、本当は生きていたい病だったんだって。毎日楽しく生きるのが望みだったんだよ。だからわかるんだ。シュウもおんなじ、生きていたい病だってね」

死にたい病を克服するには、それが実は生きていたい病だと知った上で、いつ死んでも構うものかと開き直ること。そうすれば、一日一日は貴重で価値あるものになり、おのずと充実して輝いてくる――。

黙ってテイの話を聞きながら、ああ、この女は四年の間に本当のタイ人になったのだ、と修二は心の内で思っていた。

ただ聞いている分には、生きていく上での示唆を含んだ、有り難いような身の上話だ。しかし、まだ知り合って間もない頃、確かテイは違った身の上話を修二に聞かせたはずだった。倉庫の検品係にまわされて、くる日もくる日も四角い陰気な倉庫に籠もって、品物と睨めっこばかりしていた。そんな毎日を繰り返しているうちに、気が変になりかけた。あの時は、過食症とは言わなかった、閉所恐怖症と彼女は言った。

テイの話を、すべて嘘っぱちと決めつけるつもりはない。きっと多少の真実は含まれているのだろう。だが、それもまたテイにとっての真実であり、人が見る事実とは異なっているかもしれない。彼女はその時その時自分と他人を楽しませる真実を作りだし、後先のことなど頓着せずにその場で燃焼していく。それはただの一日、一刻、一瞬を、自分の気持ちのありようによって輝きのあるものに変える、タイ人の知恵と技術にほかならなかった。テイは、恐らく今の日本の社会では、見事に調子っぱずれではみだし者だろう。しかし、タイにやってきて、たまたま自分の居場所を見つけた。やどかりが、偶然自分の身にぴったりの貝殻を見つけたようなものだ。

修二は、バンコクにきてまだ日も浅い頃、市場《タラート》を歩いた時のことを思い出した。短いゴボウみたいなカチンカチンのニンジン、ピンポン玉みたいなタマネギ、丸っこい石ころのようなナス……どれもこれも日本の野菜とはまったく別もののように彼の目には映った。が、そのほとんどは、種自体は日本のそれと同種だった。それがこの国の土壌、気候、水、空気の中で育つことによって、日本のそれとは異なる姿、味、質へと変化する。テイも同じだった。修二がいつまで経っても水っぽくて柔らかいタマネギのままなのに対して、彼女はあっという間に小さくて固くて密度の濃い、こちらのタマネギに育ったのだと思った。

そのことが、自然と修二とテイの関係をも変質させた。テイがタイ人になってしまっては、彼にとっては意味がなかった。タイ人の女なら、あたりにいくらでもいる。元気がよくて明るくて、おまけにテイよりも見た目がよく、日本語が達者な娘もバンコクでならすぐに見つかる。

日本からはみだして流れてきた日本人の女。いかに明るく脳天気に振る舞っていても、からだの奥底に少し翳った日本人の磁石を持つ女。そう感じていたからこそ意味があった。だが、テイは日本人であることを捨てたのだ。自分の中の磁石をぴたりと現地磁場に合わせて、本当にそこに溶け込んでしまったのだ。

このバンコクの地の、ぎらぎらと照りつける太陽、溢れんばかりに盛大な陽射し、白く眩しい光、黄色い土、水、空気、食物、人……テイのように、それに元気をもらう人間もいる。一方で、太陽が熱く眩しく照り輝き、あたりが自分の影さえ小さな足の裏の下の地面に隠してしまうぐらいに光に溢れれば溢れるほど、また、人々が無闇に明るくていきがよければいきがよいほど、まるでエネルギーを吸い取られ、消耗するように、かえって元気を失ってしまう人間もいる。その苛烈なまでの光と明るさが、自らが内に抱え込んでいる翳の暗さを際立たせ、自分だけが救いがたい闇の中に溶けているような、陰鬱この上ない気持ちにさせるのだ。

テイの首に手を伸ばした時、修二の中にあったのは、テイに対する憎しみであり、嫉妬だったと思う。この地に適応できずに喘《あえ》いでいる修二を、テイは嘲笑った。みっともない、恰好が悪いと言い放った。この地に適応し、居場所を勝ち取った人間の驕《おご》りに満ちた嘲笑だ。修二自身はいい。だが、それはこの地の一切合財を拒絶して、一人日本に帰っていった綾を嘲笑うことでもあった。その挙げ句、日本であっさり車に轢かれて死んでしまったかわいそうな綾。あの時一瞬にして感情が弾けたのは、綾のことが頭にあったからだろう。

別れた女房、死んだ女房に対する未練は、見苦しいばかりかもしれない。わかってはいても、綾がいまもって修二にとって一番大切な女であることは動かしがたかった。いつまで経っても、綾、綾、綾。修二の心は綾から離れられない。かつては希望の光であった綾。自分と同じ日本人の磁石を強烈に持っていたがゆえに苦しみ、頑として適応することをせず、最後は凛として日本に帰っていった綾。死んでしまったとわかったことでなおさらに、彼女に対する執着は強まった。それがゆえにナモクを抱けない。テイを憎む。瞬間的にテイに抱いた殺意は、彼の最も大切なものを穢した者に対する殺意だった。

第六章

1

昼間一度ナモクのマンションに顔をだし、一日の仕事の段取りを決める。そして夜は夜で「窓」にいくというのが、修二の日課のようになっていた。

だが、それもここにきていささか気が重くなりはじめていた。清澄の昌代から、ナモクのところに電話がはいるようになった。事態ははや、清澄の家、昌代たち一家に波及しはじめたということだ。ナモクのところにいき、まず真っ先にその話を聞かされるのではと思うと気が塞ぐ。一昨日も、顔をだすなりナモクに言われた。

「よかったわね、シュウ、電話をとらなくて。姉さんのあの声を聞いたら、さすがにシュウも参ったと思うわ」

そう言われただけで、実際には聞いてもいない昌代のキンキン声が、耳に聞こえてくるようだった。半狂乱というところかしらね、と、ナモクはつけ加えて言った。できればナモクの言葉にも、両手で耳を覆ってしまいたい気分だった。

「姉さんには、あんたは連絡もなしに会社にでてこなくなった。アパートもいつの間にやら引き払ってしまっていて、どこへいったのかもわからない。たぶんバンコクにはもういないだろう、と言っておいたわ」

なおも手がかりを求めて食い下がる昌代に対して、ナモクは、実は修二は会社に対しても損害を発生させている、その件で会社としても目下告訴を検討中だと、逆ねじを喰わせるような恰好で肘鉄《ひじてつ》をくれたらしい。

「輪をかけて悪者にして申し訳なかったかしら。でも、あんたのためを思ってのことよ。そう言った方が、姉さんはあんたはもう本当にバンコクにはいないものと考えるでしょ？」

さらにナモクは、これ以上昌代が自分のところに電話をしてこないよう、駄目押しをした。

「日本にいらっしゃる一番近いお身内の方は所沢にいらっしゃるお兄様、それにお姉様であるあなた様でしたよね」

ナモク得意の脅しだ。これ以上がたがた言ってくると、反対にそちらに累《るい》が及ぶぞと、穏やかな言葉の裏ですかさず恫喝している。

「ご感想は？」ナモクは修二に尋ねた。

ほかに口にすべき言葉も見当たらず、ありがとうと修二は答えた。

ナモクは白けたような顔をして、ちょっと肩を竦めてから彼に言った。「どういたしまして。外に対する言い訳や恫喝は、チョルナムとの生活で慣れているからね」

清澄の土地の登記証書を持ちだした上に勝手に売り払い、会社の金にまで手をつけてどこぞに高飛びした。話の上だけでは、修二もずいぶんと悪党になったものだった。またもや現実の中の自分が本来の自分とはかけ離れたところへいってしまったような心地がした。そしていつも修二は阿呆のように繰り返し思う。これは本当の自分ではない。俺はそんな人間ではなかったはずだと。

が、そう考えて自分を保ち守ることにも疲れを覚えはじめていた。

気持ちに湿った翳がまとわりついたような気だるい気分で、ナモクの部屋の呼鈴を押す。ドアとグリルの鍵をあけ、いつものようにちょっと頷くような素振りを見せてから、彼女は修二を部屋に通した。

「そういえばシュウ、今さっきまた東京からあんたに電話があったわよ」

のっけからこれだった。悪い予感が的中したような思いがした。

意図した訳ではなかったが、自然と顔がよそを向き、視線がナモクから逸れていた。その様子を目にして、ナモクがくすっと鼻で笑った。

「おかしな人。顔を背けたところで仕方がない。人間には、耳ってものがあるんだから」

日本とバンコクは飛行機でわずか七時間。しかし、七時間赤道に向かって斜めに南下してしまうと、今、目にしているものだけが自分の現実となり、日本に置き去りにしてきた現実が、どこか絵空事《えそらごと》に思えてくる。できれば修二は、その七時間という時のもたらす距離と空白を保ち、日本の現実を絵空事のままにしておきたかった。だが、日本で繰りひろげられている現実は、電話線を通してリアルタイムで彼を追いかけてくる。自然と顔に苦い翳がさす。

「あんたの身内と名乗ったけど、今日は姉さんじゃなかった」ナモクが言った。「男だったよ」

ならば和宏か、さもなくば義兄の靖だろう。

「シュウの兄さんにしてはちょっと声が若かったような気もしたけど」

そう言ってから、ナモクはちらりと修二の顔に視線を走らせた。

「どうする？　この先の話、聞く？　聞けばまたあんたが落ち込むような気もするしなあ」

「何だよ？」

「じゃあ言うけど、シュウの姉さん、入院したらしいよ」

「どうして？」

「クモ膜下だって。死ぬか生きるかの状態だから、どうしてもあんたに連絡とりたいって、相手はそう言っていたけどね」

いつも強気だった昌代の顔が、脳裏に思い浮かんだ。思わず修二の眉根が寄り、顔の翳が濃さをます。

「まあそれが本当なら、気の毒に、過労、心労の果てのことだろうね」

「本当ならって、それ、どういう意味だよ？」

馬鹿、と半分舌打ちしながら、ナモクは顔をひしゃげさせた。「これだからあんたは……。わからない？　何としてもあんたの居どころを探りだそうとする罠《わな》かもしれないじゃない。相手がこれまでの私の話を、どれだけ真《ま》に受けているかはわからないんだからさ」

罠。そうであってくれた方がどれだけいいかと、なかば祈るような気持ちで修二は思う。

「私はそっちの方の公算が、いくらか強いような気がするけどね」

それだけ告げると、ナモクはコーヒーでも淹《い》れようかと、気分を変えるような調子で言い、修二の返事を待たずにキッチンに立っていった。

修二は革張りのソファに腰をおろしたまま、ソファの中に沈み込んでいくような心地でいた。ナモクが言うように、これは居どころを摑むために昌代たちが仕掛けてきた策なのだと、頭の中で繰り返す。けれどもその試みがうまくいかない。頭に思い浮かぶのは、気丈そうないつもの昌代の顔なのだが、なぜかその顔は悲しげで、どことなく歪んでいた。ひとりでに胸がざわつく。

「どうでもいいけどシュウ」キッチンから、コーヒーの薫りと共に、ナモクの声が流れてきた。「いい加減携帯ぐらい持ちなよね。連絡とりたい時にとれないと、こっちがイライラして仕方がないよ」

携帯電話はおろか、修二はまだヤワラーのアパートに電話も引いていない。仮に引いたところであの老朽化の進んだ安アパートのこと、いつネズミに電話線を齧《かじ》られてしまうことかわからない。それを言い訳にしていた。

「言っとくけど、ネズミは電波は齧らないからね」コーヒーを湛えたカップをトレイに載せて運んできつつ、見透かしたようにナモクが言った。「そろそろ本腰据えて仕事をしなよ。金に執着がないのは結構だけど、そんなこと言っていられる立場かねえ。いつかここでも喰えなくなっても知らないよ」

組んでみたはいいものの、修二の煮えきらない性格と仕事ぶりに、だんだんにナモクが焦れてきているのはわかっていた。修二も一所懸命に仕事をしたいと思う。そう思ってはいるのだが、いざ実際手をつけてみれば、チョルナムがやっていたことは女衒《ぜげん》、故買屋、人身売買のブローカー……確かに百バーツ、二百バーツ料金に上乗せして利鞘を稼ぐ前の仕事より実入りはいいが、そうそう精をだしたくなる類の仕事でないことも事実だった。

「金を作るどころか、自分が喰えないっていうんじゃ話になんないでしょうが。——ちょっと、聞いてるの?」

聞いているさ、と、修二は香ばしい薫りを漂わせているカップを持ち上げた。

近頃はスクムビット通りなどにいけば、ようやくまともなコーヒーにありつけるようになった。それでも街の食堂ではまだ例の甘ったるいオーリェンが主流で、さすがに修二もあれは飲む気にはなれない。それで家にはネッスルをひと瓶買って置いてあるのだが、どういう訳だかこれも旨いとは思えなかった。ネッスルはネッスルでも違うのだ。東南アジア仕様のネッスルコーヒー。

「おっとりコーヒーなんか飲んじゃってさ」自分で淹れておきながら、忌ま忌ましげにナモクは言った。「それじゃシュウ、例の件、どうなっているの？　もう一週間にもなるじゃない。あんたの仕事は時間がかかって私はいやだよ」

バブル期にタイでひと山当てた日本の成金が、はやタイには見切りをつけて帰国を決めた。その成金がタイでの生活の思い出に、仏像をひとつ日本に持って帰りたがっているという話が、ナモクのところに流れてきていた。

シュウ、先方が気に入りそうな仏像をひとつ見つけてよ――、前にナモクにそう言われて、今修二は、その種のことに通じているガモーとジャナイを使って、適当な仏像を探させているところだった。

「わかってる？　仏像なんか、本物であろうがまがい物であろうが、どっちだって構いやしないんだからさ」ナモクは言う。「所詮古美術品の価値なんて、あってないようなものなんだから。肝心なのは、相手を頷かせることさ。いかにもそれらしげな仏像を見つけてくればそれでいいんだよ」

ナモクの言う通りではあった。今しがた作られたばかりの、湯気が立っている仏像でも、さも年月を経たかのような細工がしてあればいいし、どこかの廃屋から拾ってきた、打ち捨てられた仏像であっても構いはしない。いわゆる贋作《がんさく》というものを手掛ける職人もタイには多い。要は買い手がそれにどれだけの価値を見いだすかだ。

「この話はよそにも流れているんだよ」ナモクは横目でちらりと修二を見やりながら煙草に火を点けた。「あちらさんは帰国の日取りも決まってるんだ。もしもよそが私らより早くそこそこまともな仏像を見つけてきたら、それでお終い。あんたは仏像なんて、と思っているかもしれないけど、うまくすれば三、四万で仕入れた品が、二百万、三百万に大化けしないとも限らないんだからね。つまらない仕事に見えて、案外稼げる可能性のある仕事なんだよ」

「わかっているって。だから今、ガモーとジャナイに――」

「あんた、あの二人になめられているんじゃないの」修二の言葉を遮るようにナモクが言った。「あいつら、人の顔見て仕事をするからね。甘い顔してたら駄目なんだよ。もっとお尻を叩いてさ、半分脅かすぐらいでなかったら」

修二にだってわかっている。明日の百万より今日の一万、彼らはそういう人間だ。これが何でも持ってきさえしたらすぐに金になるというのであれば、二人ももうちょっとは真剣にやるに違いない。が、実際それが売れてみなければいい金にはならないということが、もともと稀薄な彼らの勤労意欲をより薄っぺらなものにしていた。探している途中に知り合いと出会って、一杯奢《おご》ると言われれば、当然のようにそちらに流れて沈没してしまうような連中だ。逆に彼らを金で釣って本気にさせさえしたら、地方の遺跡からでも寺院からでも、あっという間に仏像を調達してくるに違いなかった。それぐらいのことは平気でやりかねない。だから余計に修二は、うるさくせっつく気にはなれずにいた。

「もうちょっとしっかりしてよね、シュウ。あいつらになめられているようじゃ、あんた、話にならないよ」

ナモクもチョルナムに負けず劣らず金に目のない商売人だ。たとえそれがお化け話に終わってしまうかもしれなくても、金の匂いがしただけで、目がいきいきと輝いてくる。金を明確な目的にできるということが、見ていて修二は羨ましかった。

「悪い癖だね、まったく」ナモクは冷えた目をして煙草の煙を吐きだしながら言った。「きれいごともいいけれど、それほど自分がきれいなからだか、いっぺんよく考えてみたらいいさ」

あんたは兄姉の土地の登記証書を持ちだした泥棒だ。自分の血のつながった兄姉たちやその一家を災厄《さいやく》に巻き込んだ悪党だ。それ以前にも、あんたは何かをしでかしている。もともとがそういう種類の人間なんだ。いまさらきれいごとを言って何になる……ナモクのいくぶん灰色を帯びた冷たい目が、修二に向かって言っていた。

二人の間に短い沈黙が横たわる。

唐突に沈黙を破り、ナモクが修二の名前を呼びながら、彼の顔を深い眼差しをして覗き込んだ。うって変わったやさしい声だった。顔にも、いかにも慈悲ありげなやわい手触りの表情を浮かべている。

「ねえ、シュウ」

「ここ二、三年が勝負だと思うの。この国も日本も世の中全体も、先々どうなるかわからないよ。だからこそ金は摑める時にしっかり摑んでおかなくっちゃ。それで早いとこ基盤のしっかりした商売をする準備をしておくことだよ。大事なのはさ、シュウ、本気になるってことだよ。きれいだの汚いだの言っちゃいられない。金は本気にならないと作れないよ。金っていうのは意地が悪いんだ。自分から手の中に飛び込んでくるほどお人好しじゃないんだよ」

飴《あめ》と鞭《むち》の政策かと、修二は心の内で苦笑を浮かべて呟いた。したたかな女だと、改めて思う。ナモクはあっという間にペットカセームのセカンドハウスも引き払っていた。修二はてっきり買ったものと思い込んでいたが、あれは借家だったのだという。彼女は車も売り払ったし、通いのメイドも断った。ナモクは決断も行動もとびきり早い。そこにも修二は大陸的な匂いを感じる。この女には勝てない——、思いが行き着くところもいつも同じだった。

「あといいとこ二、三年。私、本気で思っているのよ。この稼業、私ももうそうは続けていたくないもの」

二杯目のコーヒーをポットからそれぞれのカップに注いでからナモクは言った。いくらかかったるそうな声であり口調だった。

「先の見込みのある商売じゃないし、正直言って私も飽きた」

「そうしたら日本に帰るのか？」

ナモクが帰りたいと思っているところが日本なのか、或いはべつのところなのか、わからないままに修二は尋ねた。

「そう、いずれはね。本当言うとこの街だって、口で言うほど嫌いじゃない。ひょっとすると私には、結構暮らしやすい街なのかもしれない。だけどさ、やっぱりずっと住んでいたくはないな。何て言うのかな……ここは私にとって、所詮旅の空なんだよ」

いつだったかチョルナムはナモクのことを、「渡り鳥みてえだな」と言って笑ったが、修二はナモクのそういうところに弱い。

三年ぐらい前だったかなあ、と、ナモクは記憶をたどるように天井を見上げた。「用事があって日本に戻ったんだ。弟の家に泊まったんだけどさ、そこでお風呂にはいったんだよ。あの時ほど気持ちよかったこと、幸せだなって思ったこと、ここ何年なかったなあ」

熱い湯に浸かっていると、自然と身も心も寛《くつろ》いできて、何年間かのバンコクでの暮らしの疲れが、毛穴から湯の中に溶けだしていくようだった。ナモク自身がそう感じたばかりでなしに、現に全身の皮が一枚ぺろりと剝けたかと思うほど、大量の垢《あか》がでた。

「垢？」修二は問い返した。

「うん、垢」ナモクが頷く。「旅の垢を落とすとはこのことかと思ったわよ。自分でもびっくりしちゃった。あんまりお湯が汚れちゃったんで、慌てて入れ換えたぐらいだった」

もちろんバンコクでも毎日シャワーは使っているし、からだだって石鹸をつけてごしごしとよく洗っている。しかし、それでは落ちない毛穴の奥の奥の汚れが、一度にからだの外に噴きだしたのだろう。

「心身共に寛いだからだよ、きっと」ナモクは言う。「本当に疲れがとれたなあ。幸せってこういうことかと思ったよ」

修二も現に今、感じているかのように思い出していた。朝、清澄の家の物干し台に立った時、川を渡って流れてきたひんやりとしたほのかな風、水の匂い——。

「人間なんてえらそうな顔をしているけど、結局そこらの犬や猫と変わらないんだ。目とか耳とか鼻とか口とか肌とか、そういうところで快不快が決まるし、幸不幸だって決まるんだよ。さっきも言ったみたいに、特別この街を嫌っている訳じゃない。だけど私の五官はさ、匂いにしろ食べるものにしろ何にしろ、生まれつきべつのものを快と感じるし、それが得られている時幸せを感じるんだよ。だからここで暮らしていると知らず知らずのうちに五官は我慢をしている訳。チョルナムの奴は私のことをヒステリーだの何だの言うけれど、それは我慢していることの皺寄せってものだよ。何にだって限界がある。時には爆発もするって。だから私はやっぱりずっとはここで暮らしていたくない。暮らしていけないと思うんだ。たとえどんなに金や物に恵まれたって、ここじゃ本当には幸せを感じることなんかできないんだもの。シュウ、幸せなんて些細《ささい》なものさ。だけど、感じられないところでは感じられない」

修二は黙って頷いた。

「日本へ帰ったら、私が幸せを感じられるようなものはいくらだってある。でもさ、シュウ」ナモクは湿気を感じさせる目をして修二の顔を覗き込んだ。「日本では、それを手に入れようとしたら、何でもかんでも馬鹿みたいなお金がかかるんだ。トマト一個、エビ一匹にしたって、ここことは値段が違うからね。まともな家一軒手に入れようと思ったら、サラリーマンが一生かかって稼ぐぐらいの金が要る。日本には、私を幸せにしてくれるものは何でも揃っている。ただし、それはみんな売り物さ。いい値段のついた売り物」

日本がいつからそういうシステムの国になってしまったのかは知らないが、金がなくては幸せが得られにくい国になってしまったことは事実かもしれなかった。それは日本に出稼ぎにきている外国人を見てもわかる。日本の金、街に溢れかえる豊富な品物、豊かで便利な暮らし……そんなものに憧《あこが》れてきてみたはいいが、日本にいる限りは、いくら働いたところで幸せにはなれない。彼らが時間とからだを切り売りして得た金は、家賃に光熱費に食費にと消えてしまい、街に物は溢れていても、思うままに手にできる訳ではない。ここにも自分の国にいて思い描いていたのとは違う、換算レートのお化けが顔をだす。

「シュウ、私は向こう二、三年、頑張って金を作る。自分の幸せを摑むためにね。だからあんたにも、本気になってもらいたいんだよ」

ナモクの目の色が、いくばくかの哀しみを底に湛えたものからまたべつの色に変わっていた。光を宿した強い瞳を、修二から逸らすことなく彼女は言葉を続けた。

「目の前の仕事からきっちり金にしていこう。それはあんたが幸せになるためであり、あんたが図らずして不義理をしてしまった兄姉たちに元の幸せを返すためでもあるんだから。ね？　頼むよ、シュウ」

「わかってる、わかっているんだ、俺だって」

いきなり現実に引き戻されたようになり、修二はカップに残っていたコーヒーを飲み干した。ナモクが心にもないことを口にしているとは思わない。けれどもやはり彼女はひと筋縄ではいかない女だ。どうしたら修二が動くかを、計算しながらものを言っている。

修二はすいとソファから立ち上がり、それからナモクに言った。

「仏像の件は、三、四日うちに何とかする」

頷くと、彼女は修二を送るような恰好で、玄関口までついてきた。そしてドアを半分閉めながら修二に言った。

「夜には必ず店に顔をだしてよ。シュウは途中で姿を消してしまいがちだけど、あれも困るな。よほどのことがない限り、閉店までいてもらいたいのよね。それもあんたの仕事のうちなんだから」

ナモクの強い口調に圧《お》されるように、修二はほぼ反射的に頷いていた。ナモクが何を考え、修二をどう持っていこうと計算して、話の内容や声、表情、目つきを変えてものを言っているかぐらいは、修二もよくわかっているつもりだった。それなのに、いつの間にやら彼女に操られつつある自分に気がつく。ナモクには、したたかな生命力ばかりでなしに、魔力に近いものがある気がした。誰にでも通じる魔力ではなく、ひょっとすると相性というものもあるのかもしれない。修二との場合、こちらがマリオネットになってしまう絶対不利の相性だ。

「こいつの血筋は拝み屋だからよ」

以前チョルナムが言ったことを不意に思い出した。

「何よ、拝み屋って」その時、ナモクが会話に割ってはいって言った。「そういうのとは違うわよ。あんたって人は、いつだって本当にいい加減なことを平気で言うんだから」

祖母がムーダンなんだと、ナモクは修二に言った。その時は、ムーダンというのが日本語でないということにも気づかずにいたが、彼女の話から、ムーダンというのは一種の巫女《みこ》的なシャーマンなのだろうと理解した。

「トランス状態になるとね、おばあちゃんにはいろいろなことがわかるんだよ。だから、みんなおばあちゃんのところに聞きにくる。もっと前の代のおばあちゃんは雨乞いなんかもしたっていうけど。私もあっちにいたらさ、今頃ムーダンになっていたかもしれないね」

神がかり的に勘が鋭い大陸の魔女。それではとうてい勝ち目はなかった。

一歩表にでた途端、湿気を帯びた熱い空気が肌にべったりまつわりついてきた。外にはいつもと同じように、果てのない夏がぽっかり白い口をあけている。たくさんだ、と修二は思った。この街の延々と続く夏を直視するだけの気力も失い、彼は夏から目を背けるように、俯き加減に歩きだした。

「修ちゃん」

ルンピニ公園裏の通りを歩いている時だった。背後から不意に声が飛んできた。振り返ってしまってから後悔する。このバンコクで修二を修ちゃんとちゃんづけで呼ぶ人間は、考えてみればケンケンたち以外にあり得なかった。ちゃんづけにして呼ぶのは、たぶんそれが修二に対する蔑称だからだろう。

案の定、目の中に、門馬の姿と顔が映った。手垢にまみれたような笑みを浮かべながら、後方から小走りで修二に歩み寄ってくる。そしていかにも馴れ馴れしげに、肘で修二のからだを突っつくようにして言った。

「よう、修ちゃん。どうだい、景気は？」

悪いよ、どん底だ、と、修二はろくに門馬の顔も見ずに言った。すると門馬は、綽名の元になったヒッヒッと息を吸い込むような得意の笑い方をして、もう一度肘で修二を突っついた。門馬のからだが自分に触れるたび、生理的な嫌悪感に似たものが走る。

「修ちゃんはいつもこれだものなあ、つれないよ。何だよ、『窓』のママのところへいった帰りかよ」

修二は返事をしなかった。口を引き結んだまま、前を向いて歩き続ける。修二の歩調に合わせ、寄り添うように門馬がくっついてくる。

「しかし修ちゃんツイてる。いいのに喰いつかれた。反対か……修ちゃんの方が喰いついたのか？　いずれにしてもなかなかいいタマだよ、『窓』のママは。ま、ちょっと歳を喰っているのが難点だけどな」

自分で言って、門馬はまた下卑《げび》た笑い声を立てた。

「修ちゃん、これから一緒に若いの見にいかないか？　それもとびきりの若いのをさ。正真正銘のノク・ノーイ」

ノク・ノーイというのは小鳥のことだ。俗にバード・ウォッチングが「覗き」を表したりするのと同じように、「かわい子ちゃん」を意味している。

「年増に飽いたら若いのに止まれ。どうだ？」

歌うように言う門馬に対して、修二は渋面を拵えたまま、門馬の顔を見もせずに首を横に振った。

「じゃあ、うちにこいよ。酒でも飲もうぜ。修ちゃんとは前からゆっくり話がしたかったんだ。お前、つまんない飲み屋のおやじにおさまって、ちんけな商いを続けていったって、本当のところしようがねえだろう。金、作りたいんだろ？　そういう相談をしようじゃねえか。今日、これからどうせ暇なんだろ？」

「一人で帰ってくれ」いい加減鬱陶しくなって修二は言った。「暇は暇なりに用事があるんだ」

門馬を振り切るように、いくらか早足で歩きだす。すると門馬は小走りになって修二の前にまわりこみ、因縁をつけようとするみたいにわざとごんと自分の肩を修二の肩にぶつけてきた。顔つきが、あっという間に変わっていた。最初声をかけてきた時とは、まるきりの別人だ。いっぺんに視線が尖り、頰のあたりにひきつれのような剣呑《けんのん》さが滲みだす。内側の凶暴さ、凶悪さを感じさせるいやな顔だった。顔が変わったというより、面をとったというのが正しいのかもしれなかった。恐らくこちらが門馬の正体、本当の顔だ。

「おい。あんまり気取るなよ。後で後悔するぜ」

修二は黙したまま、静かに門馬の顔を見た。

「ものごとには潮ってものがあるんだよ。俺たちが下手《したて》にでているうちが華だぜ。声がかからなくなった時は終わりだよ。その時はお前、バンコクにはいられなくなるってことだからよ」

何か言おうと思った。が、言葉が見つけられないままに、沈黙を続けざるを得なかった。緊張を孕んだ空気が門馬と修二の間に漂う。門馬は、いざとなれば何をしでかすかわからない人間だ。そういう人間が持つ独特の匂いを、彼は身にふんぷんと漂わせている。自分では気がつかずにいるが、ひょっとするとそれは修二にもある匂いなのかもしれなかった。とはいえ、門馬と修二では限界が違う。門馬の方が早く、また一気に臨界点に達する。内に抱えているもの自体も、修二よりはるかに破壊的で暴力的だ。

「ペンキ屋だよ」不意に門馬が言った。

「え?」いくぶん呆《あ》っ気《け》にとられて修二が言う。

「うちの家業さ。下町のペンキ屋」

「……」

「何でも塗り替えちまう仕事が俺の天職。今やっている仕事も、詰まるところはペンキ屋と変わりがない」

言おうとしていることの意味がよくわからない。修二は心持ち眉根を寄せた。

「難しい顔するなって。難しく考えるなって。気楽につき合って、気楽に仕事をして、いい金稼いで一緒に楽しもうってだけの話なんだからよ」

言葉を口にしかけた修二を制するように、いきなり門馬が顔に大袈裟な笑みを浮かべた。

一瞬にしてまた顔が、狎れた笑みでてらてらとした元の顔に戻る。門馬は埃でも払おうとするみたいに、さっき自分が肩を当てた修二の肩を、手の甲でささっと払った。

「ま、そういうことだからよろしくな。改めて話をしようぜ」

門馬の勢いに圧されるように、思わず半分頷くような頷かないような曖昧な素振りをしていた。

「一緒にいい思いしような。ナモクはな、俺らとつながることには慎重になってる。あれでも一応女だからな、守りが堅いんだ。だけど修ちゃんがやるとなれば話はべつさ。わかるだろ？　実際動くのが修ちゃんとなれば、万が一何か起こったとしても、自分の身は守れるからよ。あの女は、そういう計算がしっかりできる女だよ。だからいいタマだって言うんだよ。ま、考えておいてくれよ。悪いようにはしねえよ。な、頼んだぜ、修ちゃん」

言うだけ言ってしまうと、門馬は修二をその場に取り残すようにさっさと去っていってしまった。門馬の後ろ姿を見送りながら、修二は彼が手で払った肩のあたりを、もう一度自分の手ではたいた。それでも門馬の粘っこい視線や意識がまだ身にまつわりついているようで、何とも言えぬ不快感が拭い去れなかった。厄介なものにとり憑かれつつあるような気分だった。修二は苦い顔をして、ひとつ小さな溜息をついた。どうしてだかよくわからない。だが、バンコクにはなぜかややこしい人間が多く集まる。タイという国は、良くも悪くも、あまりに懐が深すぎるのかもしれなかった。

うってつけの仏像が見つかった——、ガモーとジャナイが黒い瞳を輝かせ、頬にもうきうきとした笑みを浮かべてやってきた時から、何とはなしにいやな予感がしてはいた。この手の人間の浮かれ調子ぐらいあてにならないものもない。

二人についていってみると、案の定見せられたのはまがい物の部類に属する仏像にすぎなかった。昨日今日作られた品ではないだろう。それにしたところで、まだ二十年は経っていないのではあるまいか。おまけに売り手は、近頃ドルの勢いがいいことに目をつけて、バーツでも円でもなく、USドルで払えと生意気なことを言う。しかも千二百ドルと吹っかけてきた。

「冗談じゃない」修二は言った。「何が千二百ドルだ、笑わせるな。たとえ百二十ドルと言われても願い下げだ、ご免蒙《こうむ》る」

修二の剣もほろろの対応に、ガモーとジャナイの二人は、鳩が豆鉄砲を喰ったような顔をして互いに顔を見合わせていた。が、やがて揃ってきょとんとした顔を修二に向けて異口同音に言った。

「どうして?」

「どうしてって、こんなもの、いったい誰がそんないい金をだして買うんだよ。もっとマシなものを探してくれ。これじゃまったくの無駄足だ」

まがい物でも出来や物がいいというのなら話はべつだ。だが、それには本来仏像にあるべき厳《おごそ》かさ、尊さといったものが完璧に欠けていた。二十日近くかけて探しだしてきたのがこれかと思うと、話にならないと思うより先に腹が立って仕方がなかった。

「どうして?」

しかし、ガモーとジャナイは粘っこい視線を修二に張りつけて、盛んに言い募って止むことがない。

「シュウ、その金持ちだって、きっとこの仏像が気に入るよ。これはそう古いものではないかもしれないけれど、間違いなくいい仏像だって」

「シュウはこの仏像のどこが気に入らないんだ? 本当にこれはいいものだよ。どうして駄目だというのかわからない」

いい加減うんざりして、修二は唾棄するように二人に言った。

「顔だよ、顔。顔が悪すぎる。それが致命傷だ」

事実その仏像は、ぎょろ目で鼻ぺちゃで、どこか人を喰ったようなとぼけた顔をしていた。ユーモラスかもしれなくても、有り難みというものは微塵《みじん》もない。加えて、故意に古色蒼然と見せる小細工をしたものだから、かえってちぐはぐな印象になってしまい、見た感じのバランスも悪い。

「顔？　顔がよくない？　ウッソー！」ジャナイが頭のてっぺんからだしたかと思うような頓狂な声で言った。「シュウの目はどうかしているよ。顔も姿もこんなにいいっていうのに。丈だって百三十センチ近くある。これぐらいまとまってよくできた仏像はそうそうでないよ。千二百ドルはちょっと高いかもしれないけど、千ドルだったら掘り出しものだよ。交渉してみようよ」

「そうだよ、シュウ。顔が悪いなんてとんでもないよ。ジャナイの言う通り、これは掘り出しものだって。俺が請け合うよ」ガモーも言った。

「お前が請け合って何になるんだよ？　向こうさんが買わないと言ったら、一銭にもなりゃしないじゃないか。それとも千二百ドル、お前が払うって言うのか？」

一瞬押し黙ってから、思い直したようにガモーが言った。「だから、絶対に売れるって。売れさえしたら金になる。そうだろ？　だから大丈夫だって」

しかし修二はうんざりしたように息をつき、大きくかぶりを振ってから二人に言った。

「駄目だ。とにかく駄目だ。これは買わない。値引き交渉をするつもりもない。べつのを探せ。大急ぎでだ」

二人は少しの間やる気を喪失したような魂の抜けた面持ちをしていたが、やがて諦めたようにそれぞれに肩を竦めた。帰りの車の中でも、はじめのうちガモーとジャナイは不貞腐れた様子でむっつりしていたが、カーラジオで流行りのポップスを聞くうちに気分がほぐれてきたらしく、鼻唄混じりにからだでリズムを刻みだし、そのうちいつものように二人で軽口を叩き合って、ケタケタと声をたてて笑いはじめた。線の切れたような笑い声が、修二の神経に触れてくる。根に持たない性分は有り難い。ただし、その分いつでも本当にはあてにならず、こちらは疲れることばっかりだと、倦みきった気分で思う。まったくどいつもこいつも――。

そのあと「窓」へいき、決まり通りの手順で何組かの客をよそに流し、その日一日分の集金にまわる。仏像の調達が不首尾に終わったのでナモクの機嫌は芳しくなかった。

「おいしい話もこれじゃあね、もう腐ってしまったも同然だよ。もったいないったらありゃしない。シュウは本当にお大尽《だいじん》だよねえ。やってることが殿様商売だもの。羨ましい。私ら貧乏人には信じられないよ。まったく、あーあ、だよ」

ナモクには得意の皮肉をちくちく言われ、遅くなってから店にやってきた津上と門馬には、「修ちゃん、修ちゃん」と懐《なつ》かれ、絡まれ、蔑まれ、うんざりするような一日だった。前の日と同じく、うんざりするような一日。昨日も一昨日もその前も……そんな毎日の繰り返しだ。

重たるい足取りでアパートへ向かう。アパートのあるヤワラーは、修二が帰宅する真夜中でも、まだ開いている店が結構あって、完全には街の明かりが落ちていない。赤道付近の暑い国の商店の多くは、朝店を開けるのが遅く、店じまいも遅い。日本ならば、夏は朝市などと銘打って、朝早くに商売をはじめるところも多い。そこが違った。

このあたりは、朝、日がのぼるのが七時近くと遅い上、いったん太陽が地平線上に顔を見せるやいなや、空気は一気に熱気を帯びて、湿気を孕んで膨れ上がっていく。したがって朝の涼しさというものはなく、当然早朝の涼しいうちに、という発想も生まれてこない。だからどうしても、何かをするなら夜にかけて、ということになりがちだった。

ただし、このチャイナタウンの飲食店の朝は早い。仕事を持つ華人の多くは朝食さえも家では摂らず、食堂で食べたり、食堂で包んでもらって職場に持っていって食べたりする。それゆえ朝見ても昼見ても夜見ても、のべつ幕なしに営業している店も割合多くある感じがする。いったい彼らはいつ眠るのかと、思わず首を傾げてしまう。おまけに、ほとんどの華人の店には定休日がなく、ここだと彼らが休むのは華人正月と日本のお盆に相当する施餓鬼《せがき》、それに王と王妃の誕生日ぐらいのものでなかろうか。開けていても閉めていても、家賃にしろ光熱費にしろかかるものは同じ。ならば十バーツでも二十バーツでも多く稼ごうじゃないか――、彼らの商魂と体力には感心せざるを得ない。感心を通り越して、糞暑い中、よく倒れずに延々と働き続けていられるものだと、正直言って呆れてしまう。医食同源の考え方と漢方薬の知恵、このふたつの柱が彼らを支えているのかもしれなかった。

深夜のチャイナタウンを歩きながらぼんやりと軒を並べる店に目をやる。通り沿いに間口の狭い店がずらりと並んでいるが、一階が店舗、二階が住居というのがおおかたのスタイルだ。二階の窓には、例の無粋な泥棒よけの鉄格子ががっちりはめ込まれていて、見た目には、牢獄の街という様相を呈している。一階の店舗の面積から見て、二階の住居がそれより広かろう道理もないのに、平気でそこで一家六、七人が暮らしていたりする。大切なのは金と商売、住居などは二の次三の次、それが彼らの考え方だ。商売、金儲《かねもう》け、それすなわち福。一家繁栄、子孫幸福の源。華人の揺るぎない価値観には、反対にこちらが揺さぶられてしまう。一見金に絶対的な価値を見出しているようでいて、彼らはそれによってもたらされる幸なり福なりいうものを、自分という個を超えた遠い未来の子孫まで含めた命の連鎖において捉えている。せかせかと忙しげに商売をするその一方で、悠久の時の流れを見ているところがある。

（とうてい敵《かな》うものじゃない）修二は疲れ果てたように、心の内で呟いていた。（何かが決定的に違っている）

　かかりつけの漢方医は、決まって修二に「食を正せ」「瞑想しろ」と勧める。が、仮にそのふたつのことを実行したとしても、間違いなく修二は彼らのようには心身共に血気盛んにはなれない。実行する前に諦めがくる。

　華人ばかりではない。チョルナムにしてもそうだ。ナモクにしてもそうだ。彼らの疲れを知らぬ旺盛なパワーは、修二の目からすればほとんど異様、見ているだけでこちらがぐったりなってしまう。元は同じ日本人であるはずのテイまでもが、いまや大陸の人間の仲間入りをして、修二をくたびれさせる。元気な奴らはどういう訳だか声まで不必要にでかい、と、もてあますような気持ちで修二は思う。

(結局俺は誰にも勝てない)再び心に呟きが漏れる。(チョルナムにもナモクにもテイにもこの国の奴らにも)

その弱さが、村瀬修二という個人に根ざした弱さなのか、それとも日本人という民族に共通する奥床《おくゆか》しさや慎み深さからきた弱さなのか、彼自身にも判断がつかなかった。仮に民族的な弱さだとすれば、それでいて日本という国でも適応できずにいる自分は何なのかとも思う。こうして街を歩いていても、半世紀余り前、日本軍がここらあたりまで軍事侵略していたというのは本当の話なのだろうかと、首を捻りたくなる思いがした。今も東南アジア諸国を食い物にするような経済侵略を続けている日本人がいるというのも、今の修二には信じられない。同じ日本人でも、どちらも修二にとっては赤の他人、異質の血を持つ人間たちに思われた。

修二は自分でも気づかぬうちに、疲れ果てたように首を横に振っていた。

(いったい俺はどこの何者なのか。どこへいこうとしているのか……)

アパートの入口までたどり着き、メールボックスを覗き込む。住所はほとんど誰にも教えていないから、彼宛の郵便物など月に何通もないのだが、一応確認するのが習慣になっていた。

メールボックスの底に、一通の封書が見えた。縁の模様から、すぐにエア・メールだとわかった。取りだして差し出し人の名前を見る。RITSU ODAJIMA――、手紙を手にした修二の指がかすかに震えた。いくらか胸の高鳴りを覚えながら、自分でそんな自分を嘲笑う。嘲笑いながらも、いつもならばさも足と身が重たげにだらだらとのぼる階段を、修二はあっという間に三階の自分の部屋まで駆け上がっていた。

3

ベッドの端に腰かけて、もどかしげに手紙の封を切る。急《せ》いた気持ちのままに破いたものだから、封筒の端が汚らしく破けたのが忌ま忌ましかった。几帳面《きちょうめん》に折り畳まれた手紙を開く。

手紙には、主としてバンコクから戻ってきてからの、綾の様子や暮らしぶりが記されていた。戻った当初は心身共にバランスを崩してしまっていて、体調にも気分にも安定を欠き、周囲も腫《は》れ物に触るような扱いをせざるを得なかったし、綾本人もそういう自分に苦しんでいたようだ。それが九ヵ月を過ぎた頃からめきめきと落ち着きだし、丸一年が過ぎると、勤めにでられるまでに回復したという。九ヵ月、それは彼女がバンコクに身を置いていたのとちょうど同じ時間だった。バンコクでの九ヵ月の間に狂いかけた針を戻し、綾が元の綾に戻るには、同じだけの時間が必要だったということだ。

それから亡くなるまでの三年間は、昔通り家族四人、水入らずの穏やかで安定した暮らしの中に彼女はあった。恐らく綾は、充実した楽しい時間を過ごしていたと思います――、律はそう書いていた。また綾と同じぐらいに律も両親も、彼女と共によい時間を過ごしていた、と。


――バンコクで何があったのか、お義兄さんとの間にどういうことがあったのか、綾は何も詳しいことは口にしてくれませんでしたし、私もあえて訊かぬまま過ごしていました。私には、綾が戻ってきたということの方が肝心で、経緯などはどうでもよかったのかもしれません。

でも、綾に死なれてみて、また、先だってお義兄さんと電話でお話させていただいてみて、私の中でバンコクへの想いが、次第次第に膨らんできました。双児の姉妹として同じような道筋をたどってきた綾と私、その私たち二人の人生を大きく分けたものがあるとするならば、それはバンコクではなかったか、という気持ちがしてきたのです。本当のところ綾の命は、四年前、バンコクで終わっていたのではなかったか。けれども綾は、私や両親に楽しい時間を贈るために、日本に戻ってきたのではなかったか。あれは綾の幻というに等しいものではなかったか……すべては私の妄想のようなものかもしれません。でも、私はどうしてもバンコクへいってみたくなりました。バンコクで何があったのか、いまさらそれを探ろうというつもりは毛頭ありません。綾が語りたくなかったことなら、それはそのままにしておくべきだと思っています。

ただ私は、綾が見ていたバンコクの街を、綾が身を置いていたバンコクの街を、自分の目で見てみたいのです。

急なことでまことに申し訳ありません。私、今月末、二十六日から三十日まで、バンコクへいく予定にしております。二十六日の日は、晩にホテルにはいる形になると思います。宿泊先のホテルの電話番号を記しておきますので、もし少しでもお時間いただけるようでしたら、お電話賜われませんでしょうか。お目にかかれれば嬉しく思います。

お義兄さんもお忙しくお過ごしのことと思いますので、どうかご無理はなさらないでください。もしお時間とれれば、ということで。

突然お便り申し上げ、勝手なことばかり申し訳ありません。なにとぞお赦《ゆる》しくださいませ。

小田島律——

手紙を読み終えると修二はベッドから立ち上がり、部屋の中をまったく無意味に歩きまわった。心とからだが勝手に浮足だっていて、自分でも収拾がつかない。

このバンコクの街の風景の中で、再び綾の姿を目にできる日がこようとは、彼とて思ってもみなかった。やってくるのは律だ、綾ではない。もちろん彼にもわかっていた。しかし修二の頭の中に浮かぶのは綾の姿だった。どうしても、律と綾が重なってしまう。
綾に会える――、自然と高揚してくる気持ちを、修二は抑えることができなかった。

第七章

1

「シュウ、今、何て言った？」

険しい目つきでちらりと修二を睨んでから、敢えてそっぽを向いてナモクは言った。自分がよそを向いているうちに前言を撤回しろと言わんばかりの冷たい横顔だった。

「だから、事情があって、三、四日、顔がだせないんだ」

ナモクはゆっくりと修二に顔を戻した。無表情に近い、固まった灰色の顔をしていたが、目や唇のあたりには倦み疲れの気配が漂っていた。

ふうと、あからさまな溜息をひとつついてからナモクが言った。「シュウって、思っていたより真面目でもないんだ。そうなりゃあんた、はっきり言ってとりえがないね」

ナモクが不機嫌になるのも無理はなかった。仏像の件も、結局不首尾に終わっていた。

ガモーたちにせっついて、前よりはずっとマシな品物を調達させたのだが、その仏像も成金の意には染まず、ぼろ儲けの目論見《もくろみ》は、あえなく獲《と》らぬ狸の皮算用に終わった。

修二の目からすれば、決して悪い仏像ではなかった。静謐《せいひつ》さを感じさせる穏やかで品のいい顔だちをしていたし、小振りではあるものの、作りは丁寧だし出来もよかった。美術品としての価値もそこそこあったのではないかと思う。ガモーとジャナイは、もう無駄仕事はご免とばかりに、今度は修二も納得がいく仏像を的確に探しだしてきたということだ。ところが、当の成金は、見るなり首を横に振った。

「これぐらいの仏像なら、日本の骨董品屋でも手にはいる」

いい仏像だったのにな、修二はナモクに言った。「俺が買ってもいいと思うぐらいにいい仏像だったのに」

するとナモクはげんなりしきった顔で煙草をふかし、半分言葉を投げつけるみたいに修二に言った。

「あんたが気に入ったって一銭の儲けにもならないでしょうが。何か勘違いしているんじゃないの。あんたが気に入ろうが気に入るまいが、こっちは知ったこっちゃないんだよ。向こうさんが気に入らなければしようがないんだよ、向こうさんがさ」

ガモーに投げつけた台詞を、ここでナモクにそっくり返されようとは思っていなかった。それでも何とかその仏像も、仕入れた値段の三倍弱でJサービス時代の顧客に売りつけた。

むろんナモクはそんなことでは納得しない。シュウは勘が悪いのかもねと、さも面白くなさそうな顔で嫌味《いやみ》を言った。

言いたいことはわかっていた。こんな時チョルナムならば、相手のツボにはまるようなんぴしゃりの品を何としても用意させたものだと、彼女はそう言いたい訳だ。

「あーあ、何だかいやんなっちゃったなあ」ナモクは天井を仰ぎながらわざとらしい口調で言った。「おきれいな仕事がまとまらないっていうんじゃ、いったい何をしていただいたらいいのやら。こんなことじゃいつまで経ったって金なんかできやしないよ」

言ってから、ナモクはくるりと修二に顔を向けた。その顔は、厳しい色を瞳に湛えた、いつもの鋭いナモクの顔に戻っていた。視線と空気に険がある。

「おきれいな仕事が駄目だとすれば、残るはおきれいでない仕事。あんた、いったいどうする気なの？　門馬たち、うるさいぐらいに言ってきているでしょ？　確かにあの商売は金になるよ。この世の中、生まれ変わりたい奴はいっぱいいる。でもさ、あの仕事ははっきり言ってヤバイよ。門馬は、『いやあ、修ちゃんはやるよ』って、自信ありげに私に言ってたけど」

修二は渋い表情を浮かべた顔を小さく横に振った。

「は、なるほどね。おきれいな仕事もいやならおきれいでない仕事もいや。それで三、四日ご用事がおありで店にもでられない。ほんと、修ちゃんは優雅でいらっしゃること。羨ましいわ。いいよねえ、それで生きていかれればさあ。ね、修ちゃん」

何を言われてもまったく感じていないような顔をしてその場をやり過ごした。これ以上ナモクとの間が険悪にならないためにも、阿呆に徹して口を噤んでいるしかないと思った。だが、ひょっとするとそれはナモクが最も嫌う種類のやり方だったかもしれない。

津上や門馬が何をしつつあるか、それは修二にもだいたいわかってきていた。彼らは地元の偽造屋や整形医と手を組んで、人間を作り替える商売をはじめつつあった。最初は児童売春のための、市民証の偽造からはじまったことだったろう。それがフェイクのパスポートを作るようになり、フェイクの顔を作ることにつながっていった。後ろ暗い過去を持った人間が、ここバンコクには多く流れてきている。できれば過去を消してしまいたいと考えている人間も少なくない。そのためには、顔から何からすべてを変えて、新しい身分を証明するものを手に出直すのが、確かに一番の早道かもしれなかった。

タイには、性転換手術の技術にも長《た》けた医師がいる。整形の技術もかなりのレベルといっていい。日本人の観光客が、酔って相手を絶世の美人と見誤り、男と関係を持ってしまったという話だって、そう珍しいことではない。つまり、男が女に生まれ変わることさえ可能だということだ。門馬たちは、そこに目をつけたのだ。

「だけど俺に何をしろっていうんだよ？」

うるさく門馬と津上につきまとわれ、いい加減いやになって修二は言った。

「ナモクの顔の広さはお前、その実、並み大抵じゃないんだぜ。それを利用させてもらわないでどうするよ」門馬は言った。「修ちゃんよ、商売には客がいる。裏の商売だって、宣伝しなくちゃ儲からない。ところが俺らはもう目をつけられているからよ、そうそう表だっては動けない。俺や津上じゃ顔を見ただけで、信用できないと思う人間も多いだろうしな。人間、相手の気配には案外敏感だからな。だけど、修ちゃんなら大丈夫だよ。お前はきっと目をつけられない。相手に過度に警戒もされない。修ちゃんは表面真っ当そうに見えるからな。俺たちはよ、人と人をつなぐ人間がほしいんだよ。ナモクじゃ駄目だ。女はいざって時に相手になめられる。それにあの女は目立つからな。修ちゃんみたいに見たところ人畜無害そうで、影みたいに動ける人間がこの商売には案外必要なんだよ。怒るなよ。俺はこれでも褒めているんだからよ」

人にはそれぞれ役割があるということか、と心で呟く。

「俺なんか修ちゃんが羨ましいぜ」津上が言った。「修ちゃんはいわば仮面ライダーだものな。お前はまともそうな仮面をかぶって、その顔で生きていられる。俺たちから見ておかしいのはな、修ちゃん本人がその仮面に引きずられているってことだよ。修ちゃんは、自分がまともな人間だと思っているんだよな。プライドが高いっていうのかねえ。バリバリの理想主義者なんだよな、自分に関してさ。まあ、だからこそ、顔に中身がでないで済んでいるのかもしれないけどな。本当のお前の中身がさ」

人間、生まれた時から住む世界が決まっている、と津上は言う。その社会の機構の中で暮らせる人間かそうでないか、きれいに二つに分けられるのだと。

「修ちゃんは、自分は内側だ、内側だと思っているんだよな。でもな、お前、完璧外側だぜ。結構思い込み激しいんだよな、修ちゃんは。理想ばっかり見つめてよ、現実ちっとも見てないんだ。そのくせ結局現実に足をとられて、性《しょう》に従った暮らししているじゃねえか。修ちゃんが自分の現実を認めた時に、きっと修ちゃんの人生は変わるよ。顔は……あんまり変わらないかもしれないなあ。その使い分けができたら、お前、これは強いぜ」

「修ちゃん、こちら。手の鳴る方へ」混ぜっ返すように門馬が言い、ヒッヒッという例の笑い声を立てた。「外側の人間はみんな気づいている。修ちゃんの匂いにさ。俺たちだってナモクやチョルナムだってな。なのに修ちゃん一人がきょとんとしているんだよな。おかしなもんだぜ。だったらお前、どうしてタイでこんな暮らしをしている？　何かあるからだろ？　何かしでかした人間、叩けば埃のでる人間だからここにいる。誰にだって、そのぐらいのことは見当がつくぜ」

だんだんに逃げ場のないところに追い込まれつつある気がした。ナモクが言うように、比較的きれいで危なくない仕事で大きな利鞘を稼ぐよう努めていれば、ここでの暮らしは何とかまわっていくし、うまくすれば次の商売につながるような金も稼げるかもしれない。昌代にも、和宏にも、顔を合わせることのできる日がやってくるかもしれない。なのにそれすらできない。本気でやれない。そのことが、修二をより逃げ場のない方へ追い込んでいる。わかっていながら、三、四日という休みをナモクに申し出た。やっていることが矛盾している。しかし、修二にとってどうしても必要な時間だった。

再び綾をこのバンコクの風景と陽射しの中で目にできる日が、もうそこまでやってきていた。

2

律がバンコクに着いた晩、修二はホテルに電話を入れた。そして翌日の午前、彼女をホテルまで迎えにいった。律が泊まっているのは、チャオプラヤ川のほとりの、最高級クラスのホテルだった。バンコクで最高級といえば、まず挙げられるのがオリエンタルだが、あそこはこぢんまりとしているのが災いして、かえって落ち着かないような気がして仕方がない。きめ細かなサービスが行き届いているということは、相手の顔がよく見えるということだ。だからサーバント慣れしていない日本人には、逆に気詰まりに感じられる。たとえばほんの二、三分部屋を空けた隙に、すかさず灰皿が取り替えられてきれいになっていたりすれば、日本人はサービスに喜ぶより、始終監視されているような緊張感を覚えはじめる。どうしてオリエンタルが世界でも屈指の最高級ホテルとして位置しているのかよくわからないと口にするタイ人も少なくない。あそこは欧米の金持ち向けのバカンス型のホテルだ。特に街に観光に出かけるでなく、昼はホテルのプールで泳いで読書と……優雅にゆっくり過ごしたい人間向きであり、それができる人間向きだ。そういう日本人が、いったいどれだけいることだろうか。少なくとも修二は、残念ながらその仲間ではない。その点、律が選んだホテルは、同じ最高級でも大型だから、近代的でサービスにも押しつけがましさのようなものが感じられない。いい選択だと修二は思った。

約束の時刻がきた。ロビーで待ち受けていると、エレベータから降りてきた律が、柔らかな頰笑みを顔に浮かべて、修二の方へ歩み寄ってくるのが見えた。

咽喉がすぼまり、声もでないような状態に陥りかける。皮膚の毛穴が収縮するような感覚を覚えながら、思わず彼はソファから立ち上がった。

「お義兄さん、お久し振りです」律がすいと右手を修二に差しだした。「すっかり御無沙汰してしまいまして。お義兄さんと綾を成田で見送って以来ですから、もう五年以上になりますよね」

オフホワイトの織柄のはいった半袖のブラウス、紺のソフトパンツ……律はとびきり清潔な感じがした。以前より髪を少し短くしたせいか、いくらか大人びた印象を与える。大人びたも何も、考えてみれば律ももう三十六になる。五年の月日の間に、顔全体にほんわかと漂っていた薄雲のような甘さが消え、きりっとしたところのあるいい顔になっていた。それはまた、いっそう綾に似てきたということを意味してもいた。

「律ちゃん、本当によくきたね」

修二は差しだされた律の右手を握った。律の手の柔らかい感触、真っ直ぐに修二を見つめる瞳の澄み渡った色におのずとたじろぐ。何もかもが懐かしく、修二の心を揺さぶってやまない。綾、と心が吐息混じりに呟いていた。

修二はガイドまがいの仕事をしていた時に運転手としてよく使ったプンチャックという男を、車ともども三日間雇っておいた。車もいつものポンコツではなく、比較的新しいホンダを調達させ、ホテルまで迎えにくるよう頼んであった。プンチャックには、くれぐれも変ににやにやしたり不躾《ぶしつけ》に律をじろじろ眺めたりしないようにと、うるさいぐらいに言い聞かせておいた。それが少しは効いたのか、ロビーに二人を迎えに現れたプンチャックは、いつになく大真面目な面持ちを拵えていた。が、ふだんとはうって変わってぱりっとしたなりをした修二を見た時には、器用に修二に向けた側の顔の眉だけをつり上げて片目を剝き、驚きの感情を表していた。

「これから市内をぐるっと案内しようと思うんだけど」修二は言った。「律ちゃん、綾のいたバンコクの街が見たくなったって手紙に書いていたから、それがいいかと思って。それとも、何か特別な希望がある?」

律は穏やかに首を横に動かした。

「とにかく綾が目にしていたバンコクの街が見たいというだけなんです。私と綾は、子供の頃からずっと一緒に過ごしてきましたから、あの子の思い出と私の思い出は、ほとんど重なっているんです。でも、唯一私が知らない時間がある。それがバンコクでの九ヵ月という時間なので」

律を車に乗せて街にでる。車が市内を走りだすと、律は食い入るように窓の外の風景を眺めていた。まるで瞬間瞬間目に映る映像を、瞳の底に焼きつけようとしているかのような真剣な眼差しだった。

市内を車でぐるぐるめぐり、要所要所で車を降りて見物するような、観光ガイド時代と変わりない案内になってしまった。暑いだけに無理はしないで、一日目、二日目と分けて、市内を観光してまわった。ワット・トライミット、ワット・プラ・ケオ、ワット・アルン……いくつかの寺院と仏像も見せた。ワット・ポーを見物した後だったか、プンチャックが車をまわしてくるのを木蔭で待ちながら、律はハンカチで汗を押さえ、ぽつりと言った。

「本当。綾の言った通り」

「え？」

綾は律に言ったらしい。確かにタイは世界でも有数の仏教国だ。バンコクにもたくさんの寺院があるし、仏像がある。寺院は壮麗で、仏像は立派だ。しかし、どの仏像を見ても、少しも有り難くなかった、と。

「目は少し酔ったみたいな半眼だし、瞼の隙間から覗く目玉が人を喰ったみたいにぎょろりとしているのよね。鼻筋は妙に長いけど鼻そのものは潰れているし、口もとに浮かべた笑みも、にやけている感じがして何だかいや。同じブッダでも、寝ぼけたような締まりのない顔をしていて、少しも有り難い感じじゃなんかないんだから」

綾はそう話していたという。

「綾らしいな」思わず修二の頬に、苦笑に似た薄い微笑が滲む。「双児だけあって、律ちゃんの感想もまた同じだったという訳だ」

「やっぱり仏様の顔っていうのは、静けさの中に厳しさがあって、厳しさの中にやさしさがあって……それが凛とした慈悲深さを感じさせるいいお顔、という固定観念があるものだから。根っからの日本人なんですね、私」

律の言葉に虚《きょ》を突かれた思いがした。この間の仏像がなぜ納まらなかったのか、答えを逆に彼女に教えられたと思った。あの成金は、タイで成功した証に、いかにもタイを感じさせる仏像を持って帰ることが望みだったのだ。が、修二が求めた仏像は、あまりに日本人好みにすぎた。ガモーやジャナイを馬鹿たれとどやしつけたが、二人が最初に見つけてきた仏像ならば、きっと納まっていたに違いない。二人が口を揃えて言っていたように、あれはいい顔、いい姿をしたタイの仏像だったのだ。

「日本人だな、俺も」修二の唇から、ぼそりとした色のない呟きが漏れる。「本当に、いつまで経っても日本人だ」

「え？」

いや、何でもないと、修二は笑みを繕った。

律の滞在は五日間、と言っても、最初と最後の一日ずつは、ほとんど移動で潰れてしまうので実質三日ということになる。それはきわめて短い時間だった。だから修二は、夜も律を離さなかった。ライトアップされた川べりのレストランに宮廷料理を食べに連れていったり、翌日は同じタイ料理でもタイスキを食べさせたりショーパブに連れだしたり、昼も夜も彼女を引っ張りまわした。律に存分にバンコクを味わって帰ってもらいたい――、それは修二の口実のようなもので、本当言えば律を楽しませようとしていた訳でもなければ、律を見ていた訳でもなかった。修二が見ていたのは、バンコクのさまざまな風景の中にある綾だ。夕闇の中、川べりに立ち、川風に吹かれている律。頬笑みながら料理を口に運ぶ顔、真夏の光の下の白い腕や首筋、皮膚を透かして見える青い血管の網目、茶色味の強い瞳の色。修二はそうしたものすべてに、綾を見ていた。赴任した時の状況が状況だったから、綾と市内を観光したり食事に出かけたりしたのはわずかな回数でしかなかった。それを律相手にやり直す。律を代役に立てた綾に対する償いだ。彼にとって律と過ごしている時間は、償いのほろ苦さと再び綾を得た幸せとが交錯する、きわめて甘美な時間だった。

しかし、その持ち時間もあっという間に残り少なくなっていた。三日目の午後、主だったともたいがいし尽くして、修二はふと律に尋ねてみた。

「律ちゃん、何かし残したことはない？　いってみたいところ、見たいところ、本当に特にないの？」

律は少し逡巡《しゅんじゅん》した後、あのね、お義兄さんと、いくらか真面目な面持ちをして言った。

「私、できればお義兄さんと綾が暮らしていたマンションを見てみたいのだけど」

思いがけない律の言葉に、瞬時修二は絶句した。あのアパートを見せることは、修二にとっては屈辱だった。猥雑な通りに面した三流ホテルといった佇まいの薄汚れたコンクリートの建物。それを律の目にさらすことは、修二にとってのみならず、綾にとっても屈辱であり恥辱ではないか。

「あの建物はもうないんだ」修二は言った。「少し前にとり壊しになってしまってね」

「そう……そうだったんですか。それじゃ残念だけど仕方ありませんね」

最後の最後になって修二は、それが律がバンコクで一番見たかったものなのだと気がついた。律は綾が日常目にしていたものをこそ、自分の目で見たかったのに違いない。けれどもそのほとんどを、修二は無意識のうちに律の目から隠して、バンコクを案内してまわっていた。三日間、律に少しも一人の時間を与えることなく、ひたすら彼女を拘束し続けたのも、彼女に自分に都合のいいものだけを見せ、わが身の体裁を整えようとする意識が働いていたからに違いなかった。

（いつもそうだ）修二は心で呟いた。（俺のやっていることはいつもこんなだ）

「建物は、なくても構いません」律が言った。「その近辺へ私を連れていっていただけませんか？」

きれいごとで恰好をつけている――、心で自分を責めながらもなお修二は、律を自分たちが以前暮らしていたところへではなく、スクムビット通りに近い、高級住宅地の方へ案内した。

律を騙した。親切ごかしに彼女を欺き、彼女が一番見たいと思っているものを隠蔽し続けた。

律はあてどなくあたりをぶらぶら歩きながら、いくらか落ち着かなげに周囲をきょろきょろ見まわしていたが、やがて小さな溜息をついて言った。

「駄目ね。やっぱりわからない」

「律ちゃん、もしかして君、何かを探しているの？」

律は小さく頷いてから言った。「祠《ほこら》」

「祠――」

タイには町や村のそこここに祠がある。むろん首都バンコクも例外ではなく、辻の一画に、池のほとりに、木のかたわらに、石の前に、果ては売春宿の入口までに、と、いたるところに祠が建てられている。そこに祀られているのは神でも仏でもなくピーという精霊で、祠はホー・ピー、つまりはピーの家ということになる。

ピーは池の精霊だったり木の精霊だったり……ありとあらゆるものの精霊であり、魂であり、誰かがピーがいると感じれば、そこに祠が建てられる。良いピーもいれば悪いピーもいる。悪いピーを追い払うモー・ピーという巫女さんもいる。タイが世界有数の仏教国であり、国民の大多数が仏教徒であることは事実だが、それとは別次元でのピー信仰は今も根強い。だから人々は仏に供えるのと同じようにピーの祠に水を供え、ファング・マーライと呼ばれるジャスミンの花房を捧げ、線香をあげ、跪《ひざまず》いて掌を合わせる。日課として、或いは日常的にピーを拝むから、祠が荒れたり汚れたりしていることはまず絶対にない。片田舎の村にいけば、未だにピーだけを信仰しているところもあるほどだ。

本当のところタイの人々にとっても仏教は、よそからはいってきたものなのだ。それ以前にアニミズムとしてのピー信仰があり、ピーはごく身近なものであると同時に生活に密着していた。仏教が渡来して、彼らはそれを深く受け入れる一方で、ピー信仰もまた捨てることなく守り続けた。そこにもタイ人の持つ鷹揚さ、懐の深さ、そしていい加減さが感じとれる。それは日本人にも共通する、東洋人独特のいい加減さかもしれない。だが、懐深く受け入れて、捨て去ることがないという点では、彼らの方が上かもしれなかった。

「律ちゃん、ピーの祠が見たかったの？」意外に思って修二は言った。「ピーの祠なら、街のあちらこちらにあったと思うけど」

「ええ。祠なら、ホテルの庭にもいくつかあったぐらい。でも、私が見たかったのは、綾が手を合わせて祈りを捧げていたという祠だったの。住んでいたところの近くにきたら、きっとすぐわかると思ったのだけど、駄目ね。どれがその祠なんだか、やっぱり綾に訊かなければわからない」

「綾が、ホー・ピーに祈っていたの？」意外の感をますます強めて修二は言った。

「ええ。そこを通る時は必ずその祠の前に跪いて、ピーに祈りを捧げていたって。時には用事が何もなくても、お祈りするために出かけたこともあるみたい。家のすぐ近くって、綾は言っていたんですけど」

「綾が祈っていた……。綾はいったい何を祈っていたんだろう？」

律は心持ち言いづらそうな様子を見せていたが、やがて内側の迷いを断ち切るように修二に告げた。

「日本に帰りたいって。自分が壊れてしまう前に、一日も早く日本に帰れますようにって」

その言葉に、修二は胸を衝《つ》かれた思いがした。胸の中に、みるみる白い空気の塊ができてくる。

綾は始終、「……はいや」「……は嫌い」と、タイを腐し、嫌うようなことばかりを言っていた。「どうしてあなたは日本に帰ろうとしないのか？」と言ったことはある。だが、思えば彼に対してただの一度も「日本へ帰りたい」と訴えたことはなかった。綾は自分の思うままを口にしているようで、その実、自分が一番言いたいことは口にしていなかったのだということに、修二ははじめて気づいた。

誰もがそうなのかもしれなかった。人は自分の心に一番強くあること、わだかまっていることは、口にできないものなのかもしれない。それは修二自身にもあてはまる。なのに綾もまたそうかもしれないと想像したことすらなかった自分に、彼は落胆を覚えていた。

「そうか……」修二は呟いた。「そうだったのか」

昔暮らしていたチャルンクルン通り脇のアパート。綾の行動範囲を考えれば、それがどの祠か、彼にはすぐに見当がついた。しかしいまさら律を連れていけない。ここはまるで別方向の、環境も何もまるで異なる一画だ。修二は律が最後に何とか見ようとしたものまで、彼女の目から覆い隠そうとしていた。

「お義兄さん、どうもありがとう」顔にすっきりとした笑みを浮かべ直して、律は言った。「そろそろホテルに戻りましょうか。私、もう納得がいきましたから」

バンコクでの五年の月日から見たら、三日間など、瞬《まばた》きするほどの時間でしかなかった。律が帰国の途につく予定になっていた翌朝、修二はホテルを訪ね、一緒にタクシーに乗ってドン・ムアン空港まで彼女を送っていった。タクシーの中でも、律は言葉を忘れたかのように、外の景色を熱心に見つめていた。その真摯《しんし》な眼差しをした律の横顔を見るにつけても、修二の心の中には後ろめたさが募った。とはいえ、後ろめたさなど何の意味も持たない。心の内では何だかんだと理屈をつけながら、やっていることはいつもこうだ――、自然とおのれを呪う気持ちが生まれていた。永遠に近いぐらい長い時間、このまま律とタクシーに乗っていたい。そう思う反面、空港までの二時間弱の時間は彼にとって、重苦しく長いものでもあった。

「お義兄さん、本当にいろいろお世話になりました」

窓の外の景色の様子から、車がそろそろ空港に近づいたことを察したのだろう。急に改まった様子になって、律が言った。

「いや。礼を言うのはこちらの方だよ。三日間、お蔭で楽しい時間を過ごさせてもらった。また遊びにきたらいいんだ。そう遠くないところだから」

「ありがとうございます。でも私、もうバンコクへはこないで済むかも」

「どういうこと?」思わずその言葉の意味を問い返す。

「昨日も言いましたけど、お蔭さまで私、納得がいきましたから。これで私も明日から、前に進んでいける気がします」

修二は無言で律の顔を見た。

「双児って、おかしなものですね。綾が死んだ時、私、何だか片肺をもぎ取られたみたいになってしまって。お義兄さんは気がついていらしたかもしれませんけど、自分が生きていると実感できるような毎日を送るより、私はきらきら輝きながら生きている綾を見ていることの方が好きだったんです。綾が生きていてこそ、私も生きているというか」

綾が死に、律は魂を失ったようになった。そんな自分を支えていくために律が自分の心に対して課したことは、綾はまだ生きていると思い込むことだった。

「綾はべつのところで生きているんだって、無理にそう思い込もうとしていました。そのべつのところというのが、私にとってはバンコクだったんです。クルンテープ・マハナコーン、天使の都という意味だそうですね。綾の魂が遊ぶには、ぴったりのところのような気がして」

律とバンコクをめぐりながら、修二はバンコクの風景の中に、律という綾を見ていた。同じように、律もバンコク街のそこここに、綾の姿、魂、気配を見ていたし、見ようとしていたということだ。バンコクへの旅行は律にとって、綾を探す旅だったと言っていい。

「で、綾はいた？」恐る恐る修二は尋ねた。

「いいえ」案に反して、律はあっさりと首を横に振った。「だって綾は、もともとべつのところになんかいっていなかったんですもの」

そうだろうと、思わず修二も頷いていた。綾の魂がわざわざ日本を離れ、修二のもと、このバンコクへなどやってきているはずがない。

「お義兄さん、綾は私の中にいたんです」律は澄んだ目をして修二に言った。「私、今回ここにきて、何度か綾の声を聞きました。でも、声は外側からではなく内側から聞こえてきたんです。馬鹿ですね。綾は私の中に生きていたんです。なのにそれにずっと気づかずにいたなんて。綾は私、私は綾……やっと一緒になれたのかもしれません。ひとつのからだに二つの魂はちょっと窮屈かもしれませんけど、私はこれからずっと綾と二人で生きていきます」

そう言って律は、ほのかな笑みを浮かべて修二を見た。育ちのよさそうなくすぐったげな笑顔ではあった。が、瞳には強い光り輝きが窺われ、律は確かに綾を彷彿《ほうふつ》させる目の色をしていた。律の中に綾がいる。はっとなり、見とれるように律を見つめる。それから修二は改めて言った。

「よかったね、綾を見つけられて」

しかしその声は、ひとりでにどこか寂しげな色を含んだものになっていた。律の言っていることは、実のところ実体もなければ正体もない話だ。わかっていても、綾をしっかりと自分の内に抱え込み、瞳を輝かせ、満たされた笑みを浮かべている律が、堪らないほど妬ましかった。

「お義兄さん、ごめんなさい」不意に律が頭を下げた。「お義兄さんと綾はとうに他人。その綾も既にこの地上にいないのだから、なおのことお義兄さんと私は赤の他人。なのにすっかりお世話をおかけした上に、ずっと馴れ馴れしく『お義兄さん、お義兄さん』とお呼びして」

「そんなこと」意識しないままに、ぎょっと目が見開いていた。「そう呼んでもらって、僕だって嬉しかった」

ううん、と律は小さくかぶりを振った。「そんなの甘えすぎ。これからはもうそうお呼びしないようにしないと。いえ、それ以前に、もうご連絡、差し上げないようにしないといけないのだと気がつきました」

「律ちゃん……」

頭から、いきなり血の気が退いたような気分だった。どうして急にそんなことを言うのかと律を責めそうになるのを、彼はかろうじて堪《こら》えた。胸苦しい思いで彼女が次の言葉を口にするのを待つ。

「綾の過去を私がひきずっていてはいけないと思うんです」律は真面目な口調で言った。「綾はもともと後ろを振り返るのが嫌いな子でしたから。だからこれからは私も綾と一緒に、前だけ見ていかないと。お義兄さん、――いえ、村瀬さんにも、もうこれ以上、後ろを振り向かせる訳にはいきません」

律の心をうまいこと翻《ひるがえ》らせる言葉を探そうとした。が、探しあぐねているうちに、車は空港に着いてしまった。

搭乗の手続きのため、律のパスポートを預かった。中を開いてはっとした。入国のスタンプの日付が、一日早い二十五日になっていた。律は修二に告げたよりも、一日早くバンコクにはいっていた。

職員が手続きをしている間、修二は半分茫然となりながら、それが何を意味するかを考えていた。

律は当然綾が暮らしていたアパートの住所も名前も知っている。タイ語が喋れなくてもメモを見せれば、タクシーの運転手はそこに連れていってくれる。最初の日、律はかつての綾の住まいを自分の足で見にいったのだ。あの情けないコンクリートの塊のような建物を、既に目にしていたのだ。なのに敢えて修二にそこへ連れていってほしいと頼んだのは、彼を試すためにほかならなかった。

律に見透かされていた。そのことを、悟らざるを得なかった。

律は、綾が何を嫌って単身日本に戻ってきたか、薄々察していたに違いない。いい加減な嘘やごまかしで体裁ばかりとり繕って、のらりくらりと綾の心を痛めつけた修二。その彼の本当の姿を、自分の目で確かめようとしたのだ。おのれの本性を隠すつもりで、修二は自分の恥部を律にさらしていたことに赤面した。

律はひと言も彼を責めたりはしなかった。代わりに彼をお義兄さんではなく村瀬さんと呼び、もう連絡はしないと、一種の絶縁状を突きつけた。綾とは違って面と向かっては言わなかったが、修二は律の口からも、同じ台詞を耳にした思いがした。

バンコクの犬。

出国のブースの手前で、律は最初にホテルのロビーで会った時と同じように、白い右手をすいと修二に差しだした。顔にもあの時と同じ種類の笑みが浮かべられている。だがその笑みは、ホテルで見た時よりも、きりっと引き締まって鋭い空気を感じさせた。

「さようなら」

律が唇をそう動かし、ブースの中に消えていく。消えてしまってから、彼は我に返った思いがした。差しだされた律の右手を握った、と思う。だが、瞬間、魂が抜けでてしまっていたらしく、記憶がさだかでない。律の手を握ったはずの右手に、彼女の手の温もりも感触も、何も残っていなかった。生涯記憶にとどめておくべき感触を、彼は永遠に喪失してしまっていた。

綾を内に抱え込んだ律がそばにいてくれたなら、修二はまだこの先の人生に、希望の光を見出すことができたかもしれなかった。去らせてはならない者を去らせてしまったことに、愕然《がくぜん》となる。律の手をもう一度摑み直したい衝動を覚えた。しかし摑むことができたとしても、彼女は修二の手を振り払うだろう。その時こそ、綾と同じ彼を蔑む瞳をして、きっと言うに違いない。

バンコクの犬。

しばらく修二は、律が去ってしまった空港のロビーに立ち尽くしていた。人が絶え間なく行き来しているロビーに惚けのように突っ立って、彼は心で思っていた。

(とうとう綾は、本当にいってしまった……)

もともとバンコクにいなかった綾と綾の魂を、律が連れて帰れるはずもない。だが修二は、律が綾を修二の手から奪い取って、今度こそ本当に日本に連れ帰ってしまったような心地がした。そのために、彼女はバンコクにやってきたのだと思い知った。

ロビーが白い砂漠と化していた。茫漠たる砂漠は修二を浸蝕するように、心の中にまでひろがっていった。

3

修二の頭の中で、既に緩んでいた螺子《ねじ》がまた二つ三つ飛んだ。飛んでどこかになくなってしまった。お蔭で頭の中はぐずぐずで、これまでに輪をかけて修二は腑抜けになった。昼夜一度ずついかねばならないナモクのところに顔をだすのが日に一度になり、二日に一遍になり……三、四日に一度いくかいかないかになるのに、そう時間はかからなかった。ナモクの苛立ちも頂点に達しかけている。最近では、顔を合わせれば最後はたいがい諍《いさか》いになった。

「いっそのこと、津上や門馬と仕事をしてみたらいいのよ」

ついこの間も、ナモクはなかば怒鳴りつけるような調子で修二に嫌味を言った。

「ちょっと前まであいつらがしていたこと、知ってるでしょ？　女の子のいる親におかしな博打だの何だのを仕掛けて、その借金のカタに子供をとり上げてた。十にもならない子供をよ。その子を大人たちのいいオモチャにするような商売。相手を人間だなんて考えてもいない。チョルナムだって言っていたわよ。あいつらが噛んでいる売春宿へいってみたら、自分がしている商売が、それに比べりゃどんなにきれいで楽かわかるって」

修二は黙ったまま、かりかりとした調子で言葉を吐き続けるナモクから目を逸らした。

「今度はじめた商売だって、ひどいものよ。人間の顔から何から作り替えてしまって、ごっついウイルスみたいな連中を、世界や世間にばらまくような商売だもの。違法もいいところ。だけど、そういう法律だとか規範だとかいうものを、あいつら全然超えちゃっている」

津上や門馬は、人の過去を消して再生させるだけでなく、単に自分の見栄《みば》えや喜びのために若返りたいという思いを抱いた人間の欲望を満たすために、お胎《なか》にある程度育った赤ん坊のいる女に敢えて死産をさせて、その赤ん坊から、若返りに最も効果があるというエキスを取りだしていると耳にしたこともある。人間の欲望にもキリがないが、それを金に替えようという彼らの欲望にもキリがない。ナモクが言うように、彼らはまた、平気でそれができる人間でもあった。人間として何か肝心な部分が、彼らは完全に壊れている。

煙草に火を点けた気配があり、ナモクのかすかな吐息の音が聞こえてきた。そして、修二の無言の思いを察するように彼女は言った。

「津上や門馬たちには、人間としてのモラルだの何だのっていうのは、もはやまったくないのよ。あいつら、最低。でもさ、それはそれで凄いかな、と思う時もある。だってあいつら、自分自身も捨てているから。突きつめていった時、自分を守る気持ちもまるでないのよ。金、金と追いかけているくせして、自分も命もどうだっていいと思ってる。人間、あれだけ開き直れると強いわよ。プライドも怖いものも何もない。シュウは逆ね。泥水はいや、汚いものには触れたくない——、変なプライドばっかり高い。それでいて、まともに何もできやしない。津上や門馬みたいになれとは言わないわよ。だけど、あんたいっぺん泥水飲んだ方がいい。ドブに浸《つ》かりな。そうしてその訳のわからないプライド、一回捨てなかったら、あんた何者にもなれないよ。ちょっとシュウ、人の話、聞いているのっ？」

神経の糸にいきなり火がついたのか、ナモクは手近にあった日本の週刊誌を修二めがけて投げつけてきた。腕にバシッと音を立てて当たり、週刊誌がずるりと床に滑り落ちる。

「まったくイライラするなあ」言葉を叩きつけるようにナモクは言った。「あんたこそ、門馬たちに人間、作り替えてもらったらいいんだ」

修二はちらりとナモクを見た。

「シュウ、あんた、今の自分が嫌いなんだろ？　しょっちゅうしょっちゅう、本当の自分はこんなじゃない、こんな人生送るはずじゃなかったと思って、死にたい、死にたいなんて思ってるんでしょ？　だったら門馬たちに顔から経歴から何から何まで作り替えてもらってさ、自分のいいように生き直したらどうさ。面白いよ。人間、顔かたちが変わって新しい経歴を手に入れると、性格や生き方まで、案外それにはまった人間になっちゃうんだから。人間なんていい加減なものなんだ。あんた、うんざりするほど自分が嫌いなくせして、煩《うるさ》いぐらいに自分に固執しているんだよね。本当につまらない自分にさ。顔から何から作り直せ！それでその甘ったれた根性叩き直せ！でないとあんた、そばにいるこっちの神経の方がイライラしておかしくなる。わかる？迷惑なんだよ！」

返す言葉がなかった。やろうとすれば、ある程度のことは何でもできる。それだけのものに恵まれながら、なぜかきちんとなし得たことは何もない。能力はあって真っ当そうに見えるだけに、一番性質《たち》の悪い出来損ないかもしれなかった。

近頃修二は繰り返し同じ夢を見るようになっていた。ある街の夢、そこは夢の中で修二が暮らす街だ。神楽坂《かぐらざか》に似た坂があって商店街があって、材木屋があって馴染みの弁当屋がある。が、日本のようでいて日本でなく、タイとも違う。天気はいつも秋の長雨のような曇り空。空気は多少湿気ているが蒸し暑くはない。修二は広い通りをずっといった角をはいったところにある木造のコテージみたいな家で家族六、七人で暮らしている。いつもいく大きなレストランには友だちもいる。

ただ、家族にも友だちにも顔がなかった。いや、あるにはあるのだが、胸の上あたりから靄《もや》がかかったようになっていて判然としない。それゆえ修二は、自分の家族の顔も知らなければ、親しい友人の顔も知らない。それがふつうのことだと思っている。

繰り返しその街の夢を見るようになり、また、夢をさだかに覚えているようになって、彼は夢の中に自分が住む街が存在したことに、安らぎに似たものを覚えた。そこはとびきり楽しい街ではない。が、ぼんやりと暮らしていける街であり、寛げる空気がある。

目が覚めると、ひとっ飛びに現実の街に戻ってきてしまったことに落胆する。ここよりあそこの方が何倍もいいと思う。それから彼は考える。仮に一日十二時間目覚め、十二時間眠っていたら、ここと あそこは半分半分、もしもあちらが現実の街だとしても、少しもおかしなことはない。今いるこの街こそが夢かもしれない——。

夢と現実の顚倒《てんとう》を考えるようになったらお終いだった。顔の見えない家族や友人の住む街に焦がれ、そこに安らぎを見出している自分に気づき、時に思いを払うように頭を横に振る。

(いよいよ俺は壊れかけているな……)

ナモクの言う通りだった。現実の自分がそんなに思い通りにならず、自分で抹殺してしまいたいぐらいに嫌いならば、津上や門馬に作り替えてもらったらいい。その上で新しく生き直したらいい。自分が変われば、この現実の中に、夢の街は見つかるかもしれなかった。にもかかわらず、なおも修二は自分に固執していた。自分はそんな人間ではない。意味ある人間、価値ある人間だと、心のどこかで思っている。

お前には人殺しの匂いがするんだよ。

修二はふと、チョルナムの言葉を思い出していた。

第八章

1

チョルナムがバンコクへ舞い戻ってきた。

噂を耳にした時は、さすがに修二もいっぺんに目が覚めて、現実のただなかに立ち返った。話を聞くか聞かないかのうちに、ナモクのマンションへ駆けだしていた。揺れる陽炎《かげろう》、肌にまつわりつく体温よりも高い厚ぼったい空気、じりじりと焼けていく肌と髪……頭の中で、これが現実の街だと思っていた。

マンションにいって呼鈴を押す。いつもと変わらぬ醒《さ》めた顔をしたナモクがドアをあける。血相を変えていたに違いない修二の顔を見ても、彼女は眉ひとつ動かさなかった。ただ「中へ」と言うように顎を軽く動かして、修二を黙って部屋に通した。

チョルナムは、本当にそこにいた。ナモクの家、いや、元の自分の家にいつの間にやら舞い戻っていた。

修二の顔を見ると、チョルナムは反射的に跳ね飛ぶみたいにして後方に距離をとってから、すぐさま石の床にへばりつき、そこに額をすりつけた。

「済まない。シュウ、この通りだ」

少なくとも一、二年は絶対にこのバンコクで目にするはずのなかった男の顔を目の前にしているということが、修二には何か不思議に思われていた。現実に、チョルナムが自分の前にいるということがまだ信じられない。これこそ夢かと疑ってみる。

「どういうことだ？　何だってここにいる？　権利書はどうした？　金は……いったいお前、どうしてバンコクに帰ってきているんだ？」

「馬鹿なんだよ、この人」チョルナムではなく、ナモクが先に口を開いて喋りはじめた。「手金だけ受け取ってホイホイ浮かれているうちに、赤塚の奴にやられちゃったんだってさ」

「やられちゃったって……」

「抜かれたんだよ」ナモクはちょっと肩を竦めて言った。「この人が手にしたのは手金だけ。肝心の大物の金の方は赤塚が持ってドロン」

「ドロン――」

「そ。ドロン」ナモクは両手の指を組み合わせて、忍法の定印《じょういん》のようなものを結んでみせた。「呆れるよね。間抜けもここまでくれば念が入ってる」

「冗談だろ」修二は言った。

「済まねえ、シュウ」這いつくばったまま、チョルナムが言った。「俺は何もよ、金を独り占めするつもりなんかなかったんだよ。お前に代わって金を作って、そいつを持って帰るつもりでいたんだよ。それを赤塚の野郎が」

「金を独り占めするつもりはなかった？　笑わせるな」

「そうだよ、チョルナム。いまさらそんな言い訳はみっともないよ。女と駆け落ちする手はずまで整えておいて、金を持って帰るつもりだったはないだろう」

「何だよ、お前まで」チョルナムはちらっと顔を上げて、上目遣いにナモクを見た。

金を持ち逃げされてしまっては、当然優雅に遊び暮らすこともままならない。かといってすぐにバンコクにも帰りがたい。それでチョルナムはこの三ヵ月、チェンライのノーイの家に厄介になっていたらしい。

「手金を元手にひと儲けして、金を膨らませてから帰ろうと思っていたんだよ」

「この馬鹿、それも博打ですっちまったんだとさ」

話のあまりの馬鹿馬鹿しさに、胃の腑のおさまりが悪くなってくるようだった。

「だってな、一気に金を化けさせるにはそれしかないだろうが。一時はいいとこまでいったんだぜ。そりゃあはいるはずの金からしたら、たいした額じゃなかったかもしれないけどよ」

「だったらおとなしくそれを持って帰ってきたらよかったじゃないのさ」

「そういう訳にはお前……。できればもっとでかくしたいと思うのが人情ってもんだろうよ」

「儲けたら儲けたでノーイと遊んでいるからそういうことになるんだよ」

聞いているうち、馬鹿馬鹿しさが腹立たしさにすり変わっていく。この男は、少しも反省していない。

「よくもおめおめ戻ってこれたものだよな。この野郎、どの面下げて――」

こみ上げてきた憤りを抑えきれず、修二はチョルナムの襟口を掴み、無理矢理彼を立ち上がらせていた。

「だからさっきから済まねえって……」

「済まねえって言って済むことか。第一、本当のところお前は、済まないとも思っちゃいない。お前は恥知らずの屑だ。お前みたいな奴は……お前みたいな奴はぶっ殺してやる」

襟口を摑んだまま、怒りに任せて首を締め上げる。修二の腕にも手にも、自然と力が籠もっていった。目の前のチョルナムの顔が、みるみる赤く膨れ上がっていく。だが、瞼の間からは、どこか危機感の感じられない二つのまなこが、修二の顔色を窺っていた。まさか本当には殺しはしないだろうと、なめたような目の色だった。その色を目にした途端、かっと熱い血が脳天目指して駆けのぼっていくのを感じた。目の中で、血が燃え上がって赤く映る。

「殺してやる」

本気だった。というよりも、たぎる感情に呑まれていた。チョルナムの首に腕をかけ、からだを薙ぎ倒すようにして床に引っ繰り返してから締め上げる。全身に、常ならざる力が漲《みなぎ》っていくのを感じていた。

　思いがけない力の強さに、チョルナムが慌てたように手脚をばたつかせ、修二の下でもがきはじめた。それをも封じ込めるように、彼はなおも渾身《こんしん》の力をこめて、チョルナムの首を締め上げた。ぐぐっと、チョルナムの咽喉が鳴る。

「殺してやる」

「そうだ、そうだ。殺しちまえー」背後から、いきなりナモクの声が降ってきた。「そんな奴なんか、殺しちまえー。いいぞ、いいぞー。やれやれえ」

　いつものナモクの声ではなかった。素っ頓狂で一本調子のはずれた、音痴の掛け声みたいな声だった。

「殺せ、殺せ。殺しちまえー」

　ナモクのあまりに間の抜けた掛け声に、一直線に走っていた修二の感情が捩れた。電車がレールからはずれるように、からだから不意に怒りが抜けていき、腕に漲っていた力もしぼんでいく。チョルナムは、その隙を突くように修二の手から逃れて、少し離れた床の上に転がり込んだ。ぜいぜいと咽喉を鳴らして喘いだ後、彼は少しの間咳《せ》き込んでいた。

「なんだ、やめちゃったの?」とぼけたようにナモクが言った。「つまんない。せっかく馬鹿男一人、あの世に送りだせて清々すると思ったのに。シュウの本性もようやく見えかかったのに残念だわ」

本性という言葉に思わず修二はナモクを見た。彼女は高みの見物とばかりに腕組みをして、声や言葉同様に、顔にもとぼけた表情を浮かべていた。だが、顔色は白く、目には、少しの緩みも窺えなかった。

実際喰えない女だった。止めにはいればなお燃え盛るのが喧嘩というものだと心得ている。だから彼女は焚《た》きつける振りをして、頭から水をぶっかけた。あの素っ頓狂な掛け声は言うまでもなく、かっちりとした彼女なりの計算に基づいてだされた声だった。

修二は息をつき、やや項垂れるようにして首を横に振った。

「あんた、やっぱり本当に人を殺せる人間なんだ。私、ちょっと見直したよ」

ナモクの言葉に、頭にのぼったまま、まだいくらか残っていた血がまた下がる。人殺し——。

「シュウ、勘弁してくれ」呟き込んだ後の、かすれた声でチョルナムが言った。「この借りは、きっと少しずつ返していくからよ」

修二は黙ってチョルナムを見た。

「そうだ、シュウ、一緒に仕事をしようぜ。こうなったら俺も肚《はら》を括って何でもやる。少しはでっかい仕事をしないとな。シュウ、そうしよう。金はまた作ればいい」

うんざりとした気持ちになって、再び首を横に振る。こいつらの言うことはいつも同じだ、と心で思う。たとえどんな大きな穴をあけても、たとえどんなに大きな金の必要に迫られても、作ればいいさと言ってのける。あてなどあろうがなかろうが関係ない。疲れを知らないその精神が、修二は心底羨ましかった。

「そうね」

見るとナモクはソファに腰をおろし、今度は腕ばかりでなく、脚までゆったりと組んでいた。

「こんな男、今殺したって、一銭の得にもならないもんね。殺すんなら、せめて保険金でもたっぷりかけてからにしないと損だわね」

「殺すの殺さないの、そういう物騒なことは、もう言いっこなしにしようぜ。安心して飯も喰えなくなっちまう。な、シュウ、金になる仕事をしよう。これから一緒にいい思いをしようじゃねえか」

そう言って修二を見上げたチョルナムの目は、黒く輝きながら瞳の奥で、素早く人の顔色を窺ういつものチョルナムの目に戻っていた。抜け目ない商売人の目。

ナモクもチョルナムが戻ってきたことに、内心ではほっとしている。それは疑う余地のないところだった。修二にたいがい愛想が尽きかけていたところに、長年の仕事のパートナーであり、実質上の亭主が戻ってきたのだ。喜んでいない訳がない。

あれだけのことをして帰ってきたばかりだというのに、早くもチョルナムは元の鞘《さや》に納まろうとしていた。いや、既に納まってしまったも同然だった。うんざりするほど図々しくて、図太いことこの上ない。またナモクは、チョルナム以上に図太くてしたたかだ。修二には、そんな彼らが眩しかった。

踵《きびす》を返し、ドアへと向かった。権利書も金も溶けてしまった。ないものはない。これ以上茶番につき合っていても無駄だった。その修二の背中に、チョルナムの声が覆いかぶさってきた。

「いい仕事しようぜ。旨味のたっぷりあるおいしい仕事をよ」

部屋をでてドアを閉めようとすると、早くも錠を下ろしにきたナモクが、修二の前に立っていた。瞬時、目と目が絡み合う。

意気地なし。意気地がないからこういうことになるのよ——。

ナモクは、何も言わなかった。けれども目が、チョルナムが戻ってくる前に自分の居場所を作ってしまえなかった修二の弱さを、見下すように詰《なじ》っていた。

ひと言も言葉を発さぬまま、ナモクはグリルとドアを静かに閉めた。ガチャリと錠を下ろす重たい金属音だけが、しばらく修二の耳の底に響いていた。

2

窓から射し込む街の灯が、かたわらで眠るテイの顔を、薄い闇の中にぼんやりと浮かび上がらせていた。近頃は、二人でいてもどこか気持ちがしっくりこない。それは修二が感じているだけではなく、テイも感じているはずだった。なのにどうして関係を続けているのか。惰性に近い馴れ合いと言うのが、最も当たっているのかもしれなかった。寝ることが当たり前になっている男と女。その時間と相手を失えば何か虚しい。きれいに別れて新しいパートナーを探すのも面倒臭い。肉と肉との交わりにおいて、互いに心安らげていた時期もかつてはあった。やはり相手は自分にとって意味ある人間かもしれない、と考えてもみる。

本当のところ、一度失われてしまった安らぎが戻ってくることなどないとわかっているし、相手が自分が望んでいたものとはもはや違ってしまったこともわかっている。単に心で都合のいい理屈や理由を並べているだけだった。自分をごまかしてでも、今手にしているものをもう少し握っていようという浅ましさ。

修二自身はともかくとして、テイが今もって部屋に通ってくるのが彼にはわからない。修二がどういう人間か、テイにはとっくに見きわめがついているはずだった。情けをかけるだけの価値はない。テイは、相手が駄目犬とわかっても捨てられない飼い主の心境なのかもしれなかった。一度飼ってしまった犬だから、しようがなしに時々様子を見にきては、からだという餌を与えて帰る。修二の方も、それが一番好きな餌ではないのだが、腹を空かせているから臆面もなしに貪《むさぼ》り喰う。

眠りからはぐれて、修二は薄闇の中でひとつ吐息をついた。何もやる気がしないまま、だらだらと日を過ごしている自分に、嫌悪を覚える。このままでは、手持ちの金が尽きるのも時間の問題だった。以来チョルナムはうるさいぐらいに修二のところへやってきて、一緒に仕事をしようと繰り返している。こすっからくて抜け目がなく、おまけに信用ならないとわかっているのに、心底憎みきれないのがあの男だと思う。チョルナムには、自力で生きている人間が醸《かも》しだすエネルギーの輝きがある。それが、人を惹きつけ人を巻き込み、ある時にはたらし込む。修二にはない匂いだった。堪らない奴と思いつつ、いずれそのエネルギーに巻き込まれるように、自分がチョルナムと仕事をするであろうことも、彼には見えている気がした。ほかに金を作るあてもない。問題は、いよいよチョルナムが津上たちと組んだ仕事に手をだそうとしていることだった。

「でかい金を摑むにはよ、そろそろ危ねえ橋も渡らなきゃ……俺はそう思いはじめているんだよ」チョルナムは言った。「俺たちはべつに闇で仕事をしている医者や偽造屋と、直接渡り合う訳じゃねえ。わざわざ深みにはいることはねえし、津上や門馬だってそこまではさせねえよ。いわばそこが奴らの命綱みたいなところだからよ。俺たちがやるのは、あくまでもつなぎだよ。メッセンジャーボーイみたいなもんだ。それで馬鹿みたいな金がはいるんだぜ。こんなぼろいことはないと思うけどな」

チョルナムは、修二のことを心配しているのだ、とも言った。

「あいつら、シュウにご執心だけどよ、反面、カチンときているところもあるんだぜ。津上にしろ門馬にしろ、頭の線が二本か三本切れている。お前だってあいつらを見てたらわかるだろ？　あれは平気でガキの首を締めることができる連中だ。ふつうじゃねえ。奴らがお前に本当に腹を立てたら、何をしてくるか知れたものじゃないぜ。使いものにならないからだにされた挙げ句、バンコクにもいられないようになったら、シュウ、どうやって生きていく？　そうなりゃお前、もうどこかで惨めに野垂れ死ぬしかねえぞ」

いやな奴らにとり憑かれたものだと思う。撥ねつければコン・マイ・ポー……出口なしだ。正直、修二はだんだんに、追い詰められた気持ちになっていた。しかしテイは、それさえ意に介するでなく修二に言う。

「ケンケンなんかと組んだらお終いだって。馬鹿げているよ。いざとなったらバンコクをでればいいだけの話じゃないさ。日本に帰る訳にいかないというんだったら、マニラだって香《ホン》港《コン》だってどこだっていい。暮らせるところは街の数だけあるよ。もっと気楽に考えたらいいんだよ」

お前ならばそうだろう、修二は心の中で呟く。お前ならば世界中どこだって、何とか暮らしていくだろう。しかし俺は——。

修二は、もうどこの街にもいきたくはなかった。どこへいこうが、からだがある限りは食わねばならない。女だってほしくなる。それをするには金がいる。いやなことでも何でもやって、からだとからだが抱く欲望を、満たしてやる金を作るしかなくなる。結局、からだが修二を現実に縛りつける。からだを失くしてまつわりついている現実をふりほどけば、永遠にあの街で遊んでいられるのだろうか——。

そうだった。いきたい街がたったひとつだけあった。東京でもバンコクでもどこでもない、壊れかけた修二の頭の磁石が指した夢の街。

修二はかたわらのテイにちらりと目を移した。なかば感嘆する思いで彼女を見る。まるっきりの子供の寝顔だった。この顔を見ている分には、テイがもうじき二十八になろうとしているということが信じられない。よく食べ、よく遊び、よく笑い、よく寝る。暮らしぶり自体が子供同然だから、いつまでもこんな顔をしていられるのだろうか。丸い弾力のある頬っぺた、ちょっと上向き加減の小さめの鼻、ぽってりとしたやや厚めの唇……。あどけない顔をして、ひとり眠りを貪っていられる彼女の悩みのなさが羨ましかった。本当のところ、果してそれがどんなものであったかはわからないが、悩みを捨て去れたということが羨ましい。この地に根づけたことが妬ましい。一生子供でい続けようとする、その図々しさが腹立たしい。

テイの寝顔を眺めているうち、胸が不穏に高鳴ってくるのを覚えた。意識しないまま、ごくりと唾を飲む。唐突な決意とは言いがたかった。いつだったか衝動的に彼女の首を締め上げた時から、彼の中で温められてきた決意と言ってよかった。この女を殺して自分も死のう——。

人はからだの細胞がすっかり入れ換わるのに、七年の月日を要すると言う。なのにたかだか四年かそこらで細胞全部をタイ人のそれにとり替えてしまい、魂までをも入れ換えてしまった女。そうやって身に備えた底抜けの明るさで、修二のみならず綾のことまで笑い飛ばした女。

(今度こそ、この女とあちら岸へいこう……)

修二は息を殺し、静かにテイの首に向かって手を伸ばした。

今のテイは、あまりに明るく輝いているがゆえに、修二の中の湿った陰地《かげち》のどうしようもない暗さを際立たせ、逆に彼を憂鬱にする。とはいえ、殺さずにいられないほどの憎悪はもちろん持っていなかった。ただ、修二自身が、生と死を分かつハードルを越えたいと願っている。現実は面倒臭い。何もかも、まったく思うようにはならない。だが、そのハードルは修二にとって、一人で越えるにはあまりに高く、飛び越えるためには、どうしても踏み台が必要だった。テイを殺して自分だけ生き残るほど、人でなしではないつもりだった。そもそもそこまでやってしまえば、死ぬよりほか、逃げ場はなくなることだろう。

もう少しで首に手がかかるというところにきて、指が小刻みに震えだした。震えを止めようと意識すると、伸ばした手が、いっそうガクガクと大きく波打つ。クーラーのモーター音だけが響いている。部屋は暑くない。だが、顔や首筋、それに掌にも、いつしか細かな汗が噴きだしていた。またごくりと唾を飲む。一度手を引き戻すと額の汗を手の甲で拭い、パンツにこすりつけるようにして湿りけを拭きとった。

音を立てぬようにいったんベッドから降り立つと、忍び足で洗面所へいき、ナイロンの洗《せん》濯紐《たくひも》を持って戻った。テイの眠りを妨げないように注意しながら、紐を彼女の首にかける。

（この女を殺せば死ねる）

修二は自分に囁きかけた。

（ようやく死ぬことができるんだ）

回した紐を交差させ、締め上げようとした瞬間だった。テイがいきなり瞼を開いて彼を見た。ぱちっと音がするような勢いの目の開け方だった。突然のことに心臓がぎくりと縮んで、全身を電気が駆け抜ける。言葉もでなかった。少しの間、薄闇の中で見つめ合う。心臓が、あわや口から飛びだすかというぐらいに駆けていた。

「それがシュウの本性なんだ」醒めた声でテイが言った。「死にたい、死にたいと思いながら死ねないものだから、誰かに代わりを務めさせる。シュウのやってきたことはいつもそれ。あんたはそういう人間なんだよ」

「俺は——」

テイはすいとベッドの上に身を起こし、覚醒した顔つきをして彼を見た。本当には寝ていなかった。いや、どの時点からか目覚めていた。彼女の顔や目が、明らかにそれを告げていた。

「私を殺して自分も死ぬつもりだったって言いたいの？　そんなの嘘だね。あんたは私を殺しても死なない。シュウはね、本当は自分がかわいいんだ。ただ頭で死にたいと思っているだけ。頭でっかちの子供みたいにさ、ずっと死というものに焦がれている出来損ないなんだ」

「お前にどうして俺のことがわかる」

「わかるよ。あんたは中学生の時からそうだった。私は知っている。自分が死ねないものだから、代わりに人を自殺させた。かわいそうに、あの子、志水圭太君って言ったっけ？」

修二は、思わず目を見開いていた。

「代償行為ってやつだね。あんたは他人に死を具現させることで、一応の納得を得る人間なんだよ。まるで自分が死にでもしたみたいにさ。ほかにもシュウはやっている。死にたくなると、あんたは懲《こ》りずにまたやるんだよ。高校の時のこと、思い出してみなよ。シュウは同級生の女の子と心中しようとしたはずだよ。今、私と一緒に死のうとしたみたいにね。須内《すうち》美奈《みな》、忘れてなんかいないよね。あんたが一人ぼっちであの世にいかせた女の子だよ」

意識的にも無意識的にも、忘れ去ろうとしていた名前だった。それを不意に突きつけられて、いっぺんに冷たい汗が腋の下を流れだした。須内美奈の白い肌と憂いを含んだ黒い瞳が、頭の中に甦る。くらりと、軽い眩暈《めまい》がした。

「テイ、お前はいったい……」

「馬鹿野郎！」

っていた。

テイがむきだしの足で、修二の腹を蹴りつけた。顔が歪み、なかば泣き顔に近いものにな
「私を不幸にしたのはお前だ。私を病気にしたのはお前だ。私はあんたのその本性が見きわめたかった。お前は悪魔だ！」

その顔を見て、修二にもようやく合点がいった。ずっと前から、ふと垣間見せるテイの真剣な表情や、日頃の彼女からは及びもつかないような神経質そうな眼差しに、一種の既視感を覚えていた。ずっと心に引っ掛かってもいた。今、過去に自分が目にした顔とテイの顔とが、頭の中でぴたりと重なった。

何喰わぬ顔をして、須内美奈の葬式にいった時のことだった。まだ小学校の低学年だった妹が、紺の洋服を着せられて席に坐っていた。九つも歳下の妹がいることは、彼も美奈から聞かされていたが、実際目にしたのはその時がはじめてだった。まだ小さいせいもあるだろうが、美奈には似ていないと思った。大人びた繊細そうな顔をしている美奈に比べ、妹は丸顔で愛嬌のある顔だちをしていた。ただその時は、子供らしい顔を強張《こわば》らせて、今にも震えだしそうな様子でいた。姉の急死。それも川原の道具小屋での変死、焼死――。子供心にも、さぞかしショックであったに違いない。

「あんたのせいで、うちの家族は滅茶苦茶になった。私も一緒に滅茶苦茶になった。今夜、はっきり私にもわかったよ。私が思っていたことは間違いなんかじゃなかった。うちのお姉

ちゃんを殺したのはやっぱりあんただ。今、私にしようとしたみたいに、お姉ちゃんを殺した。その挙げ句、あんたは自分が死ぬのがいやになって逃げたんだ。あんたはそういう人間だ。本当に死にたい訳じゃない。誰かに代わりに死んでもらいたい。それだけなんだ」

もちろん内山定子などという名前ではない。須内……何といったか、名前までは覚えていなかった。ことによると、もともと知らなかったのかもしれない。修二は、今、過去に自分が殺した女の妹と、二十年ぶりに再会したような気持ちがしていた。テイとは二年以上のつき合いだ。数えきれないほどからだを重ねてきた。その、よく見知っているはずの女が、べつの女のように見えていた。

「馬鹿野郎！」もう一度テイが叩きつけるように言った。「出来損ない。お前なんか、自分一人で死んだらいいんだ。もっともっとずっと前に、お前一人で死んでしまえばよかったんだ」

3

高校二年の時だった。修二は同級生の須内美奈と、心身ともに深いつき合いをするようになった。話していて、澄み渡った頭のよさを感じさせる女子生徒だった。線が細くて色白で、見るからに繊細そうなきれいな娘でもあった。いささか現実離れしたことを、いつも彼女は口にした。だからこそ、修二と話が合ったのかもしれない。

志水圭太との関係に似ていたと思う。先には並みの人間よりは多少マシな未来も待っているはずなのに、修二も美奈もそれが信じられずにいた。まわりの人間が太陽の下できらきら輝いて楽しげにしているというのに、自分たちの頭の上にはいつも黒くて重たい雨雲が垂れ込めている気分だった。修二の方は、生まれもっての性分みたいなものだったろう。一方美奈は、思春期鬱病に近い状態にあったのかもしれない。

会えば決まり事のようにからだを重ねた。十七歳。互いがはじめての相手だ。性戯に長《た》けている道理もなく、ことにからだが熟しきっていない美奈が、どこまでからだの結びつきを求めていたかは疑問だった。ただ二人は、その行為に背徳の文学に浸るような暗い悦びを見出し、同時に心の奥底では、深い罪悪感を覚えていた。

「こんなことをしていて、私たち、きっとろくなことにはならないわ」ある日美奈が言った。

「こんなことをしてもしなくても、どうせ未来なんてろくなものじゃないんだ」修二は答えた。

「どうせろくなものじゃない……それなのに、生きていかなきゃならないのね」

「生きるのを、やめてしまうという手もある」

「死ぬ？　死ぬってこと？」

修二は頷いた。「そう。自殺するってこと。美奈とぼくが一緒に死ねば、それは自殺じゃなくて心中だね」

「心中って、もしかすると究極かもしれない」遠くを眺めるような目をして美奈が言った。「本来一緒に死ぬことなんかあり得ない人間同士が、その定めに逆らって、一緒に死んでいくんだもの」

「じゃあ一緒に死のうか」

「修はいいの、それで？」

「いいさ。先に何の望みなんかない。生きていたって、疲れるばっかりだ」

「じゃあ、一緒に死のう」

それからしばらくは、楽しい日々だった記憶がある。二人で死ぬことばかりを相談し合っては、浮かれたようにはしゃいでいた。罪悪感から完全に解き放たれた時間だった。睡眠薬もようやくのことで手に入れた。しかし、二人が死ぬに充分な量ではなかった。

「私が先に服む。私が眠ったら、修、首を締めて殺して。それから修は薬を服んで、意識が朦朧としてきたら首を吊るの」

死ぬ気だった。だからこそ、薬を服んだ美奈の首を締めた。だが、完全には締めきれなかった。もう少しというところで腕から力が抜ける。深い眠りに落ちている彼女の白い顔を眺めながら、修二は身を震わせた。震えながら、明日のことを考えた。美奈は無事目が覚めるだろうか。覚めたとしても、後遺症が残るということはないだろうか。殺しきれなかったとはいえ、首を締めている。仮に問題なく目が覚めたとしても、ひと晩家を空けたことは問題になるだろうし、彼女を殺すこともなく、また自分も死ぬことなく生き残った修二を、彼女はいったいどういう目をして見るだろう。人にどう語って聞かせるだろう。

時々彼女とはいり込んでいた、隅田川の河原の道具小屋でのことだった。彼女はそこに遺書も持ってきていたし、修二との間で遣り取りを続けていたノートも持ってきていた。冷静に一歩退いて眺めれば、読むも気恥ずかしいようなノートだった。

ここに身を置いていれば、美奈を殺して自分も死ぬしかない。遺書やノートを持って逃げだせば、一生惨めな思いをすることになる。いったいどうしたらよいのか。

急激に、気持ちが現実に立ち戻りはじめていた。修二の現実とは、自分を守るという現実にほかならない。火をつけた。全部燃やしてしまうしかないと思った。美奈が勝手に自殺したならばいい。けれども、殺さぬまでも手で締めた痕《あと》が、彼女の首には残っている。

火がまわったのを確かめてから、小屋を飛びだしてひた走る。百メートルもいかない時だった。鋭い声が闇から飛んだ。「修ちゃん!」

闇の中に自転車に乗った人影があった。それが昌代だと気がつくのに数秒を要した。

「乗って。早く後ろに乗りなさい! ぼやぼやしないの。さ、早く!」

昌代があんなに自転車を早く力強く漕《こ》げるということを、その時修二ははじめて知った。まるで風のように、昌代は一直線に家まで飛ばした。バイクにも劣らぬような勢いだった。

「お父さんが」漕ぎながら、息せき切って昌代が言った。「あんたの様子がどうも妙だって言うから。だけどまさか……信じられない。あんたのすることとってもう」

家に帰ると、昌勝と昌代の間で、すぐさま修二のアリバイ作りの相談がはじまった。家から縄つきをだす訳にはいかない。誰も彼もが不幸になってしまう。ご先祖様にも申し訳が立たない――。

昌勝の友人まで巻き込んでの、見事なまでの隠蔽工作だった。修二は何も考えず、ただ敷かれたレールに乗っかった。

志水圭太の時と同じように、修二を疑う人間はいた。一番親しかったのは、村瀬君のはず。美奈と村瀬君はつき合っていた。何か約束もしていたはず……。

だが、大半の人はまさかと思う。あの優等生の村瀬君がそんなことをする訳がない――。

本当の牢獄にははいらずに済んだ。代わりに家が牢獄になった。昌勝の目が、昌代の目が、たえず自分に張りついている。ことに昌勝の目が、修二にとっては重苦しかった。人格者と言われ、人から非難されるところのない生活を送っているかもしれない。けれども、実のところ昌勝も同じ穴の狢《むじな》だった。自分が人から悪く言われたくない。いざとなればどんな汚いことをしてでも身は守る。その性分を濃く受け継いでしまったばっかりに、自分は死に損なっていると思った。それでいて昌勝は、人格者ぶりを崩すことがない。すべてはお前のため。お前に惨めな人生を歩んでもらいたくないがゆえのこと。

だから試した。自分の命が懸かった時、昌勝がどうでるのかを見たかった。しかし、その試みも中途半端で、自分が薬瓶にボタン電池を仕込めるかどうかの肝試しのような行為でしかなかった。昌勝は、彼が仕込んだボタン電池を飲み、それが元で命を縮めた。昌勝が沈黙を守ったのが、自身を守ろうとしてのことなのか、それとも息子の修二を守ろうとしてのことなのか、結局修二は見きわめ損なった。今もってどちらかわからない。修二のしたことは、何の意味もなさなかった。

修二の網膜に、美奈を振り捨てて逃げた時に上がった赤い火の手が甦った。同時に、焦げた小屋が放っていたきな臭さが、はっきりと鼻先に甦っていた。むろんそこまで見届けることはしなかった。が、焼け落ちた小屋の中には、黒く爛《ただ》れた美奈の死体が残されていたはずだ。柔らかな茶色い長い髪も燃えて、独特の臭気を漂わせていたことだろう。

「どうしてお姉ちゃんが死んだのか、父も母も納得がいかなかった」

テイの声で過去から引き戻され、修二は黙って彼女を見た。

「自殺したのか殺されたのか……父や母は、自殺したというよりは、殺されたと思いたがってもいた。あんたのことも疑っていた。でも、証拠は何もでてこなかった。それからよ。父と母が、死んだお姉ちゃんにとり憑かれてしまったのは。生きている私なんかどうでもいい。お姉ちゃんのことばかり言って、後悔したり悔しがったり憤ったり。私もだんだんにおかしくなった。生きている自分なんかよりも、もっと意味ある存在として常に死者としてのお姉ちゃんがいる。それじゃ勝負にならないのよ」

中学校の頃からまじめに学校にいかなくなり、かろうじて高校にははいったものの、遊び歩いてばかりいた。じきに虚しさを覚え、テイはひとり考えた。どうしてこんなことになったのだろう、と。

「今で言う援助交際みたいなこともしたよ。それでお金を作ってさ、私、当時のことを調べてまわったんだ。それが私の人生の宿題なんだって気がついたからだよ。そうしたらシュウ、やっぱりあんたがでてきた。おまけにあんたのまわりには、ほかにも変死者がいた。直感だね。私、こいつだと確信したよ。それからあんたのこと、ずっと追っかけていた。どこで何をしているか見続けてきた。少なくともあんたは二度やっている。だったらまたきっとやると思ったから」

「お前、それでバンコクまできたのか？　そうなのか？」

そうだよと、テイはあっさりと頷いた。「ほかに生き甲斐《がい》なんかない。私はあんたが間違いなくお姉ちゃんを殺した奴だと見きわめることを宿題として十年以上も生きてきたんだ」

「そんな男と思いながら、お前は俺にずっと抱かれてきたのか？」

「抱く、抱かれるなんてことには何の意味もないんだよ。私はあんたの正体を摑みたかったし、あんたの懐にはいって、あんたがどういう人間で、どうしてお姉ちゃんを殺したのか、それを知りたいと思った。そのためだったらからだなんか、どうだってべつに構いやしない。もしもあんたがやったとわかったら、私はあんたを殺してやろうと思っていた」

テイが不意にくっくっと、咽喉を鳴らして笑いはじめた。自らを嗤《わら》うような笑いだった。

「でも、見きわめてみれば最低。面白くもない。ただのろくでなしにすぎなかった。あんたみたいなろくでなしのために死んだお姉ちゃんも馬鹿。頭がおかしくなったうちの両親もとんだお笑い種《ぐさ》。人生棒に振りかけている私も大間抜け」

テイはベッドに坐ったまま、もつれた髪を無造作に掻き上げた。それから改めて修二を見る。薄暗い部屋の中で、テイの目が光を底に宿して輝いていた。その顔は、寝顔とは比べものにならないぐらいに大人びていた。

「バンコクにいた五年を差し引いても時効だよ。それに、いまさら言い立てたところで、あんたは何も失うものがない。だから私が殺すしかない。だけど、こんなくだらない奴だったとはね。私がしてきたことって何なんだろうと思っちゃうよ。結局、自己満足のためにすぎなかったってことかって、こっちが情けなくなるよ。シュウはそばにいる人間を情けない気持ちにさせる男だ。それはあんたが救いようがないぐらいに情けない男だからだよ。あんたなんか、バンコクの犬だ。見ているこっちが生きているのがいやになるような、情けなくていじましい最低の人間だ！」

テイはベッドから素っ裸のまま跳ねおりて、あっという間に下着と服を身につけた。そして頭陀袋《ずだぶくろ》のような綿のバッグを肩にかけ、すっくと立ち尽くしたまま修二を見つめた。

「もうあんたの正体は充分見きわめた。このままつき合っていて、お姉ちゃんのように殺されるのはご免。あんたみたいな人間を殺して殺人者になるのもご免。まあバンコクには金さえだしたら殺しをやってくれる人間は幾人もいるからね。あんたもこれから寝首を掻かれないように気をつけることよ。ここにはもう二度とこないよ。宿題終えて、私は私で生きていくんだ。シュウ、あんた、死にたいんでしょ？　だったら勝手に一人で死んだらいいんだ。それがあんたにできるならね。シュウは正真正銘のコン・マイ・ポーだ。バンコクの犬だ」

それだけ言うと、テイは深夜の街へ飛びだしていった。

綾とテイ、期せずして二人の女の捨て台詞は一致した。熱い石畳の上に寝そべって舌をだし、今にも死にそうと言わんばかりの顔で誰かの恵みを待っているバンコクの犬。バンコクという土地に生きながら、太陽のエネルギーと暑さに負けて、自らの力で生きることを放棄した犬。喪家の犬。そのだらしのない有様が、見る人を哀しくなるほど情けない気持ちにさせる。

修二は深い夜に抱かれながら項垂れた。

二年も密につき合いながら、修二は少しもテイのことを見ていなかった。知ろうともしていなかった。今もって、彼女の本当の名前も知らない。シュウと呼びだしたのは彼女だったと、今はっきりと修二は思い出した。それはテイのひとつの暗号だったのかもしれない。美奈が修二をそう呼んでいたから、彼女は敢えてシュウと呼んでみた。そのことにすら、修二はずっと気づかずにきた。何も感じずにいた。自分が忘れようと努め、また忘れてしまえば、すべてはなかったこととして消えていくような気が、心のどこかでしていたのかもしれない。だが、現実はそうではなかった。二十年以上も、そのことを抱え続けてきた人間たちがいる。そして過去は修二が地球のどこに逃げようとも、いつか必ず捕まえにくる。

（また死に損なった）修二は思った。

思った直後、顔にいびつな笑みが自然と浮かんだ。人を代わりに死なせるだけで、決して自分は死なない人間。

ふと目を手元に落とすと、修二はまだ洗濯紐を握りしめていた。

4

「シュウ、やっぱりここにいたんだ」

弾むような声に振り返ると、笑みを惜しげなく顔一面に溢れさせたパットムが立っていた。自分が思った通りの場所で修二を見つけた喜びに、瞳がきらきら輝いている。暇があれば修二は川を見にきているのだから、ここにいるのはだいたいわかっているはずだった。なのにそんなに無駄に笑みを振りまくのはもったいないぞと、思わず言いたくなるような笑顔だった。

振り返った時、そこに立っているのがテイではないということに、修二は時に戸惑いを覚えることがある。頭に浮かんでいたテイの像が、振り向いた瞬間一度消滅した後で、改めてパットムの姿へと違和感なく重なっていく感じがある。小さなことにはくよくよせず、身を惜しむことなくきびきび動き回るという点で、パットムとテイはよく似ていた。双方、明るくて元気がいいのが身上といったタイプの女だ。

テイと薄闇の中で対峙《たいじ》した晩から、はや四ヵ月余りが経とうとしていた。今もテイはバンコクを離れることなく、以前と同じようにこの街で、その日その日命を燃焼し尽くそうとするかのように暮らしている。以来部屋を訪ねてきたことは一度もない。けれども、街で顔を合わせることはたまにあった。

「シュウ、元気？」そんな時、昔と寸分変わらぬ屈託のない顔でテイは言う。「ソイ・アソクにおいしい焼肉屋さんができたの、知ってる？　今度食べにいこうよ」

あの晩の後、彼女とは改めて外で一度話をした。テイは得意のメーコンのコーラ割りを飲みながら、修二に言った。

「こっちも本末顚倒。シュウを追いかけて、正体摑んでやるんだってタイで暮らしているうちに、いつの間にやら抱えていた病気が治っちゃった。シュウを恨む気持ちはあるよ。あんなことがなかったら、うちの家族の人生も私の人生も、きっと違ったものになっていたと思うから。私、両親との関係で、ずっと自分は意味ない存在なんじゃないかって思っていた。醜いアヒルの子みたいに惨めだった。だから無理矢理生き甲斐を探そうとしていた。だけどさ、いつしかそれとはべつに、生きることができるようになっていたんだね。そんなものなんかなくったってさ。ここ、私に合うんだよ、きっと。それならそれでいい。私、本当に楽しく生きていきたいんだもの。それだけなんだもの。だからごちゃごちゃ考えるのはやめにしたんだ」

修二を許したということではない。こだわることが馬鹿馬鹿しくなったのだと思う。それよりは、今を楽しく生きていられる自分が大事。

聞いていて、やはり彼女はこの土地のタマネギに育ったのだと思った。テイの無闇な明るさは、最初のうちは演技だったかもしれない。しかし四年のうちに、いつしか本物になってしまったということだ。テイは修二とは違う。やはり磁石を赤道近くに合わせ、魂をこちら仕様のものに入れ換えた女だ。

「間違って、シュウに愛情持っていた時期もあったのかもね」テイは笑った。「でも、今は全然ないよ。シュウは、今の自分がいやだいやだといつも思いながら、まったく自分を変えない人間なんだ。どうしてそう自分に固執するのか、首を傾げたくなるぐらいに自分のこと、シュウは愛しているんだね。自分に対して、まだ希望を捨てていない。でもさ、私は違う。嫌いな自分は捨てたんだ。私は昔とは変わったもの」

バンコクの街に立ち、熱風に頬をなぶられていると、すべて馬鹿馬鹿しくなるとテイは言う。この太陽と熱気の中に、自分を投げだしてしまわなくてどうしよう。心の隅々まで晒《さら》して、乾かしてしまわなくてどうしよう――。

「二年一緒にいても、シュウはほんの少しもそうならなかった。毎日かんかん照りのこの街にいるとね、そういう人間が、心底鬱陶しく思えるんだよ。どうしていつまでも自分に固執して、鬱々としていられるのかがわからない。私、飽きたんだ。あんたの正体見たというだけじゃなくて、飽き飽きしてシュウに愛情持てなくなったんだ」

そして彼女はまた笑った。笑いながら底に炎の感じられる目をして言った。

「でもね、シュウ、気をつけた方がいい。二年、あんたを騙していた女だからね。心の中では自分の身の安全を考えた上で、本当にあんたの寝首を掻こうと思っているかもしれないよ。あんたは私の仇なんだからさ」

テイとの関係が切れ、修二は一人になった。一人になったと思った途端、どういう訳かすぐにパットムが現れた。

パットムは、バンコクで食堂をやっている親戚を頼って、田舎からでてきた娘だった。その親戚の家に厄介になりながら、ヤワラーにある食堂を手伝っていた。修二が前からしょっちゅう立ち寄っていた食堂だ。そのうちに、パットムが勝手に修二のアパートにやってくるようになった。頼みもしないのにあれやこれやと世話を焼きはじめ、今ではじきに転がり込んできそうな勢いだ。まだ二十歳かそこらの娘だ。食堂をやっている親戚に怒鳴り込んでこられても、致し方ないと思っていた。だが、彼らは、パットム本人が好きだと言っているものはしようがないとばかりに、とりたててめくじらを立てるでもない。

しようがない、しようがない、ここの人間はいつもそれだ、と改めて思う。怒ったり仕方なしに諦めるどころか、この頃では、修二が食堂に食べにいくと、「シュウ、シュウ」と相《そう》好《ごう》を崩して寄ってきて、金をとろうともしない。もはや身内の扱いに近かった。彼らからするならば、修二は外国人だ。それも、何をして暮らしているやらさだかでない、はぐれ者の不良日本人だ。そんなことにもまるで頓着しない彼らのおおらかさに、時として修二の方がたじろいでしまう。が、たじろぎながらも寛いでいる自分にも気がついた。そこには、いい加減だが深い懐に抱かれているような安らぎがあった。

何も変わらない。何ひとつ変わっていない。確かにテイの言う通りだった。抱いて眠る女はテイからパットムに変わっても、そこにも大きな違いはない。修二は今もバンコクの犬だ。あてがわれる餌を喰い、バンコクの犬として暮らしている。何もかも、以前と少しも変わらぬままに、ただ静かに時間だけが流れている。バンコクにきて五年、五年と思っていたが、いつの間にやらもうじき六年の月日が流れようとしていた。あと一年……と、修二は思う。試しにあと一年ここで暮らしてみたら、ひょっとして自分も変わるだろうか、と。七年経てば、人の細胞すべては入れ換わるはずなのだから、と。

「シュウは川を見るのが好きだよね」パットムは、自分の腕を彼の腕に絡めながら言った。「いつきてもおんなじ川なのに、シュウはいったい何を見てるの?」

修二は暇さえあれば、川べりの小さな空地にやってきて、阿呆のようにチャオプラヤ川を眺めている。それも以前とまったく同じだった。

「何ってべつに……」

答えかけた時、修二は行き交う舟と舟の合間を、人が流れていくのを見たように思った。はっとなって目を凝《こ》らす。彼には川を流れていくのが、自分自身であるように思われた。いつもは自分で描く幻が、今日は勝手にはっきりと見えていた。

「どうしたの?」

「死体。今、死体が川を——」

「死体? 死体が流れていった?」いったん眉を顰《ひそ》めてから、パットムはあははと、天を仰ぐようにして笑った。「まさか。シュウ、この川に死体なんか流れていないよ」

「じゃあ、今のは何だったんだろう」

「さあ。きっとゴミか何かだったんじゃないのかな。きっとそうだよ」

「ゴミ……」

「うん。舟が落としていくかどうかしたんでしょ。それが流れていったんだよ」

「そうか。ゴミか」

テイは自分で泳いでこの川を渡りはじめた。チョルナムもナモクも自力で泳いで渡っていっている。だが、修二は泳ぐことなく、この川を渡ろうとしているのかもしれなかった。みんなで仲よく舟に乗って、あちら岸に一緒に渡り着きましょうというのでもない。修二は、生きて泳いでいるのでもなければ、舟で渡ろうとしているのでもなく、また、死んで流されているのでもない。ただ、打ち捨てられたゴミのように漂うばかり。河《メナム》の藻屑《もくず》、それが今の彼だった。

「シュウ、お腹空いていない？」かたわらのパットムが、彼を見上げて言った。「何か食べにいく？」

修二は川に目を向けたまま首を横に振った。

「これからチョルナムと出かけなくちゃならないんだ。今、奴がここに迎えにくる」

「仕事？」

「ああ」

自分でも予想していた通り、チョルナムと仕事をするようになっていた。それは津上や門馬と組んだ仕事に手を染めたということでもあった。そのことにも近頃では、別段痛みや不快感を覚えないようになっていた。

あんたこそ、門馬たちに人間、作り替えてもらったらいいんだ——。

いつだったかナモクに言われた言葉が耳の底に甦る。そうかもしれなかった。名前も経歴も顔も身分証明書も旅券も何もかも新しくして、別人としてやり直す。そうすれば、自分がかつてぼんやり思い描いていたような、真っ当な人生を歩むことができるのかもしれなかった。人間など、ただの器だ。外側が変われば、容れ物にひきずられるように中身も変わる。人生も変わる。美貌に生まれついた女と不細工に生まれついた女、最初は同じ魂を持っていても、性格も意識も人生もいつしか分かたれ、変わっていってしまうのと同じように。

「あと一年……」

無意識のうち、修二は小さく呟いていた。自分を作り替えてしまうのもいい。だが、もう一年だけ待ってみよう。

目の前のチャオプラヤ川は、今日も滔々と流れ、肥沃さを象徴するような黄色い川面を見せている。五年前、いや、六年前はじめて見た時と、変わらぬチャオプラヤ川の顔だった。

5

「おーい、シュウ」

チョルナムの声がした。振り返ると、通りの方から彼が手を上げて、修二を招いていた。

「車、そこに駐めてあるんだ。早くきてくれ。でないとおまわりがうるさいからよ」

修二は小さく頷いて、パットムの腕をふりほどいた手で、一度彼女の頭を撫でた。

「いってくるよ」

そのまま小走りでチョルナムの方へ向かう。

「糞ッ、車の中はサウナだぜ」車に乗り込みながら、忌ま忌ましげにチョルナムが言った。

助手席に乗り込むと、日本の新聞が乱れた恰好で置かれていた。

「見てみ。中国人のピッキング専門の窃盗集団が、強制送還されたって記事が載っている。そいつら、何度も何度も別旅券で日本に入国してるってよ」

主犯格の張旦文は出国の際、また別旅券で何度でも入国するさとうそぶいていたと、新聞記事は告げていた。

「この手合いはヤバイよな。話がいつかまわってくるかもしれねえが、いずれ足がつく。前にいくつかまとめて偽造旅券を扱ったこと、あったよな。相手をよく確かめねえとな、何度も何度も同じ奴らというのは、どのみち危ねえ」

鍵を開け、金や金めのものを奪うだけではない。部屋の住人が帰ってくるのを待ち受けていて、カードの暗証番号まで吐きださせる。相手が女ならば暴行して、その現場を写真に撮って、口を塞ぐこともする。殺すことだって平気でする。そんな種類の人間たちを日本に入国させる片棒を、修二たちは担いでいる。いや、爆弾ひとつで幾人もの人間をいっぺんに殺してしまう人間を、野放しにする手伝いだってしている。

「そうだ、お前に電話があったぞ」チョルナムが言った。

「電話？」

「ああ。日本からだ。女だったぞ。オダジマリツとか言っていたっけ」

意外な名前を耳にしたと思った。律は、もう連絡はしないと言っていたはずだった。だが、思いがけず、胸はもうどきりとすることなく、静かに凪いだままだった。ひょっとすると修二もここにきて、少しずつだが変わりつつあるのかもしれなかった。

「今度電話があったらどうすりゃいい？　様子では、何だか急いでお前に連絡をとりたそうだったけどよ、俺は適当に言葉を濁しておいた」

何の用事かは知らない。知りたいとも思わなかった。修二は半分よそを向いて言った。

「俺はもう会社をやめてバンコクにはいないと言っておいてくれ。連絡はつかないと」

「それでいいのか？」

「ああ」修二は頷いた。「もう何の関わりもない人間だ」

車を走らせはじめながら、チョルナムはちらっとバックミラーに目を遣って、修二の腕を肘でつついた。振り返ってみると、車の後ろの方でパットムが、両手を上げてジャンプをしながら手を振っていた。全身で修二を見送っているというていだった。

「まったくこの糞暑いっていうのによ」いささかげんなりした調子でチョルナムが呟いた。

「とびきり元気のいいねえちゃんだぜ。あれはあれで参るよな」

本当にな、と、苦笑混じりに修二も言う。

「あーあ。何がクルンテープ・マハナコーン、天使の都だよ」

乱暴にハンドルを切り、チョルナムは無理矢理車と車の間に自分の車の鼻面を突っ込んだ。そうでもしなければ、一生本道にでられないのがここ、バンコクの街だ。

「クーラーかけててこの暑さだぜ。こりゃボンネットで目玉焼きができるな。こう糞暑くっちゃ、天使も悪魔もあったもんじゃねえ。そもそもシュウ、悪魔っていうのは、堕落した天使のことなんだってな。天使なんていう奴も、あてにはならねえな。この世の汚いことは知りませんて、なんて顔してて、簡単に落ちぶれるんだからよ。その挙げ句が悪魔だぜ。敵《かな》わねえ。天使っていうのは、あれ、間違いなく女だな。女は怖いよ」

本当にな、と、修二は考えもなしにまた同じ台詞を口にした。

目の前には、目も眩《くら》むような眩しい陽射しに満ちた街がある。車に埋もれ、排気ガスに覆われ、体温よりも高い熱風が、頬や髪をなぶるように撫でていく街だ。車の騒音と人声、喧騒に満ちた街でもある。

あと一年、あと一年と、ここのところ修二はさかんに自分に言い聞かせている。だが、この街に季節はなかった。永遠のように同じ夏の一日が続いていくだけのことだ。一年は一日であり、また一生なのかもしれないとゆだった頭で考える。

「暑いな」

修二も、思わず目を細めながら呟いていた。

クルンテープ・マハナコーン、天使の都。天使もうだるバンコクの夏。天使も堕《お》ちるバンコクの夏。

6

——一九九九年　七月二十五日　バンコク　ヤワラー　チャカペット通り　ソイ2——

その日は、修二の三十九回目の誕生日だった。パットムは、予約してあった彼への誕生日の品を取りにでかけていった。プラ・クルアン。ブッダや高僧の姿を象《かたど》った、ペンダント式のお守りだ。素材は同じでも、どの寺のものかどの僧のものかで、プラ・クルアンは値段にも天と地ほどのひらきがでる。人気のある寺や僧のものほど少なくて、稀少価値がある分、人気もあれば値も張った。その方がご利益《りやく》があるということのようだ。

パットムは、どこかの店で由緒ある寺のものを見つけ、この日のため、どうしてもとっておいてくれるよう頼んでおいたらしい。恐らくその間に金を掻き集めていたのだと思う。そんなものはいらないと、修二は彼女に言った。そういう有り難いものは、俺には必要ないと。

パットムは聞き入れなかった。

「いいの、いつもシュウが首にかけていてくれると思ったら、私が安心できるんだから」

明るく鷹揚だが、一面、強情で言うことを聞かない。パットムには、自分で思ったことは貫き通すエネルギーがある。

呼鈴がたて続けに二度鳴った。パットムが帰ってきたのか、と一瞬思い、すぐさま心の中で首を振る。それにしては早すぎる。呼鈴の鳴らし方も違えば、外の気配も違っている感じがした。

用心しながらドアを開けた。檻のようなグリルの向こうに、一人の若い男の姿が見えた。顔をはっきりと認めた瞬間、呼吸がいったん止まった気がした。

男の顔には見覚えがあった。十ヵ月余り前、日本で会ったばかりの男。あの時は、なりが大きいだけで、中身はてんですかすかの、間抜け面をした木偶《でく》の坊だと思って見ていた。その彼が、今、修二の前に立っていた。彼は十ヵ月前とはべつの顔をしていた。神経を覆っていた無駄な脂肪が一枚剝げ落ち、目にも鋭い輝きが宿っている。生きた人間の表情をしていた。

ひと言も発しないまま、修二はグリルの鍵を開けた。彼は修二が外に逃れようとするのを警戒するかのように、素早くからだを部屋の中へ滑り込ませ、グリルとドアを自らの手で閉めた。

この暑さだというのに、生地は薄っぺらではあるものの、黒いコートのようなものを着ていた。修二よりも背が高く、からだも大きい。目の前に黒い壁が立ちはだかったかのような圧迫感があった。男は黙って修二の顔を見た。

「信也……」

昌代のところの長男だった。信也は依然として何も口にすることなく、修二を静かに見つめている。口もとも引き締まっていた。不敵な面構え。いい顔になった、と、思わず頬笑みかけたいような心持ちになり、修二は慌てて自分の顔を引き締めた。

「まだバンコクにいたとはな」ようやく信也が言葉を発した。「それもこんなしけたアパートに。なあ、あんた、家と土地を売っ払った金はどうしたんだよ？」

「済まない」修二は言った。「訳があって、金は、ないんだ。なくなってしまったんだ」

「ない？　なくなった？」信也は蔑むように言い、けっと小さく吐き捨てた。「金はない、か。いいよな、それで済めば。まあ、うちだって仮に金が戻ったとしても、もう元になんか戻れやしないんだから、いまさらしようがないけどな。あんたのお蔭でうちがどういうことになったか、あんた、それを知りたくないか？」

聞きたくなかった。いい話が待ち受けていないことは、聞かなくてもわかっている。しかし、どう答えても信也は話す。わかっていたから黙って言葉を待った。

「性質《たち》のよくない連中にいきなり追い立て喰わされてさ、家をでた後、お袋はぶっ倒れたよ。頭の血管が切れちまって、脳が血の海になったんだ。命だけはかろうじてとりとめたけれど、今じゃ立派な障害者だよ。長い長い闘病生活と、苦しい苦しいリハビリ生活のはじまりだ」

昌代は手脚のみならず、言葉も不自由になってしまったという。そのまわらぬ頭と舌で懸命に信也や達夫に言う。

「死にたい。こんなだったら死んだ方がマシだ」

信也は、自分のことは修二に告げようとしなかった。彼が当時入試を控えた高校三年生であったことを考えれば、本来なら既に大学に進学していていいはずだった。だが、一連の騒動の中、信也がそれでも受験勉強を続け、大学に合格することができたとは考えづらかった。彼の人生の設計図も、大きく狂ってしまったのに相違ない。でなければ、たかだか十ヵ月かそこらで、見違えるほどに顔が変わるはずがなかった。

「所沢のおじさんはおじさんで、最初のとり決め通りに遺産を寄越せって言う。その金で、コンビニはじめる準備をしていたんだと。権利書を盗まれたのは、お袋の不注意、お袋の責任、そう言う訳さ。兄弟なんて、まったくひどいものだよな。そんな訳で、すべては滅茶苦茶。そう、あんたがしてくれたことのお蔭でな」

修二にとっては、七時間北に置き去りにしてきた霞んだ現実だった。絵空事のようで、現実味も帯びていない。しかし、当然のことながらその現実に身を置いている当事者たちの間では、生々しすぎるぐらいに生々しい出来事が、日々繰りひろげられ続けてきた。そして今、過去が、現実が、日本から修二を追いかけ追いついてきた。

「駄目もとだと思ってた。まさかまだあんたがバンコクにいるとは思わなかったよ。だから反対に驚いた。あの女から教えてもらった通りの住所に、ちゃっかりあんたがいるのをこの目で見た時にはさ」

「あの女……」

「小田島律って女だよ。あんたがうちにきていた時、小田島律って女から電話があったことを、達夫が思い出したんだよ」

それでか、と修二も納得がいった。律は信也に問われて修二の住所を教えてしまった。教えたはいいものの、恐らく後になってから彼女は、何か不穏なものを覚えたのだろう。だから二度と連絡をするつもりがなかった修二に電話を寄越し、経緯を一応伝えておこうと試みた。

「とにかく、あんたに会えて本当に嬉しい」

信也は、どんとからだごと修二にぶつかってきた。腹に熱い衝撃があった。衝撃が痛みに変わったのは、一度信也がからだを離し、ナイフを腹から引き抜いてからだった。この地の気候にふさわしくない黒のコートは、きちんと意味あってのことだったとわかった。その下の大ぶりで鋭いナイフを隠すためであり、また返り血を浴びても、すぐにわからないようにという用心のためだ。

信也は表情を少しも変えることなく、もう一度どんとからだを当てるようにしてぶつかってきた。今度は修二の脇腹にナイフが深く差し込まれた。身を離さずに、信也はそれをこじる。腹の中に、溶けた鉛を流し込まれたかのような灼熱の激痛だった。堪らず修二は後ずさりし、壁に背中をつけて半分からだを預けた。とても立ってはいられなかった。壁からずり落ちるように勝手にずるずるからだが滑っていき、床に尻餅をつくような恰好で坐り込んだ。腹の中が煮えたぎるように熱く、痛かった。少しでも痛みが紛らわせるのなら、大声をあげて泣き叫びたいぐらいだった。けれども脇腹をこじられたせいで、声をだそうにも声がでない。脇から空気が抜けたようになってしまって、叫びがかすれた呻きに変わってしまう。

信也は、苦痛に顔を大きく歪めた修二の前にしゃがみ込み、冷えきった目をして彼の顔を覗き込んだ。それからナイフで修二の顔を掃くようにしてひと筋大きく切り込んで、返す刀でもう一方の頰も深く切り裂いた。そして今度はからだに×印を描くように、胸から腹にかけてを右上から左下に、左上から右下にと切り裂いていく。ナイフの切れ味のよさに、心臓が縮み上がるような恐怖が走る。

「俺は捕まるかもしれない」信也は言った。「だけど後悔はしないよ。俺は自分が本当にやりたいと思ったことをやった。それを誇りに思うよ。おじさん、これが夢なんかじゃなかったという証に、ひとつ土産をくれよ」

信也は修二の左手を取ると床の上に置き、かたわらにナイフを突き立てるようにしてから、全体重をかけて押し倒した。ガリッと音がして、指の骨が断ち切られる。脳天に一気に突き上げるような痛みが駆け抜けた。信也は立ち上がり、修二の小指をハンカチでくるむと、ポケットの中に収めた。

「バイバイ。運がよければあんたは助かるよ。でも、その傷を一生負って生きていくんだ。誰もあんたをまともな人間とは思っちゃくれない」

信也は着ていたコートを脱いで手や顔についた血糊を拭き取ると、それを丸めて手にしたまま、部屋の外へ飛びだしていった。

どくどくと、血が流れでていくのが自分でもわかった。からだじゅう、火だるまになったみたいに熱くて堪らなかった。左手には激痛が走り続けている。まるで指先に焼けた五寸釘《ごすんくぎ》でも打ち込まれ続けているみたいな痛みだった。こんなにも熱い痛みに満ちているというのに、意識が次第に霞んできて、頭がぼうっとしてくるのが不思議だった。

(運命だな) 徐々に鮮明でなくなりつつある意識の中で修二は思った。

甥の信也に刺されたのも、ここの住所を教えたのが律だったというのも、すべて運命だと思えた。自業自得と言うべきかもしれない。いわば自らの所業と罪が招き寄せた運命だ。

その運命を甘受しようとするかのように、修二は何とか笑おうとした。だが、痛みに顔がひきつって、うまく笑うことができなかった。反対に、痛みに目から涙が滲んでくる。

近くでぎゃっという叫び声がして、修二は知らず知らずのうちに垂れ下がりかけていた瞼を持ち上げた。

パットムが、蘭の小さな花束を抱えて立っていた。あまりの惨状に、彼女が両手で顔を覆う。その拍子に花束が床の上に落ち、衝撃で首がもげた蘭の花が二つ三つあたりに散らばる。

「シュウ……どうしてこんな目に」修二に駆け寄ってきてパットムが言った。「あの男ね、からだの大きい若い日本人。あの男がこんな目に遭わせたのね。アパートの下ですれ違った時、何だかいやな感じがしたもの。あいつ、確かに血の匂いがした。待ってて。今、人を呼んでくる。すぐに病院に連れていってあげるから。しっかりしてね、シュウ」

立ち上がりかけたパットムの手を、修二は必死の思いで摑んだ。そして彼女に向かって静かに首を横に振って見せた。

「何？　何が言いたいの？」

「言っちゃ……いけない」力をふり絞り、ようやくのことで修二は言葉を唇から送りだした。「あの男のことは……絶対、誰にも……言っちゃ、いけない」

言った直後、修二は咳き込んだようになり、大量の血反吐《ちへど》を吐いた。が、その手は、なおも彼女の手を強く握り締めていた。

「わかった」いくらか涙声になりながらパットムが言う。「あの男のことは誰にも言わない。約束する。だから、手を放して。でないとあなた、死んでしまう」

半べそを掻いた顔で言いながら、彼女は手に絡みついた修二の指をひきはがし、部屋から外に飛びだしていった。パットムのポケットから、何かが床にこぼれ落ちた。目を凝らし、懸命に焦点を合わせてそれを見る。プラ・クルアン——、修二への誕生祝いの大事なお守り。

手を伸ばし、修二はそれを取ろうとした。だが、どうしても手が届かない。だんだんと、意識が遠くなっていく。まるで大きな川のちょうど真ん中あたりを、ゆるゆる漂っているような心地だった。それがこのバンコクを流れるチャオプラヤ川なのか、故郷の街を流れる隅田川なのか、或いはまったくべつの川なのか、彼にはよくわからなくなっていた。今度こそ、彼岸に渡れるのだろうかと、ぼんやりと思った。それともまた、此岸《しがん》に引き戻されてしまうのだろうか、と。

きっと俺は死ぬだろう……思った途端に口惜しさを覚えた。もう少しだけ生きていたいと、生に縋りつく執着が生まれる。常日頃、死をこいねがっていた男が奇妙なことだと、自分ながら思った。肉体は彼岸に向かって泳いでいる。けれども修二の魂は、確かに逆に此岸に戻ろうともがいていた。

そのうちに、どちらでももはや構いはしないという気持ちが生じた。ぐんと世界が遠のくように、意識が一段と不確かな闇へ足を踏み入れる。この世もあの世も変わりがないように思われていた。痛みがいくらか薄らいで、やっとのことで修二はかすかに頬笑むことができたように思った。

心の中で小さく呟く。あとはただ、この川の流れに身を委ねるばかり――。

✣

――二〇〇一年 七月 東京 千住《せんじゅ》 荒川《あらかわ》端――

北千住駅の西側、旧日光《にっこう》街道沿いの隅田川と荒川に挟まれた付近が、かつての奥州《おうしゅう》、日光道中の初宿、千住の宿があった場所になる。江戸時代は、奥州、日光へ向かう旅人で活況をきわめた宿場町だ。周囲の景色に紛れかけてはいるものの、あたりを注意深く眺めてみるならば、今も当時を偲《しの》ばせる建物や石碑を、町のそこここに見出すことができる。

だが、いっときの活況が去ってしまった町というのはもの哀しい。祭の後の寂しさに似た匂いが、そこはかとなく町に漂う。千住は、宿場としての火が消えた後も、何とかその命をつなごうとあがくように、時代に見合った派手な化粧をする策にでた。けれども、けばけばしい化粧は、余計にもの哀しさを助長する。

電車を降り、一見近代的な感じのする駅ビルをでる。駅から町に続く歩道には、風俗店やサラ金のチラシが散乱して、ビルの角々に重なり合って吹き溜まっている。電話ボックスにこれでもかとばかりに貼られたいかがわしげなカード……。街道や通りを行き交う車は多く、決して寂しい町という印象ではない。だが、どこか埃っぽく殺伐《さつばつ》としていて、近代的な化粧の下の、荒《すさ》んで疲れた素顔が垣間見える。

その千住の、ちょうど昔の宿場町の通りを抜けるあたり、そろそろ荒川にかかろうかという町のはずれに、一軒のタイ料理屋ができた。店が開いてから、もうじき半年になろうとしている。駅からは十五分余り歩くことになり、地の利は決していいとは言えない。にもかかわらず、人の口から自然と評判が広まる恰好で、小さな店はいつも客で混雑していた。

「ハイ、ヤムウンセンねー。これは、からいよー。だいじょうぶー？」

「麵《めん》は麵でもナームは汁ありよ、ヘンは汁なしね。わかる？　どっちがいい？」

「飲み物は何？　コーラ？　ビール？　ビールだったら何ビールにするのー？」

店を切り盛りしているのは、まだ年若いタイ人の女将《おかみ》だ。日本語はさほど達者でないが喋り方に愛嬌があって愛想もよく、彼女は始終にこにこ笑ってばかりいる。黒い瞳には、眩しいような輝きがあった。また、見ていて気持ちがいいほどによく動きまわり、身を惜しむということを知らない。何よりもこの店は、本格的なタイ料理を、安い値段で食べさせる。紛れもない、本場タイの匂いがする。それが連日多くの客を集めている一番の理由だった。

料理はその年若い女将と、女将の夫である店の主人が作っている。主人の方は、厨房《ちゅうぼう》にはいったきり、滅多に客の前に顔をだすことがない。それでも幾人かの客は、たまたま主人の顔を目にしていた。見れば一瞬、おのずと目が彼の顔の上に釘付《くぎづ》けになる。次の瞬間、見てはいけないものを見てしまったという思いに、急いで彼の顔から目を逸《そ》らさない訳にはいかなかった。

主人の顔の上には、左右に同じように大きく裂かれた傷痕があった。浅い傷ではない。遠目にもわかるほどの深い傷痕だ。皮膚をへこませひきつらせているその傷が、彼の元の顔を大きく損なっているだろうことは間違いのないところだった。すぐに目を逸らさずにはいられないから、客には主人が何者なのかを詮索してみるだけの余裕がなかった。元の顔だちを推測してみるだけの時間もまたなく、彼が日本人なのかタイ人なのか、それも不明のままだった。

ただ、ある客は、彼をタイ人だとほかの客に語った。なぜなら彼の胸にはプラ・クルアンが下がっていた。あれはタイ人が身につけるお守りだ、と。


「シュウ、ここにいたの」

その声に、彼はゆっくりと振り返った。色のない初冬の景色の中で、パットムが瞳を輝かせながら彼を見ていた。途端にそこだけ光が当たったように、ぱっと明るい色が開ける。生まれながらに、からだに原色を持った女。

「うふふ……バンコクにいても東京にいても結局おんなじ」パットムが言った。「シュウは本当に川を見るのが好きなんだねー」

今、修二が目にしているのは荒川だった。チャオプラヤ川でもなければ隅田川でもない。

名前は違えど川は川、本来たいした変わりはないはずだった。だが、彼の目には、川の姿や景色までもがどこか場末という感じに映っていた。川の流れさえもが、廃《すた》れて哀しげに見えてくる。

「流れ流れてここまできたか……」

視線を川の方に据えたまま、修二は灰色の目をして呟いた。するととなりのパットムが、くっくっとおかしそうに笑った。

「シュウ、何それ？　流れ流れてって、いったい何？」笑みの余韻をたっぷり残した声と顔でパットムが尋ねる。

「都落ち。この川を見ていると、そんな気分になるっていうことさ。あちこち流れ流れて、とうとうこんなところまできてしまったか、ってな。東京でも、こんなはずれのさびれたところにさ」

修二の言葉を耳にして、またパットムがさもおかしげな笑い声をたてる。彼女には、流れ流れての意味もよくわからなければ、都落ちの意味もわかってはいまい。わからないながらに彼女は笑う。パットムは、わからないということを楽しむことのできる女だった。彼女にとっては、わからないということが、先にいつかわかるようになるという楽しみがあるように感じられるのかもしれない。

「そうそう。あたし、ヤッチャ場の意味、わかったよー」

さも嬉しげにパットムが言った。小学校の一、二年生が、先生のだした質問の答えがわかって、「はーい」と、嬉々として手をあげた時のような声だった。

「市場、タラートのことでしょう？　ヤッチャ場は、野菜ばっかり売っているタラート。ね？　当たったでしょう？　はじめからタラートと言ってくれたらすぐわかったのに、シュウはそういうところ、本当に意地悪なんだよ。コイツめ、ってやりたくなるよ、私は」

パットムが拳固《げんこ》を作り、おどけた素振りで殴る仕種を真似ていた。その姿にちらりと目をやり、修二も思わず笑みを誘われる。

こんなはずではなかった。まだ修二は思うことがある。

ナイフで何箇所か切断されてしまった腸は、手術でどうにかつないだが、からだはもうぼろぼろに近かった。腸内の菌がいったんからだにまわってしまったし、つぎはぎだらけの腸は、栄養の吸収もよくない。恐らく前より十キロ近くは痩せただろう。顔の傷も深すぎて、ふつうの手術では、とうていきれいに治せるものではない。彼は本当ならば、とても人前にでられないような顔をしていた。手も堂々と人にはさらせない。日本で小指が一本欠けた男がどういうふうに見られるか、言うまでもないことだった。

どうしてこんなざまになり果ててまで、場末の町のまた場末で、食堂の親父としてなおも生き永らえているのか……修二は思う。せせこましい厨房で、タイ独特の香辛料や香味野菜の匂いに浸されて、ただただ料理を作り続けるだけの毎日だ。自分には、もっと輝かしい日常があって然るべきだったのにと、過去を懐かしむみたいに考える。でなければ、いっそ死んでしまっていた方がよかったのに、と。

「何だって俺、まだ生きているのかな……」

銜えた煙草に火を点けて、ぼやくみたいに修二は言った。言葉に灰色の煙が混じり込む。

「なあパットム。お前、死んだ方がマシだと思うことはないか？」

「馬鹿だねー」漂いかけていた灰色の空気を掻き消すような、甲高い声でパットムが言った。「生きる死ぬは自分で考えることではないでしょうが。だって、生まれてきた時だって、自分で考えて生まれてきた訳ではないでしょうよ。シュウはさ、そういうこと考えるからおかしくなるんだよ。そういうことはね、人間が考えることではないんだよ。わかるか？」

修二は煙草の煙をくゆらせながら、少し煙が目にしみたというような、いくぶん苦めの笑みをうっすら顔に滲ませた。

警察で何を訊かれても、彼は惚《ほう》けを装って、一切答えることをしなかった。組織に関わる写真や書類はでてきても、修二が関与していたと証すものは何もなかった。

「この人はうちの食堂を手伝っていたんだよ」パットムの証言にも彼は救われた。「誰かに恨まれてハメられただけなんだ」

傷害事件の被害者として放免されたのは、悪運の強さというよりほかにない。

こんな顔、変えてしまえばよかった……時として思う。それもできた。村瀬修二という名前も、捨ててしまえばよかった。それができるところにもいた。だが、彼は傷つきながらも元の顔と名前を残し、今も執拗に村瀬修二の生というものにしがみついている。自分でも、どうしてなのかわからない。わからないままに、自分と自分の生に固執している。村瀬修二としての生。村瀬修二としての人生。

「流れて流れてここまできたか……」修二の台詞を真似てパットムが言った。「だけどさ、わかんないよー。流されているようで、シュウは泳いでいるのかもしれないじゃない。自分でこっちこっちって、どこかに向かってさ」

驚く思いでパットムを見る。パットムの顔つきは少しも変わらない。いつもの邪気のない子供みたいな顔だ。

「そうだ。きっと泳いでいるんだよー。ふふ……シュウ、泳ぎはあんまりうまくなさそうだけどね。下手くそでも泳ぐこと、それが大事？　うん。きっとそうなんだよー。泳げるってことは、生きてるってことだもんねー」

そう言ったパットムの顔の上には、輝くような笑みがいっぱいにひろがっていた。その照り輝く笑顔を見た途端、修二の上に一瞬にしてバンコクが甦った。

ぎらぎらと照りつける太陽、目に痛いような白く眩しい光。肌にべったりまつわりつく湿気た熱気。脳に響くような車の騒音、人の声。埃臭く黴臭く、それでいて饐《す》えたような空気の匂い。そして滔々と流れるチャオプラヤ川の黄色い川面、川の風、川の匂いに、彼は一瞬にして巻き込まれていた。

頭の中がくらりとしかけて、ここはどこだと、意識を立て直すような思いであたりを見まわす。目の前には、色の感じられない荒川の河川敷の風景がひろがっていた。自分は今、日本、その冬の入口にいる。ここはバンコクではない――。

視線をパットムに移す。バンコクそのもののような女。この女が赤道を連れてきた。この女にも俺は勝てない……心の中で修二は思う。相変わらず、俺は誰にも勝てないと、溜息混じりに煙を吐く。だが、顔を歪めたくなるような惨めさは、もはや感じていなかった。ある種心地よい諦めが、ぼんやりからだの中にひろがっていく。日本にいてもアジアの深い懐に抱かれているような、心がほぐれたような感覚があった。

「あ……」

川に目を向け、思わず修二は小さく声を上げていた。目の前の川面を、人が流れていくのを見た気がした。いつかチャオプラヤ川で見たのと同じだった。浮かびつ沈みつしながら、人が川を流れていく。修二には、それが自分自身であるように思えた。

「どうしたの？」パットムが問う。

「今、俺の死体が――」

「死体？」

「俺の死体が川を泳いでいった」

パットムが弾けるように笑った。乾いた笑い声があたりに響く。

「もう、だからシュウは馬鹿なんだよー。死体は泳いだりなんかしないでしょうが。さっきも言ったでしょ。泳げるっていうのは、生きてるからだって」

死体が泳ぐなんてさーと、まだパットムは笑っている。

流されているのか泳いでいるのか、本当のところはわからない。どこかにたどり着くのか、そのまま沈んでしまうのかもわからない。ただ修二は、何年か後、やはりこうしてどこかでべつの川を眺めながら、ぼんやり煙草をふかしているような気がした。

俺は河《メナム》の漂流物。どこにも天使の都はない。

二〇〇一年十一月　光文社刊

解説

吉野《よしの》仁《じん》
（文芸評論家）

本作『赤道』は、おもにタイの首都バンコクを舞台にした現代サスペンス小説である。

物語は、全身切りつけられ血まみれになった男が発見される場面からはじまる。焼けつくような陽射しと蒸し暑さのなか、アパートの部屋のなかでめった切りにされていた男は日本人だった。いったいどういう事情と経緯から異国で凶事に遭遇することになったのだろうか。

作者は、二〇〇〇年に『輪（RINKAI）廻』（文春文庫）で第七回松本清張賞を受賞し、長編デビューした。その後も、『憑流（hyo ryu）』（文藝春秋）『棲家（sumika）』（角川春樹事務所）『女神（Venus）』（光文社）などの作品を精力的に発表し続けている。本作は、四作目にあたる長編小説。それまでの本の帯につけられていた「ホラー」や「恐怖小説」といったジャンルの枠をはずした意欲作だ。

ちょうど、『輪（RINKAI）廻』の文庫解説で高山文彦《たかやまふみひこ》氏が指摘しているように、明野作品は、もともと単なるホラー小説のくくりではおさまらない内容をもっている。歌舞伎や浄瑠璃などで演じられる怪談に似ていて、人間の宿命や因縁といった「業《ごう》」を背負って生きる主人公の姿が生々しく描かれているのだ。

幽霊が化けて出てくるのは、ただこの世に未練が残っているからではない。人としてあまりに理不尽な死に方をしたためだ。金目当て、恋路の邪魔、嫉妬心など、他人の浅ましい欲望や感情の犠牲になってしまった。しかも多くの場合は、恋人だったり友人だったり身内だったりする相手が絡んでいる。たとえ自分にも何かしらの過ちがあり、因果応報の報いだとしても、無惨に殺されるほどの謂《いわ》れがどこにあろう。死んでしまえばお終《しま》いだ。それがなんとも「恨めしや」。

幽霊にこそならなくとも、こうしたトラブルは、いまもむかしも変わらない。愚かな人間たちによる、避けようのない運命である。すなわち明野作品には、ホラーであれ現代サスペンスであれ、いつの時代にも、どこのだれの身にもふりかかっておかしくない等身大の人間ドラマが描かれているのだ。ささやかな幸福を願いながら、いつしか道を踏み外してしまった人たちである。

本作の主人公、村瀬修二もまた、それまでごく普通の社会人として平凡に生きてきた男だった。中堅どころとはいえある商社に勤め、外食部門の仕事をこなしてきた。ところが、結婚後、社命によりバンコクへの赴任が決まってから、物事がみな悪い方へと転がりはじめた。妻の綾は、赤道に近い熱帯気候の地、タイ国の生活にまったくなじめなかったのである。

インドシナ半島にある仏教国タイの首都バンコク。テレビの旅番組でもっぱら紹介されるのは、豪華絢爛な寺院や王宮、トムヤンクンをはじめとする香辛料のきいたタイ料理、そして観光客向けの伝統文化がほとんどだろう。だが、これでは、富士山、芸者、寿司、天ぷらといったキイワードで日本を思い描く外国人とさして変わりない。

個人的な話になるが、わたしが何年前だったかバンコクへ立ち寄ったとき、ちょうど現地の某日本支社に勤めるタイ人運転手に連れられて、彼のお気に入りのレストランへ案内された。バンコクの路地裏の食堂で食べた料理は、それまでのタイ料理の印象をくつがえすものだった。新鮮な魚介類そのものの素材の良さもさることながら、調味料が美味しく、酸味、甘味、うま味が絶妙なバランスで整っていた。日本で食べていた激辛のタイ鍋とは違う。ただ単に辛いだけではなかった。病みつきになるような味だったのである。

考えてみるまでもなく、日本の寿司にしても超高級店から激安の回転寿司まで、店によってピンからキリまである。タイに限ったことではないだろうが、三泊四日の格安海外ツアーでは、容易にその国の本質は分からないし、美味しい目にあうとはかぎらない。また、水があわない、という言葉があるように、その国の風土との相性もあるだろう。異国での生活は、テレビでタレントが海外のグルメを無邪気に紹介するようなものと違う。行ってみなければ分からないのは当然として、自分のリアルな体験も、ほんの一面をなぞったにすぎない。

そして、どこの国にもどこの街にも、裏の顔があり闇の社会がある。本作の冒頭にも同じことが書かれているが、路地の奥へ一歩足を踏み入れると、そこに売春や麻薬密売をはじめとする不法ビジネスが盛んに行われているかもしれないのだ。

もっとも昨今は、日本でも、歌舞伎町や渋谷などの繁華街はもちろんのこと、ごく普通の町や民家で、信じられないほど凶悪な事件が起こる。妙な欲望を満たそうとしたり危ない場所へ行ったりしなくとも、一寸先にどんな目にあうか分からない。

たとえば、かつてバブル経済の恩恵を受けて、浮かれ騒いでいた人たちがいた一方で、いわゆる「社畜」として家族のために働き続け、厳しいノルマをこなし、日々ストレス漬けのなか、早死にしてしまった会社員がどれだけいたことか。ただ平凡に暮そうと願っても楽にはいかず、つねに競争にさらされ、必死になってぎりぎりのところで生きていかなくてはならない。これが人生なのである。

本作では、これまでつねに悪いカードを引き続けてきた村瀬修二という男の影がバンコクの闇に溶け込んでいく姿を通じて、人間の「業」が描かれているのだ。悪運に見舞われ、もがけばもがくほど奈落へと堕ち、この世のどこにも居場所のない男。新聞の三面記事を読めば分かるように、これは決して珍しいドラマではない。

そのほか、とくに印象に残ったのは、東南アジア特有の猥雑さや匂いを中心にした官能のありようを背後に感じさせる描写である。なかでも、主人公が「バンコクの犬」と呼ばれるエピソードなど見事だ。東南アジアを旅行していて、あちこちの路地でみすぼらしい犬が寝そべっているのを目にとめた人も多いだろう。片足が悪かったり皮膚がただれていたりする犬が、寝そべったまま、どこか寂しげにこちらを見つめ返している。「負け犬」というよりも、さらに落ちぶれた感じ。戦わずして負けている。そんな情景がすぐ浮かんできた。

　また、タイという国の独特の風土がいかに人を変えていくか、そんな一面をめぐる展開も面白いところだ。題名の『赤道』が、文字どおりの「赤い道」を示しているのではないかと感じられるほど、灼熱の太陽や飛び散る血潮の「赤」というイメージが作品のあちこちに見てとれる。血縁から逃げようとすればするほど、皮肉にも主人公はその色に染まっていくのである。

　さらに、もうひとつの読みどころは、ある種の死神のように他人を不幸にしてしまうダメ男の修二が、いかに転落の人生をしのいでいくのか、という興味だろう。その点、意外にもしみじみとした読後感の得られる結末になっている。

　本作を読みながら思い出したのは、流れの早い川で溺れかけたとき、水面でじたばたするとかえって流されやすく危険だという教えである。むしろいったん川のなかへ潜り、底にぽんっと手をついて、その反動で浮上するのが助かる道らしい。すなわち、人生の危機においても、中途半端に抵抗しようとせず、どん底を一度この目で見ることが重要なのかもしれない。そこでようやく自分の居場所を取り戻すことができるのだ。

　その後も作者は、『ひとごろし』（角川春樹事務所）で「普通」と「異常」の境界線の危うさとある男の恐怖を描いている。どんなに時代が変り、文明が進歩したかに見えても、人が味わう悲劇の本質は同じなのではないか。自分はなにひとつ望んでいないのに、いつしか悪夢のまん中に囚《とら》われ、逃げだせないばかりか、どんどんと事態は悪くなっていく。そこに真のホラーがあるのではないか。明野作品を読むと、そう思わずにはおれない。

光文社文庫

長編小説
赤《せき》　道《どう》
著者　明《あけ》野《の》照《てる》葉《は》

2004年10月20日　初版1刷発行
2009年9月5日　2刷発行

発行者　駒井　稔
印刷　堀内印刷
製本　フォーネット社

発行所　株式会社 光文社
〒112-8011 東京都文京区音羽1-16-6
電話　(03)5395-8149　編集部
8113　書籍販売部
8125　業務部

ISBN978-4-334-73766-5　Printed in Japan

お願い　光文社文庫をお読みになって、いかがでございましたか。「読後の感想」を編集部あてに、ぜひお送りください。

このほか光文社文庫では、どんな本をお読みになりましたか。これから、どういう本をご希望ですか。

どの本も、誤植がないようつとめていますが、もしお気づきの点がございましたら、お教えください。ご職業、ご年齢などもお書きそえいただければ幸いです。当社の規定により本来の目的以外に使用せず、大切に扱わせていただきます。

光文社文庫編集部

◆光文社文庫　好評既刊◆

見知らぬ妻へ　浅田次郎
不思議の国のアリバイ　芦辺拓
和時計の館の殺人　芦辺拓
赤死病の館の殺人　芦辺拓
殺しはエレキテル　芦辺拓
槍ヶ岳幻の追跡　梓林太郎
砂の山稜　梓林太郎
殺人山行燕岳　梓林太郎
謀殺北穂高岳　梓林太郎
奥能登幻の女　梓林太郎
屍たちの領域　梓林太郎
殺人山行恐山　梓林太郎
稚内殺人旅情　梓林太郎
怨殺西穂高独標　梓林太郎
玄界灘殺人海流　梓林太郎
逆襲　東直己
探偵くるみ嬢の事件簿　東直己

札幌刑務所4泊5日　東直己
酔っ払いは二度ベルを鳴らす　東直己
さらば愛しき女と男よ　東直己
札幌深夜プラス1　東直己
ライダー定食　東直己
奇妙にこわい話　阿刀田高選
奇妙にとってもこわい話　阿刀田高選
とびっきり奇妙にこわい話　阿刀田高選
ますます奇妙にこわい話　阿刀田高選
やっぱり奇妙にこわい話　阿刀田高選
またまた奇妙にこわい話　阿刀田高選
ひたすら奇妙にこわい話　阿刀田高選
もちろん奇妙にこわい話　阿刀田高選
ブラック・ユーモア傑作選　阿刀田高選
殺人方程式　綾辻行人
鳴風荘事件　綾辻行人
フリークス　綾辻行人